古典文獻研究輯刊

三 編

曾 永 義 主編

第 3 冊

漢代詩騷情志批評研究

陳 沛 淇 著

國家圖書館出版品預行編目資料

漢代詩騷情志批評研究／陳沛淇 著 — 初版 — 新北市：花木
蘭文化出版社，2011〔民 100〕
目 2+158 面；19×26 公分
（古典文學研究輯刊 三編；第 3 冊）
ISBN：978-986-254-545-4（精裝）
1. 漢代詩歌 2. 詩評
820.8   100014995

ISBN-978-986-254-545-4

9 789862 545454

古典文學研究輯刊
三 編 第三 冊   ISBN：978-986-254-545-4

漢代詩騷情志批評研究

作　　者　陳沛淇
主　　編　曾永義
總 編 輯　杜潔祥
出　　版　花木蘭文化出版社
發 行 所　花木蘭文化出版社
發 行 人　高小娟
聯絡地址　新北市永和區中正路五九五號七樓
　　　　　電話：02-2923-1455／傳眞：02-2923-1452
網　　址　http://www.huamulan.tw 信箱 sut81518@ms59.hinet.net
印　　刷　普羅文化出版廣告事業
初　　版　2011 年 9 月
定　　價　三編 30 冊（精裝）新台幣 48,000 元

漢代詩騷情志批評研究

陳沛淇　著

作者簡介

陳沛淇，1974 年生，私立南華大學文學研究所碩士班畢業、國立東華大學中國語文學系博士班畢業。著有碩士學位論文《日治時期新詩的現代性符號探尋》、博士學位論文《漢代詩騷情志批評研究》。

提　　要

　　本文從顏崑陽先生構想的情志批評型態出發，並以漢代詩騷文學作為主要研究對象。通過分析討論之後，我們在情志批評的次型態之下，又區分出幾種次次類型。情志批評型態可以區分為讀者情志取向的次類型與作者情志取向的次類型。此一層級的區分，是以批評者初始之時有無預設批評之目標對象（即「作者」）為準。這種判分標準不是絕對的，只是傾向程度的多寡而已。即使是斷章取義，亦不可能完全與詩文之原生義與原生作者無關，在某些時候，前者的趣味與深意，正好就建立在與詩文之原生義和原生作者的對抗性、互補性或衍生性之上。而就作者情志取向的情志批評次型態而言，讀解者自身的情志因素也不可能摒除於批評活動之外。就文學史的現象來看，作者情志取向的情志批評次型態可以說是漢代文學批評的大宗，而又以東漢時期最為發達。我們依批評者對作者想像方式的不同，於此次型態下再區分出三種類型：將作者想像為理想人的類型、將作者想像為範型人的類型，以及將作者想像為交感人的類型。

　　情志是一種處於複雜交際網絡裡的靈活運動之意向。一談情志，就會和主體之身體知覺與心理活動、能構成各種情境的外在世界同時關連。所以，情志批評並不是情意批評，也不是言志批評，它是關乎存在者之存在表現的批評。批評的方式，不是透過在作品語言內部發掘批評者認同或不認同的元素來進行，而是從作品語言外部向作品語言內部提問，從作品語言外部的關係網落看到作品內部語言網絡的折射落點。同時，圍繞著寫作主體與閱讀主體所產生的種種問題，永遠是這類批評所關心的重點。這正是作為中國古典二大批評型態之一的情志批評，與西方文學批評相異之處。

目次

第一章　緒　論

一、「知音」研究所開出的四個主題

　　伯牙與鍾子期的完整故事，最先出現於《呂氏春秋‧本味篇》。漢代《韓詩外傳》、《說苑》亦刊載了這則軼事，但大抵沿承前說。至《列子‧湯問篇》時，伯牙鼓琴的故事被細緻化了；其中，鼓琴者與聽琴者的心理活動層面被強調了出來。諸如「伯牙所念，鍾子期必得之」、「……心悲，乃援琴而鼓之。初爲霖雨之操，更造崩山之音。曲每奏，鍾子期輒窮其趣。」〔註1〕不論是伯牙「所念」或是伯牙「心悲」，都比《呂氏春秋‧本味篇》中簡約描述的伯牙之「志」，更能突顯鼓琴者與聽琴者主體自身與主體間的審美情感之活動。尤其是末句的伯牙慨嘆之語：「善哉、善哉，子之聽！夫志想象猶吾心也。吾何逃聲哉？』明言了「志」不但是一種想像活動，且具有「知音」的功能：伯牙以「志」鼓琴，鍾子期以「志」追想之；令後世文人嚮慕不已的知音典故，就在這「志來志往」間完成了。

　　這則知音故事的意義，不只是在審美層面而已。蔡英俊早年於〈「知音」探源──中國文學批評的基本理念之一〉中指出，「隱含在『知音』一詞背後

〔註1〕「伯牙善鼓琴，鍾子期善聽。伯牙鼓琴，志在登高山。鍾子期曰：『善哉！峨峨兮若泰山。』志在流水，鍾子期曰：『善哉！洋洋兮若江河！』伯牙所念，鍾子期必得之。伯牙游于泰山之陰，卒逢暴雨，止于巖下；心悲，用援琴而鼓之。初爲霖雨之操，更造崩山之音，曲每奏，鍾子期輒窮其趣。伯牙乃舍琴而嘆曰：『善哉、善哉！子之聽，夫志想象猶吾心也。吾何逃聲哉？』」列御寇：《列子‧湯問》，見列御寇著，楊伯峻撰：《列子集釋》（臺北：華正書局，1987年）。

的思想模式或心靈樣態，可以清楚指明傳統文學批評活動的本質到底爲何。」〔註 2〕這個答案在該文的結論中，有清晰的陳述：「文學批評活動是一種主體與主體之間相互感通的過程，批評的目的是在於揭露主體之間的這份遙契默會。因此，批評家注意的往往不是作品本身的文辭結構，而是作品所反映出的作家的心靈結構或經驗世界。」〔註 3〕在這裡，「知音」首先被賦予文學批評活動的意涵，繼而這種批評活動被描述爲是一種主體間互爲通感的過程，而其批評目的不在於作品的語言藝術表現，卻在於作者主體內在之精神與情感的探索。

　　顏崑陽在〈文心雕龍「知音」觀念析論〉中，對蔡英俊提出的知音之文學批評意涵，做了對話性的討論。「知音」在伯牙與鍾子期之典故中所蘊涵的文學批評觀念，與劉勰在《文心雕龍·知音篇》及其他相關涉的篇章中提到的「知音」觀念所蘊涵的文學批評觀念，此二者有差異需要細辨。典故中的「知音」，著重於「作者即作品情志的詮釋」〔註 4〕，這種詮釋進路仰賴主體之間的互爲通感、默會之知，其強烈的主觀性特徵，致使它難以形成「一套客觀的、普遍的、有效的規範」〔註 5〕。而《文心雕龍》雖亦沿用了典故中的「知音」這個詞彙，「但卻從『默會感知』以體會作品即作者情志轉向『語言分析』以評估作品文體的優劣，不管就批評的終極標的性或方法而言，都已脫離『知音』的原始意涵。」〔註 6〕由此，我們可以看到「知音」所代表的文學批評意涵，在劉勰之後，形成了二種進路。第一種進路是原典故中可以分析辨讀出的情志批評，第二種進路是由《文心雕龍》所揭示的文體批評。其中，《文心雕龍》的知音觀念，雖亦談情言志；但劉勰對於「情志」的理解，傾向於一種「對某一主體性情概括性的、類型性的描述」〔註 7〕，而較不是對某一特定主體之情志的特殊理解與詮釋。因此，《文心雕龍》的知音觀在情志批評之外，形成另一種「類型性情志批評」的傳統。而典故中的知音，則是

〔註 2〕蔡英俊：〈「知音」探源──中國文學批評的基本理念之一〉，收入收於呂正惠、蔡英俊主編：《中國文學批評·第一集》（臺北市：學生書局，1992 年），頁 127。

〔註 3〕同上注，頁 140。

〔註 4〕顏崑陽：〈文心雕龍「知音」觀念析論〉，收於顏崑陽：《六朝文學觀念論叢》（臺北市：正中書局，1993 年），頁 204。

〔註 5〕同上注，頁 202。

〔註 6〕同注 4，頁 239。

〔註 7〕同注 4，頁 217。

屬於追尋作者主體與作品所寄寓之情志、並訴諸讀者主觀體悟的情志批評。

　　就以索解作者或作品情志爲要務的情志批評活動來說，又可區分出二種不同的進路。這二種進路正巧可以《呂氏春秋》與《列子》中記載知音故事的方式得到說明。《呂氏春秋・本味篇》記載的知音故事，最後以「非獨鼓琴若此也，賢者亦然，雖有賢者而無以接之，賢者奚由盡忠哉！驥不自至千里者，待伯樂而後至也。」〔註8〕這段話做結。由此可知，《呂氏春秋》之作者，對於知音故事的詮釋，並不以作者或作品之情志爲標的，他在乎的是「說詩人之義」──即以詮釋者的情志作爲此種情志批評活動之目的義與價值義；且其最終目的、其價值取向，都是以「政教上的實用」與否爲依準。而《列子・湯問篇》中記載的知音故事，由於其成書之際已進入魏晉時期，因此，對於情志的理解與詮釋，便涉及了物感與主體間通感的審美經驗。這種情志批評的進路，自然不會以政教實用性作爲其批評的目的與評價依準。

　　鄭毓瑜在〈知音與神思──六朝人周旋交錯的生命情識〉中，就蔡英俊與顏崑陽的知音之文學批評意涵的討論，繼續提出細化的論點。此文以《列子・湯問篇》的知音記載作爲討論的基點，指出「想像猶吾心」一句，實爲串接起「神思」與「知音」觀念群之關鍵。就閱讀主體而言，在情志批評之知音與文體批評之知音這二種批評活動生發之初，作爲某種能動之意向的「情」率先發揮了感物繼而進入想像之界域的作用。因此，劉勰的知音觀念，在注重作品語言組織的同時，是以「結合『情』與『文』（『心』與『物』；『形』與『神』）雙方完整的吐納往還爲感知之最終目的。」〔註9〕而在知音典故中，伯牙既循著某種「心─物」關係而鼓琴，鍾子期亦是循著相似的路徑進行「聽感」，並在其「形神視域」漸次達到感知伯牙之志的審美情境。故「『想像猶吾心』即如『心之照理』，都是指讀者與作者憑藉『思理』爲中介所進行的神思交流；子期之『知音』與劉勰之『知音』並未必然有主、客觀之別，語符（音符）分析與情感意會乃一體完成。」〔註10〕這裡可以看出，鄭毓瑜的論述意在於爲知音體系的文學批評，打開一個文學感知論研究的大門。若借用西哲的術語來定位，這是屬於認識論層次的研究，西方的認識論概念從認知

〔註8〕〔戰國〕呂不韋：《呂氏春秋・本味》，見〔戰國〕呂不韋著，陳奇猷校釋：《呂氏春秋新校釋》（上海：上海古籍出版社，2002年），卷14，頁744-745。

〔註9〕鄭毓瑜：〈知音與神思──六朝人周旋交錯的生命情識〉，收於鄭毓瑜：《六朝情境美學》（臺北市：里仁書局，1997），頁51。

〔註10〕同上注。

作用一直到知識形成的整個流程界定，幾乎皆與中國古典文學的感物體系（或者說主客交感體系）是扞格的。因此，在當今發展古典文學的原生性理論系統之時，樹立文學感知論研究的進路實屬必要。

關於知音研究的相關論述中，廖棟樑〈論知音〉〔註11〕一文亦令人注意。此文較前述諸文更深入地探討作者與讀者、主體與主體間的關係，並為此種特殊關係做出描述。文中指出，在「知音」故事裡，伯牙與鍾子期的互動過程可以抽離出三重涵意：第一重涵意為作者在創造作品時，他的態度是傾訴的；既為傾訴就代表在創作過程中，某種「讀者意識」是涵具其中的。因此，作品的語境首先就帶有傾述的性質，它有賴於讀者的閱讀參與，才能形成一個完滿的創造活動。由此延伸出第二重涵意，即讀者為「創造活動不可缺少的合作者」，在作品中已隱含「兩個心靈的對話」；故而「創作者在『情往似贈，興來如答』中，先在地暗含著一種『讀者』在文本之中。」既然讀者具有此種重要性，於是，第三重涵意也就能推導而出，即作者在形構作品時會以讀者的接受與審美作為考量。換言之，作品的語言形式既是一個能召喚讀者之閱讀審美的結構；此結構同時也形成一個「邀請」，它要求讀者「釋放所有閱讀的潛能」。綜此以上三重意涵，其界定了的知音活動是主體與主體之間的交際活動，不論在創作階段或閱讀階段，讀者不以客體之姿而存在，作者亦不以客體之姿而存在。此即「作者與讀者的關係不是主體與客體的關係，而是主體與主體的關係，乃是批評意識和創作意識的遇合。」故而，知音若作為一種文學批評，它使讀者在「體驗了作者的同時，也表現了自己」。

從上述之前輩學者對於知音研究的論點整理，我們可以得到如下的簡要理解：第一，「知音」確實蘊含了中國古典文學所特有的批評模式，並足以與西方文學批評分庭抗禮。第二，以「知音」作為前提與目的，古代文學批評可以區分出情志批評與文體批評二個進路。第三，以「知音」作為前提與目的，古代文學批評存在有文學感知論可以繼續發掘。第四，知音作為一種文學批評，它必然是以作者與讀者互為主體為前提，且以讀者主體之體驗與審美取向為優位的批評。

如此，我們就得出歷來知音研究所開出的四個主題。其一，存在於古典文獻中的知音觀念群，應納入重構古典文學批評的研究與討論中。其二，知

〔註11〕廖棟樑：〈論知音〉，收於廖棟樑：《古代楚辭學的建構》（臺北市：里仁，2008年），頁 463-501。

音作為文學批評的觀念與方式時，可再區分出文體批評與情志批評；而情志批評又可再區分出類型性情志批評與非類型性情志批評。其三，知音之文學批評活動，涵蘊了一套古人的感物系統；若欲揭示此感物系統，則相關的文學感知論之研究與譬喻研究也就顯得十分必要。第四，知音作為文學批評的觀念與方式，亦揭示作者、作品本文與讀者之間的特殊關係，由於其建立在互為主體、主體通感的基礎上，因此，它與任一西方傳統文學批評所認知的讀者、作者與作品的關係有著根本上的不同。使這一層關係具顯化，也就成為必要的研究目標。

其中，由於第二個研究主題與本論文之研究興趣密切相關，故於以下再作若干說明。如前所述，顏崑陽在傳統知音觀念群之下所區分出的情志批評，其中依詮釋主體之目的與價值取向的不同，可再分辨出幾種差異：一是詮釋者所關注的「情志」，是作者（或作品）情志亦是讀者情志——前者形成追索作者情志的詮釋與批評，後者形成以讀者情志居主導地位的文學批評。二是詮釋者的批評意圖，決定了實際批評的結果。《呂氏春秋・本味篇》的知音典故與與漢儒的詩經詮釋，都屬於以政教之實用為目的取向、價值取向的情志批評；而《列子・湯問篇》的知音典故則屬於拋棄政教實用性，深入主體通感之審美的情志批評。這類情志批評是六朝之後才明確的開始發展的批評意識，在這類型的情志批評之下，討論主體通感、默契神會、作品言外意與言內意之辯證關係等等，屬於文學感知論範疇乃至文學語言範疇的研究，在文學抒情傳統的研究集團中，已有豐富而可觀的成果。

在另一類型，權且暫稱為「政教實用性的情志批評」，在近代研究中，長期以來被劃歸為詩言志的詮釋與批評傳統，並遭遇以下的質疑：與政治權力核心掛勾、背負過多的教條式禮教之包袱、以過於獨斷而單一的「政教意志」理解作品，致使作品詮解牽強附會、千篇一律的反映出衛道與家國思維。然而，這類情志批評的價值，遠遠超過它所被誤解與詬病的那些詮釋與批評的問題之上。誠如顏崑陽在〈文心雕龍「知音」觀念析論〉中指出的，在漢代發展完成的、傾向於政教實用性的情志批評，其思考是「文化性而非文學性的」，是「將文學當作以政教為核心的總體文化結構的一環，而思考它在文化活動中對人之存在價值能產生什麼效用。」〔註12〕這句話所反映出的第一個要點是，漢代的文學觀不同於今日之文學觀；因此，我們不能以「不相容」

〔註12〕同註4，頁206。

於漢代歷史情境的文學眼光,檢視此一時代的情志批評活動。第二個要點是,唯有當今人放下某種嚴格的文學審美學之標準,如實地看待漢代的情志批評活動,才能瞭解漢代那帶有政教色彩的文學觀,背後隱含著一整個時代智識份子的深思與親歷之生存經驗的辯證軌跡。

是以,漢代的情志批評與抒情審美的情志批評所能衍生的批評意識有所出入。前者的文學活動之終極關懷,在於理解與詮釋大我乃至小我的現世之存在問題,而使人的存在價值之彰顯成為情志批評之標的。如果那類抒情審美的情志批評,有文學感知論的研究課題;那麼,可以推想的,另一類政教實用性的情志批評、或是涉及主體之存在關懷的情志批評,亦有其文學感知論(或言「文學通感觀」)的課題可以深入探討。主體之間的交流默契,可以導向一種審美境界的體悟,但也可以導向對於自身存在問題、社稷存在問題的批判與反思;前者無疑是一種審美的態度,而後者卻是一種充滿歷史意識的入世態度。

二、知音故事的另一種讀法

記載於《呂氏春秋·本味》與《列子·湯問》中知音故事,如其他古典文獻一般,有簡潔、不作過多抽象敘述的語言特徵。然而,伯牙與鍾子期的互動,並不如文字敘述表面上看起來的平淡與理所當然。若冒一點或許稍稍偏向主觀主義的危險,對之進行想像與情境還原,當可以察覺到其中蘊藏了許多屬於心理層的細膩之物。向普通符號學與知覺現象學借一點理論與方法上的協助,我們就能重新觀看這則知音故事。

> 伯牙鼓琴,鍾子期聽之,方鼓琴而志在太山,鍾子期曰:「善哉乎鼓琴,巍巍乎若太山。」少選之間,而志在流水,鍾子期又曰:「善哉乎鼓琴,湯湯乎若流水。」鍾子期死,伯牙破琴絕絃,終身不復鼓琴,以為世無足復為鼓琴者。非獨鼓琴若此也,賢者亦然,雖有賢者而無以接之,賢者奚由盡忠哉!驥不自至千里者,待伯樂而後至也。〔註13〕

這個音樂會場景是個完整的「傳播-接受-詮釋-印證」之過程。傳播者-伯牙以「太山之志」的訊息,編碼於音符,並對他的朋友播送一組結構完整的音

〔註13〕〔戰國〕呂不韋:《呂氏春秋·本味》,見〔戰國〕呂不韋著,陳奇猷校釋:《呂氏春秋新校釋》(上海:上海古籍出版社,2002 年),卷 14,頁 744-745。

響符號。接受者-鍾子期聽到了一整組音響符號，他對這些符號進行解碼，從而還原其隱藏之志。於是，他向鼓琴者讚嘆曰：「善哉乎鼓琴，巍巍乎若太山」。然而，這個訊息交際的過程，有其複雜之處。它不是日常語言的發送與接收，它是創作之傳播與接受之詮釋的過程。這意思是，此中訊息的編碼與解碼，比一般的訊息交際更為細緻、繁複。

首先是關於伯牙，此發送、創造之主體的內部運作過程。「方鼓琴而志在太山」，這句話指出了符號學關心的問題。琴音是一種符號，鼓琴無異是語言行為的一種，只是表現出來的符號是音符而不是一般語符。音符的喻指與組織來自於「志」，鼓琴人志在太山，則指下的琴音宣洩出代表太山之志的音符組織。因此，「伯牙鼓琴」就涵具了一個「ERC」的符號關係式〔註14〕：

（E：琴曲）（R：志在太山）（C：太山）

琴曲由音符與將定結構組成。其中，每個獨立的音符並沒有太多的意義。音符的聲響形成刺激，引起聆聽者的生理聽覺反應，它只有「材質性」的意義：大聲或小聲、低沈或高昂、清脆或濃濁等等。人的聽覺對音符的材質性辨識，能引發簡單的心理活動。例如：低沈的音使人感到平穩、厚實；清脆的音使人感到輕盈、靈活。在單一音符的單一聲響中，人們對於它的材質性辨識與產生的心理活動都尚屬單純。當音符複合，組成音節和樂章，這個音符組織就有了其材質性能引發的心理活動之外，更複雜的意涵。

一連串舒緩的音符組織，它的材質音引發了與之對應的心理活動：平緩、悠悠然與迴盪。這些屬於純感覺層面的心理活動，依照音符刺激的秩序，它就能形成一組有結構的感覺。這一組感覺它沒有具體的形像，但是它的組織形式和內容有能力招徠其他相似的感覺群組和感覺結構。平緩、悠悠然與迴盪感所組構成的感覺群組，與人們賞觀氣象宏大的山群之經驗所形成的感覺群組相類。反過來說，覽觀太山所形成的感覺群組，亦能成為編碼音符的「種子」，與此感覺內容相符的音符組織，就能相應地創造出來。於是，當伯牙「志在太山」，他就是在心裡湧現覽觀太山的經驗與內在曾形成的感覺群組，並且將此「志」喻指於音符，規範於音符的結構。

這裡的喻指、規範都是為了論述方便而立的名目，在實際的即興演奏中，音符組織的生成和當下的心理活動無法截然劃分。善於操琴的人，必然

〔註14〕ERC：E為 expression，C為 contenu，R為 relation；即表達層與內容層經由某種關係連結起來，成為一個或一組符號。詳細界定參見羅蘭・巴特（Roland Barthes）著，李幼蒸譯，《符號學原理》（北京市：中國人民大學，2008年）。

將對音符的感知與自身經歷的各種感知緊密地編織在一起、隨時能互相替代。從「志在太山」到表達情志的琴曲，這中間的轉碼過程是瞬間完成的，它甚至可能未經過意識運作，只憑演奏家對音符的熟稔進行感知對感知（而非認識對認識）的轉碼──即太山之感覺群組再次喚回記憶中的感覺內容和感知活動，並且與對音符的感知，直接進行轉碼。這是音樂家表述世界和文學家表述世界很不一樣的地方。前者的「語言」是近乎可以直接訴諸感知的符碼〔註 15〕；後者的語言則無法避免的是某種意識之歷史的遺產：人們要認識一個詞總是比感知一個音符需要付出更多的意識運作。

從操琴者的角度來看，他由於某種緣故而引發了對太山的想像。這位音樂家可以有二種憶起太山的進路：其一，某事物給人的感覺，與他覽觀太山所形成的感覺結構之間，有局部一致性或相似性。於是藉由感覺結構引發感覺結構的路徑，他喚回關於太山的感覺群組。其二，現場中某事物的形貌與太山的形貌，有局部一致性或相似性。於是藉由形像引發形像的路徑，音樂家喚回關於太山之感覺群組。不論是哪一種連類的進路，我們都可以說他「志在太山」。

與文字相較起來，音符組織和主體內在經驗與心理活動的關係，雖亦不能排除文化與社會之語言結構的籠罩，但它更多地涉及感官以及官能所能引發的「知覺思維」〔註 16〕，從而理性思維作用的程度則相對地降低。在文字語言的使用情況中，文學家若志在太山，他必須使志與語義相符的詞語對應起來；而詞語，恰巧就是最無法表述志之物。志是想像，是紛繁的非語言之心理活動；而語言只能是一種替代的手段，它以有組織的符碼代表某種心理內容。在志與語言的聯繫關係中，喻指作用是一種造作意指大於某種「自然而然」的感知喻指的作用〔註 17〕。在音樂的情況裡，音樂家對於音符的感知與他內在的太山之志，此二者之間沒有太大的隔閡。操琴者賦予一首曲子或雄渾、或高低迭宕的音調，他的「內在音感」也與雄渾迭宕之音所能具顯的感覺相去不遠。此內在音感為主體對音符感知的經驗所生成，而與其關於太

〔註 15〕這裡暫時不考慮通俗音樂或儀式性音樂中常見的套式所承載的固定情志內容。

〔註 16〕知覺思維為 M・梅洛龐帝提出的觀念。參見 M・梅洛龐帝（M・Merleau-ponty）著，張志輝譯，《知覺現象學》（北京市：商務印書館，2001 年）。

〔註 17〕無可否認，漢字的形像特徵，有助於削弱造作意指的獨斷性。「川」這個字的形像，在視覺刺激中，與實體河川有形像類似性。人們望著「川」字，所湧現的視覺內容，可能與望著實體河川、水流不止的形像相似。

山的情境經驗和感覺結構密切互涉。這是伯牙之志的全貌：當他志在太山時，他的想像是在情境式經驗與音樂符號的多重互涉關係中，依照相感相應的原則互為喻指，由此而彈奏出可「名狀」太山的曲子。

再者，是關於鍾子期，此聆聽接受與詮釋之主體的內部運作過程。一首隱含了太山之志與操琴者之個人風格的曲子，進入聆聽者的耳裡，他最先掌握到的是音符的材質性與組織性。從音符之低沈或高昂、急進或悠緩的材質性辨識，聆聽者的聽能知覺便能產生與之相對應的感覺內容，諸如，平緩、悠悠然與迴盪。這些原初的感覺，不會停留在鬆散的狀態。在理想的情況中，這些對音符的感覺，能夠隨著曲子本身的構造方式組織起來，而形成一組有結構的感覺。這組包含有感覺內容的結構，它可以看作是譬喻的基礎形式，聆聽者能以此向內在經驗連類運作，喚起其他類似的感覺結構以及此結構所代表的具體情境。

鍾子期曰：「善哉乎鼓琴，巍巍乎若太山。」「巍巍」不是對太山的形容，而是扼要地指稱鍾子期聆聽琴曲所把握到的感覺群組。「巍巍乎若太山」中的喻詞「若」，形同於指涉譬喻連類的運作。作為譬喻之形式的「巍巍感」，它能連類、招徠聆聽者往昔覽觀太山的感覺群組，以及此感覺群組所關連的整體情境。我們若將鍾子期的回應，分成接受與詮釋二階段來看；那麼，他在接受曲子時，就是藉由音符感知，使生成相應的有結構的感覺群組；當他作出「巍巍乎若太山」的詮釋時，便是在內部完成了譬喻連類的運作。正是這種以感覺結構作為譬喻的基礎形式，並向往昔的經驗情境連類運作，鍾子期才得以作出解釋。這就是聆聽者把握伯牙之志的方式，它依賴的條件是感知、連類想像與情境。

這裡有二個可延伸的認知。第一，鍾子期是以志把握伯牙之志。這意思是，伯牙以何種進路想像太山，並將此想像轉碼為音符；鍾子期就是以何種進路，把握了伯牙之志，並作出詮釋。其過程沒有神秘，但卻有「妙不可言」之處。操琴者內在湧現感覺群組，並進行音符轉碼；聆聽者以聽感貼合著曲子，內構與之相符應的感覺群組，並轉碼為可付諸言語的評論；此二者內在運作的每一個環節，都涉及個人材質條件與體悟與否的問題。第二，伯牙之志與鍾子期所把握之志，不全是同一物。志是一種想像運作，其運作過程的每個細節都與個殊主體的內在條件互有牽涉。因此，志不可能成為可普遍規格化之事物，這其中存在有個殊主體間無法交流、不能溝通之差異性。因此，言鍾子期所把握之志與伯牙之志相符，是就其內在感覺群組之相類，而其稱

名之一致（都可稱爲「巍巍」而與「太山」互爲聯想）來說的。是稱名之一致，而不是感知之一致；是所志者相同，而不是志相同。

伯牙鼓琴，而後收到深體其志之回應，且賦予印證；那麼，這場音樂會便具足二種意義：其一是情志批評，其二是知音印證。情志批評指的是鍾子期對伯牙鼓琴的讀解，這是一種「乘著」音樂符號，而以己之情志會通於彼之情志的詮釋活動。知音印證是指伯牙對於鍾子期的解讀給予正面的肯認：傳播者與接受者之間，那往復傳遞的訊息沒有太大的誤差，從而二者間取得一種情志交融的審美之愉悅。在這段軼事中，知音是鼓琴人才能賦予對方的榮耀；若沒有伯牙的印證，鍾子期不能成爲名符其實的知音，他最多就是對於聆聽音樂很靈敏、很有自己一套詮釋的人。接受者的情志批評活動雖是朝著創作主體而發，但他並不能保證、也不負擔其完成的效用是百分百達到知音的。他的任務是傾聽、詮釋、做出實際批評；要達到這段典故裡的「知音」，就必須由彼端之傳播者對其實際批評做出肯認。

由伯牙與鍾子期的故事所導出的「知音」有二種意涵：第一種是爲創作者所認同的知音，他以言證肯定彼此之間的心證。第二種是詮釋者以知音作爲訴求，而對作品與創作者展開情志批評。前者是主體對主體的立即肯認，雙方在完滿的交際過程中得到情志交融的審美感受與愉悅；後者是主體對於另一主體的追想，彼端之主體尚未或者不能給出回應，追想者從自身的詮釋行爲中印證彼端主體之情志，而得到另一種情志交融的美感。知音的訴求使詮釋者將目光投向作品與創作者，它是情志批評活動的理想境界。但知音運作所得到的「知」，不能算是首要的價值義；知音活動更大的報償在於其過程所生發的情志交融之審美感受，及其可能衍生的種種體悟。這是古典文學中訊息交際的「烏托邦」，幾千年來，文人契而不捨地追求這種主體互爲通感的境界，即使其所叩詢的古代作者再也無法頒予他們知音的桂冠。

《呂氏春秋‧本味篇》記載的知音典故，在描述故事之後，附了一段「延伸理解」的文字。正是這段文字使得讀者對知音典故的理解，沒有繼續往審美的層面延伸；反而下降到現實的生活世界、政教世界之中。「非獨鼓琴若此也，賢者亦然。」這句話就是譬喻運作的開端。作者使知音典故成爲一組有結構的符號，其中，故事的結構能與其他相類的事件之結構互相吸引、呼應；而出現在典故中的各個符號，都能與符合條件的其他符號互爲替代。符號與符號間的替代，其替代條件與可替代的符號種類，是由故事結構本身來限定的。作者使伯牙鼓琴與賢者盡忠這二個不同類別的事件串連了起來，並使其

意義能互爲轉用。他之所以能成功地連類這二項事件，是因爲「知音事件」與「知人事件」的確存在有相類的結構。而在這可互爲通用的結構的牽引下，「伯牙」與「賢者」、「千里馬」互爲替代；「鍾子期」與「知人者」、「伯樂」互爲替代。

不同類別之事件的結構互通、其組織的符號互爲替代，這只是表面的、屬於可表達之語言層的譬喻連類的運作。支撐此種譬喻運作的基礎形式，是主體的存在經驗。這必須分二個方面來說明：第一，知音典故是一個有情境的故事。就故事中的人物而言，他們都置身在知音情境當中；就講述故事與閱讀故事的人而言，故事的語境正在喚起主體的想像，並使其招徠更多的類似經驗，從而使故事語境對主體形成一種包含有感知內容的虛擬情境。這意味著，故事不只是「故事」而已，它本身就有引發主體感知、招徠過往之生存經驗的功能；而後者，是屬於非語言層面的心理活動。第二，對於作者所做的「延伸理解」，即將知音典故轉用爲解釋「知人」的確當性，我們若站在與講述者相同的發言立場，就能發現從知音事件到知人事件的譬喻連類，並不是全然由「理性」所推導的。作者必須先對知音故事有所體悟，才能將此體悟「舉一反三」，用以解釋當前生活世界、政教領域的種種問題。

換言之，「非獨鼓琴若此也，賢者亦然」一句所揭示的推類思維，不只是一種語義的演繹，而是必須以情境經驗、生存經驗作爲基礎形式的譬喻運作。這是一種與漢代箋釋學所反映出來的情志批評性質相彷的評論方式。從評論文字的語言表現來看，其狀似無異於純粹說理、意義推論；但是，當我們與講述者達成「視域融合」，從他的表述動機與表述策略進行觀察體會時，同時就能理解此種評論的三個特徵：其一，它是訴諸主體之生存經驗的；其二，它穿梭於典故與現世事件之間，因此其評論態度是帶有史的意識的；其三，它的評論意圖是實用的、用之於現世的。就這段評論文字而言，它的知音觀念具體展現於將其轉用在政教問題之上，而產生知人之理解的效用。是以，不能以其不進入審美層面談知音，就判斷它遠離了知音精神，或者，使知音觀念迂腐化；事實上，它可以說是一種放眼於現實、講求具體致用的知音觀。

回到先前提出的問題：在六朝之前已然存在的知音觀念群，其涵蘊的文學通感觀是何種樣態？通過對〈本味篇〉這則記載的分析可以得知，在那個時代中，主體之間以志相感相知的觀念是存在的；而這種觀念又與《孟子》提出的「以意逆志」有相同亦有差異之處。相同點在於二者都傾向以詮釋主體的存在經驗與歷史意識作爲志之發用的基礎；而語符、音符都是一種中介

組織，詮釋者要把握的是符號之外的意義。此二者的差異在於，知音故事記載的是一場非語言的音樂會，當語言的因素從志之相感的作用中被削弱時，相對突顯的就是主體間情志交流、互爲通感的默會之知。它可以看作是比「以意逆志」更深入志之心理活動的觀察；雖然，這故事本身並沒有交代主體間情志交感的方法與細部過程。在知音故事中，那主體間非語言的情志交流、互爲通感的情態，被〈本味篇〉的作者藉由譬喻連類的運作，用來解釋政教世界中的知人事件，並且與伯樂識千里馬的典故連接起來。比起語義本身顯見的譬喻連類，以及此連類運作所達到的政教效用，作者那詮釋主體的姿態更引人深思。他的理解是穿梭在典故與現世之間的——既要對知音故事有一定的體會，又要能對其面對的政教情境有某種程度的瞭解；因此，此詮釋主體是將閱讀經典的經驗與自身於現實世界的存在經驗互爲印證，而達成某種知音運作：他藉由存在經驗與經典互爲印證，而通達了知音觀念，並且能不斷應用於各種生活層面。

因此，在這裡，文學通感觀表現爲二種具體樣態：一爲典故詮釋；二爲將此詮釋應用於現實的政教問題。就這個意義而言，〈本味篇〉的作者，其角色無異於鍾子期與伯樂。他體認到當前政教情境的某個問題，並且以知音典故解釋之；或者，反過來說，他體悟了知音典故，所以能藉以解釋或洞察當前政教情境的某個問題；此作者其本身就具有「知音性格」。依照古典文學中常見的「體用相即」之傳統特徵，嚴格來說，理應無法從上述的二種具體樣態中獨立出某種文學通感觀；但我們善假方便地指出，此詮釋主體置身在他的生活世界中，以一種和典故文獻以及他所關注的政教問題保持深刻理解、且互動的狀態，繼而不斷做出詮釋與批評。簡言之，這裡的文學通感觀，首先必須確立有一生活於世界之中、與世界保持對話的具有歷史意識之主體；此主體看待物的態度是交感且深觀的，因此不存在主客對立的認識論問題，只有主體與主體之間如何交流、契入的問題。再者，就通感的方法而言，則必須訴諸於主體內部的感知與情志運作。這是屬於心理活動的層面，若要清晰的描述這個活動運作的過程，就必須藉由相關文獻的分析，還原並具顯出此內在活動的運作圖式。最後，就文學通感觀的效用而言，它形成了帶有主體情志特徵的理解與詮釋。

文學通感觀並不是外於情志批評研究的主題。情志批評研究的「批評本體論」，即是批評主體的情志類型、情志取向與情志運作的相關問題；而情志運作的討論，就會涉及批評主體與對象之間情志交感的方式。由此，文學通

感觀的討論就與情志批評研究聯繫起來，成為一組互有牽連的主題。還必須指出，在「政教實用性的情志批評」之下所討論的文學通感觀，其本質應與「審美的情志批評」沒有太大的不同；二者都是以主體間的情志交感作為立論基礎。然而，在涉及情志類型、情志取向與情志運作之效用的問題時，此二種情志批評類型的通感觀就有所差異。我們假設，這個差異將導致二種不同的譬喻連類之運作——不是方法上根本的不同，而是功能取向、意義取向的不同。這部分會在第四章做進一步的論證。

三、情志與情志批評

「情」與「志」二字複合成的「情志」，在先秦兩漢的典籍中不算常用詞。「情志」大約可見於以下幾處：《尹文子》：「樂者，所以和情志，亦所以生淫放。」《楚辭章句》王逸的箋注中有「存其形貌，察其情志」〔註18〕、「言己心愁，情志慌忽，思歸故鄉」〔註19〕、「情志潔淨，有如束帛也」〔註20〕等三處。又見於張衡〈思玄賦〉：「乃作思玄賦，以宣寄情志。」〔註21〕這些句子裡的「情志」，雖大致都是指情感與意向的意思，但卻有層次上的不同。在《尹文子》中，「情志」所指的情感與意向，偏向於人的自然性；在《楚辭章句》和〈思玄賦〉中，「情志」所指的情感與意向偏向於人在文化社會情境中所能產生的複雜心理活動。若就普遍與個殊的差別來看，《尹文子》的「情志」是指人的普遍之自然性；《楚辭章句》和〈思玄賦〉的「情志」，則是指個殊主體在特殊情境下所產生的情感與意向。

「情志」此一概念的概括，不出顏崑陽所論述的三種層級：第一個層級的情志是就「一般性」而言，指的是人的普遍「氣質性」與心中的意念；第二個層級的情志是就「類型性」而言，指的是「某一類型具有特殊性質的情感意念」；第三個層級的情志是就「個別性」而言，指的是「個別主體在一特定的時空背景中，就個別發生的事實經驗所引生的情感或意念。」〔註22〕這

〔註18〕〔漢〕王逸：〈九章章句〉，〔漢〕王逸章句、〔宋〕洪興祖補注：《楚辭補注》（臺北：漢京文化事業有限公司，1983年），頁157。

〔註19〕〔漢〕王逸：〈九嘆章句〉，出處同上注，頁288。

〔註20〕〔漢〕王逸：〈九嘆章句〉，出處同前注，頁289。

〔註21〕〔漢〕張衡：〈思玄賦〉，見〔清〕嚴可均輯：《全上古三代秦漢六朝文·全漢文》（北京市：中華書局，1958年），頁759。

〔註22〕顏崑陽：〈文心雕龍「知音」觀念析論〉，收於顏崑陽：《六朝文學觀念叢論》（臺北市：學生書局），頁230-232。

三個層級是特別是就文學理論的立場，對於文學批評者和研究者所面對的情志類型，進行總的歸納。這三個層級構成了一種「情志座標」，使得相關討論能方便的得到定位。

所有的情志活動，都會從感物而動、興起意念出發；而當情志批評活動開始運作時，批評主體的情志就朝第二和第三個層級過渡。「伯牙鼓琴，鍾子期聽之」這就是一個特殊場景下發生的特殊情志事件。而鍾子期以己之情志會通於伯牙之情志時，他並不是在散亂無章的情況下，偶然地猜中「太山」或「流水」。某種含具感覺內容的類型化之知，影響著這位聆聽者的判斷。人對自然景物能萌生某一類的的情志，對於不同音樂也能萌生不同的情志類型；正是此二者之情志在某種感覺結構上達成了高度相似性，故鍾子期能神準地回答以「太山」、「流水」。這意思是，情志批評活動中的情志，它並不會從頭尾只呈現出固定的層級樣態。鄭玄解《詩經》是情志批評的一種，從文學批評的派系來說，鄭玄解詩的情志有其類型性，他是歸於儒系詩學系統的。但是就常理推斷鄭玄解詩的實際情況時，他的詮釋中理應帶有個人情志的部分；而這個殊性就是鄭玄藉由《詩經》詮釋向歷史與時代作出的個人回答。

「情志」如何被理解，端視於研究者的切入的層級角度而異。如同顏崑陽在論文中指出的，「詩言志」之「志」與「詩緣情」之「情」，是從第二個層級的角度切入理解〔註23〕。在這個類型化的層級中談論情／志的對抗性，由此衍生出非情即志、非志即情的文學批評觀點，基本上都有混淆情志層級的危險。而當我們以情志批評活動為研究對象，深入瞭解主體在閱讀與批評之情境中的情志運作時，首先就應該避開上述的謬誤。人心不是可規格化的機器，就算是一位徹頭徹尾的儒系詩學批評之代表人如王逸，他在做出那些符合「政教期待」的楚辭注解時，他的情志也不可能自始至終都只在情志類型化的層級中作用。王逸有其各人對於楚辭的體悟，正是他的個殊情志形成了根本動力，促使他寫出《楚辭章句》。作為對情志批評抱持濃厚興趣的研究者，在王逸的注解行為中要讀出的，不只是他情志類型化的一面，我們更要深入理解的是王逸的個殊情志、與其同時表現出的類型化情志，此二者在其主體內運作的辯證過程。透過這個辯證過程的理解，人們才能更確切的瞭解，《楚辭章句》如何以它的情志批評特徵，彰顯出它的時代性與流派性意義。同時，這個意義就是《楚辭章句》的存在價值。

〔註23〕同上注。

　　因爲情志在情志批評活動中並不是無變化之物，所以想要針對情志一詞進行字源學、心理學甚至是美學的分析與界定，並試圖框定出其在批評活動中某種頭尾一致的性質與效用，幾乎是事倍功半的。這個詞，我們建議從這種角度來把握它的根本性質：情志可以看作是內在的心理活動，它是一切情感與意向運動之總名。而借用西方架構理論系統的方法意識來看，情志活動在整個批評過程中，可以區分出認識階段與意義生產階段。認識階段，事實上應該調整用詞爲感知階段，因爲，在古典思維中不存在西方認識論定義下的認識。情志批評活動的感知階段涉及了批評對象、作品語境與意象轉碼、古今情境的問題；在意義生產階段則主要涉及意象重新編碼的問題，批評主體的生存情境則左右了此一階段的符號關係運作。

　　爲什麼要在這樣看起來似乎與閱讀反應理論、詮釋學理論、甚至是符號學理論無異的文學批評活動中，特別強調它是情志批評？這涉及了對中國古典閱讀的傳統態度的整體觀察。顏崑陽指出，中國古典文學批評存在有二種批評型態，一爲情志批評，一爲文體批評〔註 24〕。這二種批評型態並非是可以完全切割的不同領域。雖說情志批評側重於讀解者情志的發顯，或讀解者情志與作者情志的辯證融合；而文體批評則以作品的語言形式爲依據，依體而探索各種構成性原因與意義。但是，我們仍能發現這個現象：情志批評活動裡，包含有文體取向的意識；文體批評的活動裡，亦有情志取向在作用。

　　王逸曰，屈原「獨依詩人之義而作〈離騷〉」〔註 25〕。這句話可以有二種不同角度的理解：其一是〈離騷〉中獨特而情感強烈的個人情志，可以歸類在「詩人之義」的類型性情志之下，而同爲比興托喻、諷諫之屬；其二是屈原體詩人之情志以爲己之情志，並依此情志而作〈離騷〉。這裡的〈離騷〉就有了「因情立體」的意思，是以情志類型與文體的組構就發生了聯繫。又比如，《漢書‧藝文志》曰：「大儒孫卿及楚臣屈原離讒憂國，皆作賦以風，咸有惻隱古詩之義。」〔註 26〕這裡的「賦」，最先指的是荀子、屈原的作品，而

〔註 24〕作者情志批評此一觀念的提出，見於顏崑陽的《李商隱詩箋釋方法論》一書；其他相關資料的說明請參見本章第三節「資料參考與運用說明」。

〔註 25〕〔漢〕王逸：〈楚辭章句敘〉，見〔宋〕洪興祖撰：《楚辭補注》（臺北：漢京文化事業有限公司，1983 年），楚辭卷第一，頁 48。

〔註 26〕爲檢索方便，摘錄原文於下：「春秋之後，周道壞，聘問歌詠不行於列國，學詩之士逸在布衣，而賢人失志之賦作矣。大儒孫卿及楚臣屈原離讒憂國，皆作賦以風，咸有惻隱古詩之義。其後宋玉、唐勒，漢興枚乘、司馬相如，下及揚子雲，競爲侈麗閎衍之詞，沒其風諭之義。是以揚子悔之，曰：『詩人之

後以體類的概念限定這個作品的部分特徵；因此，「作賦以風」可以理解爲賦之類體在荀子、屈原筆下皆具有諷諫的效用，又正因爲其具有諷諫的效用，故能與古詩之義謀合。〈藝文志〉這段話的敘述邏輯，恰好和王逸說的顛倒過來；但卻也是相同的意思。前者言文體能表達情志，後者言情志能衍生文體；這二個例子側面地說明了在古典文學的批評語言中，文體意識和情志意識經常是相隨相生的。

雖說此二種批評型態往往鎔鑄在同句或同段落之中，但仍然可以區分出它們。我們起碼可以就批評的側重點與批評目的來進行分判。就情志批評而言，其目的在於讀解寓於作品中的情志；這樣的目的同時催生了某種本文細讀技術，並發展出致力於闡發文外之意的評論傾向。漢代的箋注、章句之學，可以說就是此種批評目的下的產物。在本文細讀與意義詮釋的過程中，讀解主體無可避免的佔了至關重要的位置：情志批評將目光投向本文所連接的彼端，那裡有作者情志、有隱藏的微言大義、有尚不爲人熟知的言外之意；而讀解主體便是意義詮釋的起點。在文體批評的系統內，作者情志雖是隱含性的預設基礎，但批評者更有興趣於藉由一套客觀的標準，針對作品的符號組織方式，檢驗其是否完滿的實現某一特定文體的要求。在這樣的目的與前提下，文體批評側重於客觀標準的建立，繼之追求主體與此客觀標準充分「對話」、從而達到某種文學體式的可能性。

如果說，情志批評與文體批評同樣都有著「知音」的訴求；在劉勰看來，他可以用一套「六觀」的方法論〔註 27〕，對讀解效力作出某種保證。然而，在前述伯牙鼓琴的例子中，「琴外之音」的讀解，除了訴諸接受主體的善聽、善感、善於譬物連類之外，別無他法。我們可以看到，這類的情志批評型態，很難做到批評標準客觀化的要求；因爲它有太多的變項繫之於接受主體的感知能力。在這裡，甚至還有差別主體的感悟能力問題。因此，對於情志批評活動的研究，首先應設想爲一種心理活動層面的關注，然後才是語言層面的搭配分析。在這樣的認知前提下，此種研究就不會致力於提供一套客觀的讀

賦麗以則，辭人之賦麗以淫。』」〔漢〕班固：〈藝文志〉，見〔漢〕班固著，〔唐〕顏師古注：《漢書》（北京：中華書局，1962 年），卷 30，頁 1756。

〔註 27〕「是以將閱文情，先標六觀：一觀位體，二觀置辭，三觀通變，四觀奇正，五觀事義，六觀宮商。斯術既行，則優劣見矣。」〔梁〕劉勰：〈知音〉，見〔梁〕劉勰著，周振甫譯注：《文心雕龍譯注》（臺北：五南圖書出版有限公司，1997 年），頁 587-588。

解情志的方法。我們要作的是指出情志批評活動運作的流程，以及此種批評型態在漢代時空中的特殊意義。

　　依照顏崑陽的構想，在情志批評型態之下，可再區分出二個次型態。在第一個次型態中，情志是「讀者由作品意象主觀感發所致，不必繫屬於作者之本意」〔註 28〕；如先秦諸子的賦詩言志、漢代的《韓詩外傳》皆可歸爲這一類的次型態。在第二個次型態中，情志被視爲是「寄託於言外的詩人創作意圖，即『作者本意』」〔註 29〕；如《孟子·萬章》中說的「以意逆志」、鄭玄毛詩箋、王逸之《楚辭章句》，皆屬於此類。此兩種情志批評的次型態，就表面上來看，其主要的差異性是在於側重「讀者詮釋」，或是側重「作者本意」的不同。

　　側重於讀者對作品意象之感發的情志批評次型態（以下稱「情志批評次型態 I」），其主體詮釋的自由度大於另一個次類型，它的詮釋思維保有舉一隅得以三隅反的靈活性。這種次型態最先出現在先秦時空，並形成蔚爲流行的詮釋與表述規則。因此，作品之於情志批評次型態 I，是一種開放的「符碼織體」，它具有「中介指引性」〔註 30〕。次型態 I 要求的批評目的是藉彼喻此，藉由作品的摘引以喻主體之情志。至於所「藉」之語句，是否使其引伸意仍然合乎於原出處的上下文，這就不是它所在意的。「賦詩斷章」就是這種批評型態的展現。

　　側重作者本意的情志批評次型態（以下稱「情志批評次型態 II」），它的詮釋自由度相對地縮減；因爲其追求的是某一預設的、甚至是「先在的」特定意義之原故。在此前提之下，作品與相關文獻（作者生平、歷史背景）形同是詮釋之證據與有效性之保證的來源。情志批評次型態 II 的批評目的，既

〔註 28〕 顏崑陽：《李商隱詩箋釋方法論·新版自序》（臺北市：里仁書局，2005），頁 1-2。

〔註 29〕 同上注。

〔註 30〕 「……循上所論，則『詩文本』在詮釋活動中，其意義之如何，並非詮釋的『終極標的』。詮釋的『終極標的』，乃在於行爲者的『隱性意向』。準此，『詩文本』的意義，其實只是理解『過程』中，做爲『中介指引性符號』，在雙方互爲主體的理解過程，介乎其間，以其隱喻的性質與功能，提供『情境連類』的『思維指向』，終而『綜合解悟』到行爲者的『隱性意向』。而當『意向』被獲致，則『詩文本』就終止其指引作用而被捨棄，一如莊子所謂『得意而忘言』。因此『中介指引性』便是這套符號體系的特性。」見顏崑陽：〈論先秦「詩社會文化行爲」所展現的「詮釋範型」意義〉，《東華人文學報》第八期（2006 年 1 月），頁 83。

在於其所能發掘到的意義（即「作者情志」），同時也在於它自身的批評行為
中。在漢代，此種追溯作者本意的批評行為，本身就具有諷諫的效用。這種
批評型態的解碼態度與情志批評次型態 I 不同，它將作品語符所形成的意象
——與作者的形象、或某種作者本意作聯想，由此而使得作品彼端的作者，
狀似成為被探尋的喻體，而作品成了喻體缺席的譬喻構句之集合。我們不稱
這種解碼態度是將作品視為隱喻的符碼，而是將之理解為以探求彼端主體所
創造之存在價值為目的取向的比興讀解。可以想像的是，這類批評者所在乎
的「意義——作者本意」，就必然是在語言符號之外的，且指向他者主體之生
存樣態的把握與體會。

四、關於作者

　　情志批評次型態 II 所預設的作品之意義，雖可總名之為「作者本意」；但這
裡的「作者」的存在樣態，卻是必須細辨的。龔鵬程曾以歷代注家對杜甫〈八
陣圖〉的作者原意之解釋為例，指出「勞動所有權及智慧財產權的作者觀，只
是一種作者觀而已，且並不見得是絕對可以信賴的作者觀。」〔註31〕此言注家
雖大都自認其立場乃尊重作者本意，並率皆沿著作品與周邊史料的線索，揭示
可通達作者意圖的言外之意；但不同的注家之間，還是會出現出入頗巨的詮釋。
這種詮釋差異的現象，說明了一件事，即個別詮釋者之於對象本文的作者本意，
存在有因人而異的想像與詮釋進路。詮釋方法上的相近，對字詞訓詁、作品體
類及其結構的共識；並不能保證人人都能得出相同的詮釋。

　　對於作者本意的理解——而不是題材、作者生平這類外部資料的掌握—
—這件事本身只能成為一種觀念，而無法形成具普遍共識的概念。這意思是，
就文學批評的歷史現象來看，只存在「杜甫觀」而不存在「杜甫概念」。若有
注家或批評者使用「杜公本意」這個詞或其他類似的詞彙，那麼，他的意思
應該要被理解為，此注家或批評家所體悟的杜甫觀，而不是可等同於「原廠」
的杜甫本意。故而「作者觀」這個詞，正好很適切的指出：追求作者本意的
詮釋，實際上，就是追求讀解者所能感知的作者意圖。作者確有其人（或群
體），但「觀」卻是讀解者自身的主觀感知。由此，我們可以說，在情志批評
次型態 II 的批評活動中，作者本意取向的詮釋過程及成果，可以視為讀解者

〔註31〕龔鵬程：〈論作者〉，見龔鵬程：《文化符號學》（臺北：學生書局，1992 年），
　　　　頁 5。

之作者觀的展現。此中，讀解者仍然佔居詮釋的主導地位，在作品的語符組織與作者本意之間，讀解主體從來都不曾扮演過稱職的鏡子，將作者本意完整的現影於世。

　　因此，言作者本意，其實就是在談讀解者的作者觀。從而可以再進一步的問：讀解者所認知的作者觀，其中的「作者」，仍然是某種生物學或人類學定義下的、可實存於世的「人」嗎？或者，可以這樣問：這些作者觀中的「作者」，是指某一特定眞實的「作者人」？亦是這裡的「人」，已不是獨一無二的實存人，而成爲一種「觀念人」或「典型人」？

　　之所以要對作者提出這樣的存在問題，目的在於釐清漢代文人對於《詩》與屈騷的作者想像與作者觀。《詩》不是一時地一人之作，這部古老的經典是集體創作的成果；對於這種匯聚無名氏作品的詩集，漢人卻仍然試圖要從中詮解出某種作者本意。我們可以在〈詩大序〉中，見到這種詮釋傾向的思維方式。〈詩大序〉言：「是以一國之事，繫一人之本，謂之風。」〔註32〕這句話表面的的意思是，一國之事是何其紛雜之現象，但現有一人能從其「本」將這紛亂之事以某種方式表述出來，這種表述方式與其達到的功效就是「風」。孔穎達《毛詩注疏》解釋曰：

　　　　一人者，作詩之人。其作詩者，道己一人之心耳。要所言一人心，
　　　　乃是一國之心。詩人覽一國之意，以爲己心，故一國之事，繫此一
　　　　人使言之也。〔註33〕

孔氏這段話，等於替〈詩大序〉完成了二種聲明：其一，詩人懂得「覽一國之意，以爲己心」，故詩人之心可以印證一國之心〔註34〕。其二，詩人之言

〔註32〕〔魏〕王弼、韓康伯注，〔唐〕孔穎達正義：《周易正義》（臺北：藝文印書館，十三經注疏，嘉慶二十年重刊本），卷一，頁18。

〔註33〕摘錄部分原文於下：「一人者，作詩之人。其作詩者，道己一人之心耳。要所言一人心，乃是一國之心。詩人覽一國之意，以爲己心，故一國之事，繫此一人使言之也。但所言者，直是諸侯之政，行風化於一國，故謂之風，以其狹故也。言天下之事，亦謂一人言之：詩人總天下之心、四方風俗以爲己意而詠歌王政，故作詩者道說天下之事，發見四方之風……莫不取眾之意以爲己辭，一人言之，一國皆悦。……必是言當舉世之心，動合一國之意，然後得爲風、雅，載在樂章。」出處同上注，頁18-19。

〔註34〕顏崑陽認爲，從這裡可以看出一種詩的本體型態，即「群己不二，情志辯證」。顏崑陽：〈從〈詩大序〉論儒系詩學的體用觀〉，國立政治大學中文系編：《第四屆漢代文學與思想學術研討會論文集》（臺北：國立政治大學中文系，2003年），頁305。

與詩人之心，這兩者之間沒有「誤差」；所以詩人言、詩人心、一國心，此三者就孔氏的敘述邏輯來看，即使不能貿然畫上等號，起碼也是可以互相印證。由於詩人的作詩之心能總覽天下事，不參雜偏私之情，直以一國心為己心；故能「反映現實」，並具以此現實內容作成詩歌，以達到「風」的效用。「詩歌能反映某種現實」此一說法是很常見的觀點，但詩歌畢竟不是某種以記事功能為主要取向的文體，它仍然是一種文學創作。既然詩歌不全然是在記事，那麼它如何能反映現實？合理的來說，我們只能認為詩歌反映了某種情志，而此情志是由某一類特殊事件所引發的；依此迂迴的關係，方可說詩歌與現實有關。因此，與詩歌直接相關的，與其說是現實，不如說是情志。「一人心，乃是一國之心」即言詩人以己之情志通感於一國之情志；因為他能通感於一國之情志，所以也就使「一人言」繫「一國之事」。後人欲從《詩》去發見作者本意時，從情志批評次型態II的構想來看，讀解者的確可以與詩人心、一國心相通；從而既看到詩人的情志，也看到群體的情志，進一步的，還能看到道統加諸其上的政教理念——即類型化情志。

所以，就《詩》而言，情志批評在其中所追尋的「作者情志」，既是「一人」也是「一國」，其存在樣態是「一而多，多而一」。讀解者所面對的既是繁多不一的作者，也是能將群體之心融通為一的作者。在這裡，與其將作者看作是具有自然素樸之情性的「作者人」，不如將之視為某種「情志代言人」。民初之後的論者，或持有替《詩》的文學性進行平反的想法，從而將作者人從詩章中標舉出來；既還予他們喜怒哀樂的真實性情，也將詩章作為民間文學或愛情文學來解釋。從各時代皆有其認同的詮釋法則之立場來看，我們可以接受近代論者的反傳統觀點；但同樣的，也必須理解並接受古代詮釋者的作者觀。尤其是在漢代的政教語境中，文人對於《詩》之作者的理解，就是一種藉由群／己情志辯證融合以求彰顯出風、雅效用的創作意圖之理解。在此前提下，追尋作者本意的種種詮釋，自然不會僅僅著眼於詩文句中明顯可見的感性。讀解者必須看得比本文更遠；就像詩人曾本著「覽一國之意」的初心，讀解者也試著讓自己站到詩人的位置，覽觀民心，並藉以推論國政。在漢代情志批評活動中，這類型的作者觀，其作者不是實在的「實體人」——作者人的實體形象在群／己情志辯證中擴散了，並附著在經術傳統與政教理念之上，成為了一種具儒學特徵的「理想人」。

另一方面，不同於詩經學的，漢代楚辭學顯示出另一種類型的作者觀。

以〈離騷〉來說，它首先在作者情志取向的部分，就已經具有「原生限定性」。它不是無主的、交感於群體之情志的文字實踐；它爲屈原所創造，具有特定的個殊語言結構，且由屈原其人的生命型態所署名。〈離騷〉強烈的申述處於某一特殊情境中，個殊主體的情志話語；它是有情志限定的文本。司馬遷《史記・屈原賈生列傳》：「余讀離騷、天問、招魂、哀郢，悲其志。適長沙，觀屈原所自沉淵，未嘗不垂涕，想見其爲人。」〔註 35〕這便是屈騷的情志限定性產生了作用，引導讀解者將閱讀所得的情志內容，投射至特定的作者人身上；從而文與人（作者）產生了密切的關係，而後者的生平際遇及情志取向就成爲意義的源頭。

古代的閱讀態度，向來就缺乏「純文學」的意識；讀解者意不在於語言、某種脫離生存情境的美感，其所欲之物在語言之外，且通常指向存在價值。當作者的生平際遇與情志取向成爲一部作品的主要意義根源時，可以想見，對於讀解者而言，作者透過語言所傳達的存在價值與生存經驗，這部分的訊息遠比作品語言本身來得有魅力。這種魅力，其經驗教育、價值朗現的意味大於一切。讀解者在探尋作者情志的過程中，藉由作品與歷史再次反觀自己與往昔之人相似的生存處境。由此，古今的情志在類同的生存情境中發生了交流，讀解者千遍不厭地想像《離騷》、模擬屈原風格。在這種情志批評活動與擬寫活動中，主體從古今情志交感中再次獲得新的力量，從而得以面對自身的困境、堅定其價值理念。在這種情志批評活動中，作爲對象的作者，仍然不能等同於客觀存的實體人。作者是通過讀解者的主觀把握，在情志交流的層次，形成某種具體的形象。這個形像它可以因爲各類周邊史料而被「編輯」得更爲明晰，但它仍然是一種形像，不能直接等同於客觀存在之實體人。我們把這種類型的情志批評所面對的作者，稱之爲「交感人」。

同樣是將屈原情志視爲作品意義之源的情志批評活動，如王逸的《楚辭章句》；他對於作者的感知與想像，則又出現不同於「交感人」的類型。王逸是有意識的借屈原以形塑忠諫之臣的形象，並推廣此形象。因此，在《楚辭章句》中，那些看似追溯屈原本意的注解，實際上都是指向某種「屈原範型人」。交感人與範型人的分野，在實際批評中，有時候是很難區分的；它們只有傾向程度的差異，而沒有截然的二分。然而，指出此二者的差別仍然是必

〔註35〕〔漢〕司馬遷：〈屈原賈生列傳〉，見〔漢〕司馬遷著，瀧川龜太郎注：《史記會注考證》（高雄：麗文化公司，1997 年），卷八十四，頁 991。

要的；這將會涉及圍繞屈騷主題所形成的一系列的情志批評活動，其讀解意義的方式與對作者之想像的差別問題。

　　理想人、範型人與交感人是漢代情志批評次型態II之下，所內含的三種作者觀。理想人與範型人的作者觀，都屬於透過已構成或正在建構的認知型態，去描述、詮解作者及其情志。而交感人則是讀解者既追溯作者情志、生存情境，也回溯自身情志、生存情境的作者觀。總上所述，進一步論證漢代情志批評型態，及其對作者的想像方式、從作品語言解讀情志的方式，即為本論文的研究重點。

五、研究範圍與研究方法說明

（一）研究範圍說明

　　作為直接研究對象之文獻，本文將主要討論範圍框定在漢代詩經學與楚辭學。由於詩經學涵蓋的材料不免會牽涉到經學研究的問題，而此問題與情志批評研究的關連性較小。因而，在討論對象的選擇上，便以《毛詩故訓傳》、毛詩鄭箋與《韓詩外傳》為主，齊魯韓三家詩與《禮記》的相關解釋為輔。同時，先秦諸子對於《詩》的詮解與賦詩言志的活動，則併入參考、舉例之列。楚辭學的研究範圍，依顏崑陽的界定，應包含後世對屈原的生平的詮釋與評價、對屈原作品的實際批評、楚辭文學之體類的源流與影響、楚辭之文學體類的語言與題材特徵、屈原作品的考證、以及與楚辭相關的楚地文化與語言等幾大類的研究〔註 36〕。在漢代楚辭學的範圍中，與情志批評研究相關的文獻，包括：《楚辭章句》、《史記·屈原賈生列傳》、班固等漢代文人對屈原及其作品之批評的文章與段落、運用「擬騷」所寫作的詩、賦與散文。《淮南子》、《說苑》、《新序》等書中，亦有可分析、運用之相關材料，一併計入參考、運用之列。此外，大量出現在漢代文學中的「士不遇」主題書寫，本文也擬將使之成為討論重點。

　　這裡需要多加說明的是，為什麼漢代擬騷作品與士不遇主題的書寫和情志批評的研究相關？這些作品顯然創作的性質大於批評，或者說，就功能取向的分類意識來看，它們不會令人在第一時間就設想到其內含的批評性質。這需要從擬騷的寫作性質與士不遇文表現出的情志典型來瞭解。

〔註36〕顏崑陽：〈漢代「楚辭學」在中國文學批評史上的意義〉，收於《第二屆中國詩學會議論文集》（彰化縣：國立彰化師範大學國文系編印，1994 年），頁 181。

　　擬騷的寫作以屈原作品之情志取向與文體爲範式，進行模擬。其模擬的方式，大致採取題材、修辭、佈局等方面的仿效；這是就外部形式而言的。擬騷較核心的意涵，應是指模仿者在情志層面對屈原產生認同感與想像式的追擬；再由此擬騷的情志出發，運用最合適於表現此類型之情志的文體（即楚辭體），完成一篇擬騷作品。因此，擬騷的寫作雖然並不立意於批評或詮釋屈原作品，但由於它對於屈原情志的濃厚興趣，使得這類模擬性的寫作表現出「作者追尋作者」的意味。而擬騷作者自身的姿態就在這追尋的過程中，依附著對屈原作的擬想，漸次成形、成其欲表述之意義。就這個特點而言，擬騷寫作的性質與情志批評研究的興趣是相符合的。

　　漢代之時，從劉安、劉向到王逸，都曾著手於屈騷作品的重新編訂與考述。編訂之餘，也將當朝的擬騷作品附在屈原作品之後。現今通行的洪興祖《楚辭補注》，可以見到淮南小山〈招隱士〉、東方朔〈七諫〉、賈誼〈惜誓〉、嚴忌〈哀時命〉、王襃〈九懷〉、劉向〈九嘆〉、王逸〈九思〉諸作，這些都算是漢代擬騷作品。但若是按照朱熹與王夫之的標準來看，東方朔、王襃、劉向、王逸等人的作品，恐怕就不是「合格」的模擬屈原情志之作。朱熹《楚辭集注》刪去東方朔以下的作品，增加了賈誼〈弔屈原賦〉、〈鵩鳥賦〉二篇。王夫之則在《楚辭通釋·序例》中說：

　　　　蔽屈子以一言曰：「忠」。而《七諫》以下，悸悸然如息夫躬之捐戾，
　　　　孟郊之齷齪，忮人之憎矣。允哉，朱子刪之。〔註37〕

顯然，王夫之對於騷之擬作有一把衡量的標準尺，即「忠」。過於乖張憤懣，或是小器忌人之辭，都不能算有掌握到「忠」的精髓，故而刪之。「忠」是很模糊的標準。然而，從王夫之《楚辭通釋》刪去與留存的作品中，我們可以確認一件事：王夫之肯定是真切地觸及到屈騷的作者情志，並且對之持有一定的想像。因此，他對於自己的擬騷作品《九昭》下了一個註解：「時地相疑，孤心尚相彷髴」〔註38〕。孤心，算是側面地形容了他與古人同爲體「忠」的情境；尚相彷髴，則自言與屈原之情志遙相呼應：這又是一個認同彼端的作者情志之體，而不直接明言其內容，卻從注疏、擬作以彰顯其所領悟之體的例子。

〔註37〕王夫之這段話是就朱熹編輯的《楚辭集注》與《楚辭後語》整體而發。〔明〕
　　　　王夫之：《楚辭通釋》，船山全書編輯委員會編校：《船山全書》（長沙市：嶽
　　　　麓書社，1988 年），第十四冊，頁 208。
〔註38〕同上注。

　　擬騷的作品，就像是一群文人圍繞著某個集體皆深深著迷的生存主題而寫下的。此生存主題看似昭彰若揭卻又難以把捉，它披上各類獨特的語言外衣，並向外擴延、形成某些次主題，「哀士不遇」就是其中最顯眼的一個。諫上而遭讒害、忠貞而被疏離，乃至功業無成的哀傷、超脫現實的遠遊，這些題材都與哀士不遇的主題相關。士不遇文的類型性題材與情志批評研究無直接關連；但是，士不遇文與屈騷作品存在有「引述」的關係，我們看到超乎語言符號之上的情志交感作用，曾在這些文人的主體內部主導著寫作。而當下一個讀解者在接觸這些士不遇文時，他會再度為此中隱含的情志所感召，特別是當他自身也有被流放、離散的體驗時。士不遇的事件，自信史以來比比皆是；但是作為一種特殊情志類型，並藉由專章以抒情表意，卻是始自於屈原。因此，士不遇文主要是以其情志類型與屈騷作品發生精神上的聯繫，進而成為情志批評研究感興趣的對象。

　　朱熹將這種情志類型的感召作用的範圍擴張得很廣，他認為「放臣屏子」、「怨妻去婦」讀〈離騷〉都可以「抆淚謳唫」。正因為這種可普及的感召作用，他就不把〈離騷〉看做是一般的辭人賦〔註39〕。這種情志類型的感召作用，既然能涵蓋如此大的範圍，就代表它能衍生出各種直接相關或間接相關的寫作。當古人追溯這種感召作用的源頭時，屈原作品及其生平際遇就成了理所當然的注目對象。我們可以這樣說，屈騷作品在文學史中形成了一種成份複雜的「屈原觀」，它以數種方式與各個時代的相關寫作皆有聯繫。其聯繫本身，不應想像成獨立之 A 物與獨立之 B 物，二者間的聯繫關係；而應想像成類似某種「家族原型」與具「家族相似性」（the family resemblance）之成員間的關係〔註40〕：屈原及其作品在歷史進程中形成了一種原型，它是意義核；後世的寫作者循著情志交感的途徑前來，各自汲取一部份的意義，匯入自身的言語中。借用維特根斯坦（Ludwig Wittgenstein,1889-1951）的構想框架來看，屈原際遇及其作品構成了屈騷原型及屈騷原型範疇；凡是與此原型

〔註39〕「使世之放臣屏子、怨妻去婦抆淚謳唫於下，而所天者幸而聽之，則於彼此之間天性民彝之善，豈不足以交有所發，而增夫三綱五常之重？此予之所以每有味於其言，而不敢直以辭人之賦視之也。」見〔宋〕朱熹：〈序〉，《楚辭集註》（臺北：藝文印書館，1983 年），頁 4。
〔註40〕語義學上的「原型」概念，源自於維特根斯坦（L. Wittgenstein）提出的「遊戲」語義範疇之「家族相似性」理論。維特根斯坦認為，語義以原型範疇之形式存在，由原型和邊緣構成。原型乃家族中之典型成員，邊緣為非典型成員；而此模糊集合構成了語義的原型範疇。

具有模糊相似性的作品，都可以類聚、納入此界域中討論。

　　這裡需要說明一個小問題：為何不將擬騷、士不遇書寫之外的漢賦計入研究的對象本文之中。原因在於這些漢賦雖偶有零星幾句內文涉及情志批評，但整體來說，這些句子是吉光片羽般的出現，並非是該賦本身所關心的、所欲書寫的核心主題。相較於擬騷與士不遇書寫在情志批評意識下所發展出來的特殊寫作而言，大多數的漢賦還是以議論、勸諫、寫物為其寫作的主軸，而與情志批評研究所欲討論的情志交感的寫作態度是有差異的。

（二）研究方法說明

　　羅蘭‧巴特在《米歇萊》中，如此形容他的「研究方法」：

> 找出一個存在（如果別說是一個生命）的結構，一個主題；假使你願意，最好是直到找出令其著迷難忘之物的組織網絡。然後，才讓真正的批評家、歷史學家、現象學家或心理學家進來參與：當前的這個工作只不過是前批評。〔註41〕

巴特稱他的整本書只是「前批評」是有原因的。這本人物思想研究的寫作方式史無前例，人們看不到正規的生平考證和思想分析。這本書是由米歇萊作品中、那些令他「著迷難忘之物」的描述所組成，而巴特就是那「難忘之物」的挖掘者和整合者。然而，說這本書是前批評，也許還具有一個屬於作者研究方法上的意義。人們在閱讀某作家或某類型的作品時，經常可以發覺與數組「同調」的主題不斷地相遇；此主題雖然忽隱忽現，但肯定是頑固地糾纏著所有那一類的本文。在能夠發現並聚焦於這主題網絡之前，任何理論攻勢都是略顯多餘的；此舉只能造成讓對象愈滑愈遠的狀況。因此，巴特採取了非正規的方式；在一般定義的批評之前，用自己的法子迎向他在米歇萊全部作品中看到的、隱蔽卻又閃爍的主題，反覆閱讀，掌握結構，直至能明白指出那些隱蔽的規律乍現於文章中的所有片段。

　　我們總是在作品中反覆觸及到這類具有規律表象的模糊存在物；它們既是也不是有形的語言符號本身，而顯然更像是生產這些符號的作者所留下

〔註41〕原參考英譯引文如下："That has been my endeavor: to recover the structure of an existence （if not of a life）, a thematics, if you like, or better still: an organized network of obsessions. Then will come the real critics, historians or phenomenologists or psychoanalysts: the present work is no more than pre-criticism." Roland Barthes, Michelet （United Kingdom: Basil Blackwell, 1987）, translated by Richard Howard, pp. 3.

的、超乎有形之上的「軌跡」。究竟作者該不該為這些難以言狀或已被言狀成各種名目的存在物背書？這是上一世紀的文學理論曾密切討論過的問題。而今，我們能持平的說，閱讀作品時不預設某種「活生生」的作者，並將讀到的每個觀點——不論是令人愉快還是不愉快的——悉數歸結到他身上，這是一種閱讀的基本禮貌。當然，這並不意味承認讀解者有百分之百的自由可以隨意地解讀作品。限制性仍然是存在的，它就存在於作品語言符號的大小組織中，並發揮著領航閱讀的性質。這些交織又環環相扣之物，或者說結構體，正是作者親自佈局並賦予符號形跡的。因此，正確的講，之於閱讀，與其說所讀到的作者是個「人」，還不如說此「作者」就是那結構體。此結構體擔任了讀解者與那杳不可知的作者之間的媒介，從而能令人幻見彷彿有血肉之軀的作者。

在這裡，「結構體」需要加以界定。如果不過度牽涉結構主義對於結構所附加的複雜課題；結構一詞，就是指某種組織物之成分的配置和排列。文類形式、作品佈局和句法是最顯而易見的結構，但那附庸於作者名下的存在物之組織，隱藏得比它們還要深。

屈原在〈懷沙〉中寫道：

> 定心廣志，余何畏懼兮？曾傷爰哀，永歎喟兮。世溷不吾知，心不可謂兮。知死不可讓，願勿愛兮。明告君子，吾將以為類兮。〔註42〕

當我們讀到這段話時，作者鬱悒失望、徘徊於生死邊緣的形象，鮮活地躍於紙上。是以太史公將〈懷沙〉收錄於屈原列傳中，視為其絕筆之作。後世對太史公的見解，有持贊同者，亦有持懷疑者。贊同者言〈懷沙〉的語言有以下特徵，所以可視為絕筆之作：「蓋以煩音促節至此而愈深耳」〔註43〕、「故其詞迫而不舒，其思幽而不著，繁音促節特異於他篇云。」〔註44〕。懷疑者則指出「其詞雖切而猶未失其常度」〔註45〕、「雖為近死之音，然紆而未鬱，直而未激，猶當在《悲回風》、《惜往日》之前。」〔註46〕。這些看似在談論

〔註42〕屈原：〈懷沙〉，〔宋〕洪興祖撰：《楚辭補注》（臺北：漢京文化事業有限公司，1983年），楚辭卷第四，頁145-146。

〔註43〕〔明〕林兆珂：《楚辭述注》，杜松柏主編：《楚辭彙編》（臺北：新文豐出版公司，1986年影印〔明〕萬曆三十九年〔1611〕刊本）。

〔註44〕〔明〕王夫之：《楚辭通釋》，船山全書編輯委員會編校：《船山全書》（長沙市：嶽麓書社，1988年），第十四冊。

〔註45〕〔宋〕朱熹：《楚辭集註》（臺北：藝文印書館，1983年）。

〔註46〕〔清〕蔣驥：《山帶閣注楚辭》（臺北：廣文書局，1971年）。

句法或模糊語感的評論，於其表述之後，都有一組「意象結構群」〔註 47〕作爲依據。這意象結構群是由讀解主體深入作品語境、掌握箇中意象而得。它以〈懷沙〉爲前景，屈原諸作及其生平爲背景，而支持學者對〈懷沙〉是否爲屈原絕筆作出推論。而所謂「迫而不舒」或「紆而未鬱」，基本上是同一種思維方式的產物：語言符號的組織規律，在讀解主體內部引發與之相應的感知、聚結成意象結構群，從而以此結構群連類運作，喚起相關的、可據以作出推斷的情境式經驗。

因此，眞正在主導閱讀的，除了讀解主體的內部規律之外，就是寓居於作品之內的組織規律。閱讀作品，發掘意義——語義的、意象的、言外之意的——經常就是以這組織規律之整體爲對象在進行。這點之於現代的文學理論，不是新鮮的發現，起碼結構主義符號學和敘事學對此下過極大的功夫。它們試圖藉由作品語言可見的符號及其組織，指出另一種幾乎可以稱之爲「作品的無意識」的結構。然而，正是在討論作品的內部規律之處，我們必須與一般意義上的結構主義分道揚鑣。後者致力於客觀的符號分析、作品之「結構外衣」〔註 48〕的模造、個體與集體無意識之內在結構關係，而情志批評的研究（至少在漢代的情況是如此），卻無可避免的將傾向於表現出對存在主體及其價值性實踐之討論的嗜好。

因此，在情志批評研究之下，所談的作品內部之結構體，並不是指純由客觀符號所組構成之物，它不能排除讀解主體與作者主體對此結構體之生成的影響，這個影響就是所謂的「言外之意」。我們暫時將此結構體的概念分成三個層次：第一層是符號與語義的結構，這是客觀的結構；第二層是意象的結構，這是主、客觀互涉的結構；第三層是情志的結構，這是主體與主體間互涉的結構，它幾乎全然仰賴主觀體悟。作者與讀者能在前二層的結構中，達到高度一致性；因爲語義是相對普遍之物，而意象亦可通過語言、文化、社會語境的同步認知，而達到某種程度的一致。然而，情志是無法被普遍理解之心理活動，它無論如何都帶有個殊主體的印記。因此，當我們就寫作與

〔註 47〕 意象結構群的解釋，詳見第四章。

〔註 48〕 羅蘭・巴特在二十世紀六〇年代中認爲，任何的批評都不可能說得比作品本身清楚，作品自身就是一種完足的存在。因此結構主義批評所做的事，即是在作品之上構造一層結構的外衣，使其內部隱蔽的網絡得已被窺見，並聯想此網絡在更大座標系（文學史、歷史、文化與社會）中的連結關係。見羅蘭・巴特（Roland Barthes）著，陳志敏譯：《符號的想像・結構主義活動》（臺北市：桂冠，1997），頁 267-276。

閱讀的個自立場，談作品之結構體的把握與詮釋，並層層上溯到到情志結構時，這裡就不是任何客觀標準可以介入之所，它必須訴諸交主體間際的交感與體悟。某種生存情境（文化情境、社會情境、政治情境等等）的類同性，將有助於主體間際的情志感通，並使得作品的閱讀與詮釋盡可能的能逼近「作者本意」。

這樣的前提認知，使得作品內部的結構體看似成為作者之存在的譬喻；至少，是他進行寫作時的某種存在樣態的譬喻。讀解者依循譬喻的明示或暗示、連類想像、反覆琢磨，就能「重見」作者之部分存在。因此，譬喻的功能必須從一般修辭學中解放出來，回到古代運用比興的語境與情境中，再次賦予它情志層面的意義。同時，涵蓋比興的譬喻，自身也代表著一種方法——我們今日稱之為符號學方法，但這符號學方法具有中國古典文學原生的力量與特質，因而必須與西方的普通符號學、普通語言學作界線劃分。換言之，本文將情志批評研究的方法基調，設定為符號學方法；並且將專章論述在情志批評活動中，符號、意象與情志如何透過關係網絡，令讀解者層層轉出詮釋結果。

由於本文的論題是「漢代情志批評研究」，原則上，這會是從頭到尾都在討論觀念與方法的研究。情志批評在各個時代都發展出不同的樣貌與側重點，在漢代則特別展現在主體情志與政教語境的互動之上。總上所述，本文的論述目的是在於為情志批評勾勒出一條基本動線；而實際批評中的情志之體用，就展現在對此批評模型與其全部外延的認知之中。

六、資料參考與運用說明

在這部份需要分二方面來說明：一是基本觀念來源與參考說明；二是主要資料之參考與運用說明。

（一）基本觀念來源與參考說明

《漢代情志批評研究》的構想源自下列三個觀念的啟發：一為顏崑陽提出的情志批評觀念；二為 C. K.Ogden & I. A.Richard"The Meaning of Meaning"提出的意義與符號理論；三為羅蘭・巴特的寫作理論及相關觀點。

情志批評之觀念見於顏崑陽的《李商隱詩箋釋方法論》一書；在〈文心雕龍「知音」觀念析論〉、〈從〈詩大序〉論儒系詩學的體用觀〉中，對於「情志」的概念界定與發用方式有進一步的研究。另有三篇討論漢代文學的文章：

〈論漢代文人「悲士不遇」的心靈模式〉、〈漢代「賦學」在中國文學批評上的意義〉、〈漢代「楚辭學」在中國文學批評史上的意義〉，這些論述關注的是漢代士人對作者情志的理解，以及漢代政教語境下對此一理解方式之集體心靈模式。以上論著爲本文中「情志批評」、「情志體用觀」、「情志辯證融合」之觀點的主要來源；並以之爲基礎，進一步論述漢代情志批評的理論模型。

　　本文將作品閱讀與意象結構之生成與連類運作的概念，做盡可能的討論。意象的符號學式關係與運作，將以"The Meaning of Meaning"提供的符號關係式爲構想基礎，試圖再延伸出適用於古典文學研究的符號關係圖式。再者，鄭毓瑜〈詩大序的詮釋界域〉一文，提供了引譬連類作爲古典文學理論之認識觀的見解；《六朝情境美學》、《文本風景：自我與空間的互相定義》等書收錄之論文，多爲有關於身體感知與認識之建構的討論；凡此皆在本文的重要參考之列。另外，由周世箴於國科會譯注計畫所引進的雷可夫與詹森《我們賴以生存的譬喻》（"Metaphors we live by"）一書，提供了目前西方語言學在分析語言學與功能轉換語言學之後，對於譬喻概念產生的新思維。此書之作者主張以體驗主義替代西哲傳統中的主觀主義與客觀主義的「神話」；並用概念性譬喻理論作爲認識論的新基礎。此觀點在《女人、火與危險事物》（"Woman, Fire and Dangerous Things: What Categories Reveal About the Mimd"）與"Philosophy in the Flesh: The Embodied Mind and Its Challenge to Western Thought"二書中，有更爲縝密的論證。此外，周世箴《語言學與詩歌詮釋》一書，亦提供了概念譬喻理論的說明與應用實例。在本文的研究中，並未直接沿用概念譬喻理論的分析方法，但吸收了其「譬喻立基於體驗」的觀點，並琢磨運用在中國古典文學中特殊的引譬連類現象之討論。

（二）主要資料之參考與運用說明

　　在作爲直接研究對象之文獻方面，包括《毛詩故訓傳》與毛詩鄭箋、《韓詩外傳》、《楚辭章句》、漢代擬騷作品與士不遇文。此外《史記》等典籍中涉及屈原傳記的部分、班固等漢代學者對屈原及其作品之批評的文章、董仲舒《春秋繁露》、《淮南子》、劉向《說苑》、《新序》等書中，亦有可分析運用之相關材料，故一併列入直接研究之對象。

　　在漢代的時空之外，歷代學者對於毛詩與鄭箋、屈原及其作品、以及王逸《楚辭章句》的直接或間接論述，亦在參考之列，相關之零散篇章不及備載。在詩經學相關專著方面，包括方玉潤《詩經原始》、朱熹《朱子語類》、

王柏《詩疑》，近人如朱自清《詩言志辨》、裴普賢《詩經研讀指導》、車行健《鄭玄經學思想及其解經方法》等。在楚辭學專著方面，則如洪興祖《楚辭補注》、朱熹《楚辭集注》、王夫之《楚辭通釋》、汪瑗《楚辭集解》、蔣驥《山帶閣注楚辭》、陳本禮《屈辭精義》；近人如湯炳正《屈賦新探》、易重廉《中國楚辭學史》、游國恩《游國恩楚辭論注集》、廖棟樑《古代楚辭學史論》及《古代楚辭學的建構》、許又方《時間的影跡——〈離騷〉晬論》等，皆爲參考之源。

在間接參考資料方面，啓發本文之研究進路與觀念的前輩學者之論著，以下分爲二個類別陳述。第一類爲古代思想與文化之關連性的研究專著，包括牟宗三《中國哲學十九講》、唐君毅《中國文化之精神價值》、徐復觀《兩漢思想史》、《中國藝術精神》與《中國經學史的基礎》、余英時《知識人與中國文化的價值》與《中國知識階層史論》。第二類爲文學批評、文學理論方面的專著，包括陳世驤《陳世驤文存》、蕭馳《中國抒情傳統》、鄭毓瑜《性別與家國——漢晉辭賦的楚騷論述》、蔡英俊《比興物色與情景交融》與《中國古典詩論中「語言」與「意義」的論題》、葉舒憲《詩經的文化闡釋》、龔鵬程《詩史與妙悟本色》及其他「作者觀」的相關論述。

最末，在整體資料的運用原則上，力求對原始文本做到細部分析、考掘而不強曲原意。對於現代學者之獨到的研究觀點，則盡量做到深入瞭解與對話，而不爲引用而引用。在西方文學理論或語言學理論的部分，則取其構想框架，以作爲調整研究進路的參考，而不將其思想體系挪進研究中。綜上所述，即爲本文之基本觀念來源與資料參考之運用說明。

第二章 情志批評活動中
的主體與對象

一、文人的憑弔：追傷與自喻

> 誼爲長沙王太傅，既以讁去，意不自得；及度湘水，爲賦以弔屈原。
> 屈原，楚賢臣也。被讒放逐，作《離騷》賦，其終篇曰：「已矣哉！
> 國無人兮，莫我知也。」遂自投汨羅而死。誼追傷之，因以自喻，
> 其辭曰：……〔註1〕

《漢書·賈誼傳》記載，賈誼遭讒，被貶爲長沙王太傅；他在赴任的旅途曾渡過湘水，有感而發作了〈弔屈原文〉。在開頭的小序裡，賈誼遭放與屈原被逐之事件並排起來，於語境上形成此二人的際遇可以互相詮釋的對照關係。此中，「追傷」與「自喻」的意思，值得玩味。追傷，是追想屈原其人與其文所引發的感傷；但它不只是單向的、朝向屈原的追想運作，此感傷本身涵蘊著雙重性：一爲追傷屈原，二爲自我悼念。作者的生存情境與屈原的生存情境局部疊合了，這個局部的疊合指向了壯志未酬、仕途坎坷、讒佞誣陷等等，可以總名爲「士不遇」的這類事件。換句話說，作者對於自我主體的理解，在他寫〈弔屈原文〉的時候，逾越了他的時代和他的遭遇；藉由作者對於對象之主體的追想，透過情境的局部疊合，作者重新觀見自我主體的狀態。於是，作者的此端時空與屈原的彼端時空彷彿因摺疊而貼合——時代隔閡被弭平，時空被接連了起來；由於作者與屈原共有相類的遭遇與情感，一種理解

〔註1〕 賈誼，〈弔屈原文〉，收於〔清〕嚴可均輯，《全上古三代秦漢六朝文·全漢文》
（北京市：中華書局，1958年），頁218。

誕生了：能追想之主體進入了對象主體（即屈原）的位置，既扮演對象、重新審視其所面對的生存情境，又透過對象主體之眼，回望主體自身的生存情境；此即「自喻」。

　　這則小序不若毛詩序之於《詩經》的闡釋性質；它和〈弔屈原文〉的意旨是一致的。賈誼寫道：

　　　　恭承嘉惠兮，俟罪長沙。側聞屈原兮，自沉汨羅。造託湘流兮，敬
　　　　弔先生。遭世罔極兮，乃隕厥身。嗚呼哀哉，逢時不祥！〔註2〕

賈誼自言帶罪於長沙，一則表明他正處於政治場上失意的狀態，二則表明他所在的湘水流域，就是屈原以身殉國之處。因此，「俟罪長沙」和「敬弔先生」這二件事的意涵，隨著文句的開展結合起來；這二句話不是單純的指出地點、狀態、事件而已。因此，序文所指的「追傷」與「自喻」，就可從〈弔屈原文〉的前幾句得到證實。

　　文章的起始既然預埋了「自喻」的暗示，〈弔屈原文〉的文意就產生了雙關性。就「弔屈原」一詞來看，應是賈誼為主，屈原為對象；前者在自己的主觀本位上憑弔屈原。但是，當我們注意到文章帶有雙關性時，這裡的主客關係就不是穩固的主體與穩固的客體之二元互動的關係；賈誼所面對的不只是屈原而已，他同時還面對著自己的抱負與際遇。這也就是說，主體所面對的對象，那對象之中，有自我的投射；主體所面對的不是與其對立的客體。賈誼並非隨機而任意的挑選屈原作為憑弔對象，他的選擇行為裡，就決定了其對象涵蘊有與其主體不可切分的相關性，此為其一。既然主體的對象之中，涵蘊有主體所投射的「我」；那麼在他向對象所進行的感知活動中，其中就會有一部份，相當於感知自我。賈誼在弔念屈原、描述屈原的遭遇時，他同時也藉由此感知活動，回顧自己「俟罪長沙」的前因後果，此為其二。因此，賈誼的憑弔是一種雙向的感知活動，在這一來一往之間，主體與對象的界線變得模糊了。在〈弔屈原文〉中，我們看不到封閉的主觀主體，也沒有封閉的客觀對象；二者互相開放、部分地互相涵蘊。存在於此間的感知活動，是一種訴諸經驗的體會，而非理性層面的理解；祇因，這種感知活動必需以主體對其生存情境的感知、體認為基礎；同時，此感知活動的目的不在於建立新的知識，而在於藉由對象的存在「反芻」主體對於自我存在的感知。〔註3〕

〔註2〕同注1。
〔註3〕顏崑陽曾指出，在情志批評活動中，揭明作者情志的目的義，即是一種「反照自身」、互為主體的創造性詮釋。參見顏崑陽，〈論漢代文人「悲士不遇」

在漢代，與歸屬於賈誼名下的〈弔屈原文〉與〈惜誓〉同性質的作品包括：東方朔〈七諫〉、顏忌〈哀時命〉、王褒〈九懷〉、劉向〈九歎〉，以及王逸〈九思〉等等；這些文章在王逸編輯《楚辭章句》時，已被一併收錄。王逸〈離騷後敘〉曰：

> 終沒以來，名儒博達之士著造詞賦，莫不擬則其儀表，祖式其模範；
> 取其要妙，竊其華藻。〔註4〕

又，〈離騷經序〉曰：

> 凡百君子，莫不慕其清高，嘉其文采，哀其不遇，而湣其志焉。〔註5〕

這二段話可以視作王逸對這些被後世歸為騷體的辭賦的概括觀察。古往今來，研究楚辭的學者都曾注意到，屈原作品在君臣倫理、文體及修辭上的典範性；騷體可以看作是一種「典範模習」式的寫作〔註6〕。

在這裡，我們不從典範效應，而從模習的過程中，對這些作品再提出主體與對象的互動問題。王逸在談「擬則其儀表，祖式其模範」時，他的確是在強調某種文學模仿現象。所謂模仿，必有其師法、描摹的對象；對象的特性與表徵會形成一些限定性條件，模仿者便是在這些條件的許可範圍內，通過某種表現形式，重現模仿對象或表現模仿意圖。亞里斯多德（Aristotle，B.C.384-B.C.322）在他的《論詩》中，曾提出藝術皆為模仿的主張。就詩歌而言，亞氏認為，詩人的職責在於模仿人與物，進而構造出「具普遍性的事件」；在此模仿活動中，詩人要盡可能的少用自己的身份說話，以求客觀地呈現模仿物及其所欲彰顯的普遍性事件。〔註7〕在亞氏的模仿論中，普遍性形式之重要性大於詩人主體的主觀性，後者是不被重視、甚至有必要排除的。因此詩人是摒除主觀的觀察者，客體是外於內在主體的對象；普遍形式則高居一切，並驅使詩人藉由客觀模仿將其表現出來。當然，王逸在談某種

的心靈模式〉，收於《漢代文學與思想學術研討會論文集》（臺北市：文史哲出版社，1990年），頁208-216。

〔註4〕王逸〈離騷後敘〉，見〔宋〕洪興祖，《楚辭補注》（臺北：漢京文化事業有限公司，1983年），頁49。

〔註5〕王逸〈離騷經序〉，出處同上注，頁3。

〔註6〕「典範模習」的概念見顏崑陽，〈論「典範模習」在文學史建構上的「遞漸效用」與「鏈接效用」〉，收於《建構與反思》（臺北市：學生書局，2002年），頁787-833。

〔註7〕見亞里斯多德著，顏一、崔延強譯，《修辭術‧亞歷山大修辭學‧論詩》（北京市：中國人民大學出版社，2003年）。

以屈原其人及其作品爲中心的模仿現象時,他的出發點和亞氏不盡相同。王逸不是在建構文學理論,他只是就他所見的某類型的文學現象中,歸納出可稱爲「擬騷」的共通性;但即使如此,我們還是能就主客關係指出二者的差異。

在王逸的觀點中,文人對於屈原詞的模仿行爲有其「先在心理條件」,即「哀其不遇」與「潛其志」;換言之,僅僅就「哀」與「潛」而言,屈原此模仿對象就不會是與主體無涉的對象——文人的模仿行爲裡投注了自身的情志因素,他們通過自身的情志運作觀看對象,故對象不可能被視作客觀的存在物。就這點而言,主體的情志扮演了最初的感知形式,且此形式的性質不應完全歸於「道德理性」之下,它包涵有個體的與審美的成分。這裡需要再區分二件事:第一,屈原作爲對象,他並不是孤立地爲文人所注目;在此專有名詞下涵攝了數個項目:屈原生平、作品,以及屈原的存在價值。前二項是靜態的文獻資料,最後一項則是動態的、需訴諸觀看主體的價值性思維。因此,「擬則其儀表,祖式其模範」不是單就文體、修辭的模仿而說,這裡存在有難以單一鎖定的模糊性:屈原此專名本身就是一個歷史性的意義集合;它可以與「離騷」或其他屈原作品的名稱互相替代,而仍然共享同一集合裡的意義整體。第二,屈原雖然有被漢代統治階層的論述型塑成忠臣典範的具體化代表之可能性;但是文人對屈原的哀憫與對其辭賦的模仿,並不全然是爲了彰顯那被標榜的美德形式。朱熹在《楚辭集注·序》中說:

> 使世之放臣屛子、怨妻去婦抆淚謳唫於下,而所天者幸而聽之,則
> 於彼此之間,天性民彝之善,豈不足以交有所發,而增夫三綱五常
> 之重?〔註8〕

朱子談的是讀者閱讀反應及效果的綜合評論;他注意到屈原辭賦的影響階層很廣,不只限於仕宦階層而已。其中的原因在於,屈原作品對於「天性民彝之善」能有所感發。既言天性,就不是後天的道德規範,它訴諸於人性的自然之善。屈原作品在君臣之義的倫理主題上,表現了這種人性的自然之善;而所謂三綱五常正是建基在此種善性之上;故朱子便是從人之天性的交感啓發的角度,肯定屈原作品之於綱常倫理的正面價值。朱子的觀點可以深層地解釋文人對於屈原辭賦的模仿心理,特別是那群位處於漢代的模仿者。只有主體的情志運作才能對屈原作品「交有所發」,進而從人性的自然之善中看到

〔註8〕見〔宋〕朱熹,《楚辭集注》(臺北市:藝文印書館,1983年),頁4。

綱常倫理的眞理價值，同時，也看到政治現實與此眞理價值的矛盾與衝突。
所以，漢代文人對於屈原的模仿或引述是以他我的情志互感爲基礎，並且具
有雙重意義：一爲尋求眞理之價值，二爲抒發面對政治現實所產生的悲怨。
最末，我們不排除統治階層借由騷體辭賦的書寫、屈騷的推廣，表彰那有利
於統治者的忠貞情操；但這種考量最起碼應與前述的雙重意義並行，而不是
完全覆蓋，以免形成某種先入爲主的閱讀。

　　職是之故，漢代文學裡的擬騷現象，此中作者主體與屈原對象的互動關
係，呈現爲複雜的交互作用。首先，就主體而言，他在面向對象時，從不刻
意摒棄主觀情志；主觀情志乃使「交有所發」成爲可能之不可或缺的條件，
並參與主體的感知活動。王逸在講述每個辭賦家的寫作動機時，都不忘加上
「情志」的說明，如：「小山之徒，閔傷屈原……故作《招隱士》之賦，以章
其志也。」〔註9〕、「東方朔追憫屈原，故作此辭，以述其志，所以昭忠信、
矯曲朝也。」〔註10〕、「忌哀屈原受性忠貞，不遭明君而遇暗世，斐然作辭，
歎而述之，故曰《哀時命》也。」〔註11〕這些句子不一而同的提到作家們對
於屈原的追憫與哀嘆，而他們的作品中亦每每出現模擬屈原說話或思維的句
子。〔註12〕根據王逸的判讀，這些看來與政教訴求無法脫離干係的模仿作品，
其寫作動機在初始之時皆源自讀屈辭時的追憫與哀嘆——亦即以己身之情志
會感於屈原之情志，這說明了政教意識不能生硬地看作是某種先行的意志；
在政教意識之前，主體的情志曾率先發揮了作用。

　　再者，就對象而言，如前所述，此對象（屈原或其他聖賢典範）是一意
義集合之整體，其各個局部（生平、作品、評價）是有機的且歷史的結合在
一起。這一點，可以從漢代擬騷辭賦中得證。這些作者在描寫屈原時，並不
把對象拆分成形貌、個性、言語、行動等項目作細部描述，而是採取了一種
綜觀式的描寫。

　　平生於國兮，長於原壄。言語訥謇兮，又無疆輔。淺智褊能兮，聞

〔註9〕　見〔宋〕洪興祖，《楚辭補注》（臺北：漢京文化事業有限公司，1983年），頁
　　　　232。
〔註10〕　出處同上，頁236。
〔註11〕　出處同注9，頁259。
〔註12〕　如〈惜誓〉：「念我長生而久僊兮，不如反余之故鄉。」《七諫》：「悠悠蒼天兮，
　　　　莫我振理。」《哀時命》：「哀時命之不及古人兮，夫何予生之不遘時。」見〔宋〕
　　　　洪興祖，《楚辭補注》（臺北：漢京文化事業有限公司，1983年），頁227，235，
　　　　259。

見又寡。數言便事兮，見怨門下。王不察其長利兮，卒見棄乎原壄。
（東方朔〈七諫・初放〉）

極運兮不中，來將屈兮困窮。余深愍兮慘怛，願一列兮無從。（王褒
〈九懷・匡機〉）

伊伯庸之末冑兮，諒皇直之屈原。云余肇祖于高陽兮，惟楚懷之嬋
連。原生受命于貞節兮，鴻永路有嘉名。齊名字於天地兮，竝光明
於列星。（劉向〈九歎・逢紛〉）

悲兮愁，哀兮憂。天生我兮當闇時，被諛譖兮虛獲尤。心煩憒兮意
無聊，嚴載駕兮出戲遊。（王逸〈九思・逢尤〉）

這四段引文，皆是各篇辭賦的首幾句。〔註13〕在這些起始的片段中，東方朔
和劉向的起寫法是相近的，都從屈原的背景開始描述；不過，他們並未發展
成全篇敘事的寫作形態，作者很快地便把對屈原背景的描述轉向綜合評價的
陳述。我們不排除東方朔和劉向對於屈原的體會有個殊差異的可能性，然而，
他們在屈原履忠而遭黜此歷史事件的評價和見解上有其共識；此共識就是他
們在接下來的文句中著墨最多的對象。王褒和王逸的寫法更是一下筆就從綜
觀著手，在他們的文章裡，屈原已經是個有定論、有共識的對象；他們不從
重建「歷史現場」開始寫，而從對於屈原定論的同情同理、感嘆或反思發端。
換言之，這些作品雖有模擬屈騷的形式與內容之表象；但實際上其「擬」的
方式，並不是扣著屈原其人其作品在進行；反而更像是注目於主體自身的主
觀定見而開展對於屈原的描寫，雖看似是「擬」，其實更像是帶有詮釋意味的
「評」。最後，這些主觀定見，我們知道它部分是作者個人的體會，部分則來
自漢代知識階層的集體共識。

　　後世的讀者在閱讀這些作品時，總是能輕易的察辨屈原並不是作者所注
目之「終極對象」；這些模仿、描寫或評述屈原的文字，並沒有讓讀者的注
意力都集中在它的對象上。朱熹的評論就是一個顯著的代表。《楚辭辯證》
曰：

〔註13〕認爲作品的首句具分析價值的觀點，由羅蘭・巴特提出。作者面對著未寫之
　　　空白，琢磨下筆之際，他選擇用來開展文章的句子，就是他開始「捕捉」對
　　　象的第一步；因此，這些開首的句子，就文學的認識論層面來說，具有分析
　　　的價值。參見羅蘭・巴特（Roland Barthes）著，屠友祥譯，《S/Z》（上海市：
　　　人民出版社，2000 年）。

〈七諫〉、〈九懷〉、〈九歎〉、〈九思〉雖爲騷體，然其詞氣平緩，意
不深切，如無所疾痛而強爲呻吟者，就其中諫歎，猶或粗有可觀。
〔註14〕

我們若跳離出古典文學傳統的知識繼承，置身於任何一種古代文學語境之
外，將會發現朱熹的評論有其「懸疑」之處。〈七諫〉、〈九懷〉、〈九歎〉、〈九
思〉幾乎可以看成是辭賦家用他們當代的文學語言對屈原事蹟進行改寫。以
〈七諫〉爲例，它是由「初放」、「沉江」、「怨世」、「怨思」、「自悲」、「哀命」、
「謬諫」等七章辭賦組構而成。只憑這七個小標目，也能看出作者正在以屈
原生平爲藍圖，重新擬寫、組構、重現這位流放詩人的坎坷際遇；這也就是
說，〈七諫〉的內容表面上看來和東方朔及其所處的時代沒有直接關係。這
位辭賦家不止模擬了屈原生平而已，他還仿學了屈原的修辭方式。單就外在
的表現形式來看，〈七諫〉是模仿的、近似於傳記的、評而帶述人物之形貌
情志的作品。〈九懷〉、〈九歎〉、〈九思〉的表現形式亦與〈七諫〉相類。在
這種情況下，朱熹對這些作品所提出的檢討，既不側重於對象擬寫的言語技
術問題，也不質疑其描述符不符合史實；他的批評是：這些作品徒具騷體的
形式，卻沒有體現出屈騷精神。所謂「意不深切」、「如無所疾痛而強爲呻吟」，
即是就擬騷主體的主觀情志而發；主體之主觀情志未能適切地體察屈原情
志、具現於辭賦中；因爲這些作者沒有達到朱熹所認同的標準，故評判他們
「強爲呻吟」。

類似的批評也見於王夫之的《楚辭通釋》。他認爲賈誼〈惜誓〉「文詞瑰
瑋激昂，得屈宋之遺風」，且「異於東方朔、嚴夫子、王褒、劉向、王逸之茸
闒無情。」《招隱士》前的短評說得更爲直接：「而〈七諫〉以下，無病呻吟，
蹇澀膚比之篇，雖託屈子爲言，其漠不相知，徒勞學步。」〔註15〕在「得屈
宋之遺風」和「徒勞學步」之間，是什麼導致了王夫之作出如此二極的評價？
王夫之和朱熹一樣，他批判的重點不在於擬騷對象是否有成功地被擬寫，比
起這點，他更在乎「知」的問題：讀者能不能從擬騷辭賦中讀出作者與屈原
「相知」、「相惜」，這決定了該篇作品是否能被評判爲有價值。因此，王夫之
在《離騷經》前亦言：

〔註14〕　〔宋〕朱熹：《楚辭辯證》，收於朱熹，《楚辭集注》（臺北市：藝文印書館，
　　　　　1983 年），頁 319。

〔註15〕　〔明〕王夫之，《楚辭通釋》，收於船山全書編輯委員會編校，《船山全書》（長
　　　　　沙市：嶽麓書社，1988 年），第十四冊，頁 437。

> 若夫溫情約志，瀏灝曲折，光燄瓌瑋，賦心靈警，不在一宮一羽之
> 間，爲詞賦之祖，萬年不祧。漢人求肖而愈乖，是所謂奔逸絕塵，
> 瞠乎皆後者矣。〔註16〕

這段評論裡，存在有王夫之的個人立場和文學觀點；我們要指出的是，他在
這裡更清楚的說明，所謂擬騷，若要「求肖」，不能只是在可見的形式下功夫；
使《離騷》能夠成爲詞賦之祖的主因，在於屈原的情志、賦心，其瓌麗變奇
的修辭倒是居於其次了。王夫之的評論和朱熹對漢代擬騷辭賦的觀點，有細
節意見上的出入，但比起作品的言語組織，他們都更在意言語之外的東西。
這並不意味著他們忽視言語組織的重要性——一種古人非常習於運用的「綜
觀評論」，促使他們不止停留在作品的言語上，而更要藉由作品言語看到那在
於言外的、關乎存在價值之物。

　　我們並不是要試圖分判漢代擬騷辭賦的優劣，而是要致力於勾勒出一種
特徵：漢代擬騷的作者們和朱熹、王夫之，在面對其擬寫或評論的對象時，
都不約而同的看得比對象更遠、逾越了對象自身的組織所透顯的訊息；對象
的具體表徵、可見形式都不是文人所眞正關注的，他們藉由對象轉出另一層
面的意義，而此意義才是作者與評論者們的終極目的。因此，這裡存在有一
個古代傳統的寫作或批評的模式，即最初被注目的對象皆無法提供終極意
義，終極意義也不在於高懸存在之上的抽象形式，所有的闡釋都要回到主體
內部之中；唯有通過主觀的情志運作，通過主客互感的過程，才能追索到這
終極意義的內容；主觀的情志若不運作，那對象幾乎毫無深刻意義可言。寫
作的人明明對著屈原在謳歌，但實際上他想闡述的是另一件事；這使得他不
太注意筆下所寫之屈原的客觀眞實性，作者要的是屈原符號所能映涉、轉出
的意涵，他幾乎是扣著這些超越語言形式的體會，選擇性的、意象性的再現
屈原。同樣的，評論的人面對著白紙黑字的作品，但他總是輕易地逾越了作
品本身的言語訊息，而評論起和文字不那麼直接相關的事情。作品中可見的
表象，不是評論者所欲面對的終極對象。這種文學中所呈現的，主客訴諸情
志交感與體會的非客觀的感知模式，與西方主客對立、訴諸形式的客觀的理
解模式大異其趣。若單純地就情志感發和觀物模式來看，從王逸到王夫之，
他們並沒有方法的本質上之區別，事實上，他們面對客體世界的「情志傾向」
是一脈相承的。

〔註16〕出處同上注，頁 423。

二、〈詩大序〉的問題：詩歌不是批評的終極對象

劉若愚曾對〈詩大序〉提出質疑：「個人感情的自然表現如何以及爲何一定反映政治情況」、「爲何這種表現能達到道德、社會和政治目的」〔註17〕。而對於「國史明乎得失之跡」、「吟詠情性以風其上」，他再提出了一個疑問：若國史的工作僅是採集詩歌，那麼，這些詩歌如何能表現出他所要的「情性」，「人民情感的表現，是否一定『止乎禮義』？」〔註18〕

這樣的質疑有它表面上看起來合理之處。詩三百中，有爲數不少的類似民歌性質的篇章，這些詩文的共同特徵是情感皆自然而率直。除了那些明顯是在歌功頌德或抱怨飢荒、戰爭、君王昏庸無度的篇章外，其他描寫愛情、家庭、喜慶的詩歌，如何能與道德規範、政教環境發生關連？這是從作詩人的角度，發出的疑問。在這裡，詩人就是能以言語表現情感的人，他本身是作爲表現者而存在，沒有其他特殊的身份。在另一個提問中，「國史」成爲質疑的焦點：他如何能從採集的詩歌中，看到符合或不符合政教期待的情性？這可以說是從閱讀與批評者的角度切入以質疑「國史」的任務性質，就是這一類採集詩歌之人的標準，是否使得詩三百蒙上「社會決定論」的色彩。

這兩個提問都指向〈詩大序〉看待詩歌的基本態度，是否存在有隱藏的概念體系，卻藉由未能成功調和表現論、決定論與實用論的「不合邏輯」表述，困難地呈現出來。劉若愚的質疑有其爭議性，但這質疑本身倒是很適切地表達出，晚近接受西方文學系統性理論的中國古典研究，在進入古代文獻時最容易產生的想法：即古代文學批評的背後，都有某種隱蔽的抽象系統，它雖未能彰顯但仍然在作用；正是這個像是不成熟的抽象理論體系，使得〈詩大序〉的言語如此表述。究竟詩歌本文對於〈詩大序〉的作者而言是什麼？他是否真的有一套「文學社會學方法」未及合理且妥善地施展？顏崑陽先生在〈從〈詩大序〉論儒系詩學的體用觀〉中，從古代體用觀的立場反駁這種「西方本位」的批評意圖，已論述甚詳〔註19〕，這裡不再贅言。

我們把討論興趣集中在詩歌本文之於〈詩大序〉的對象性質上。這篇文章的語言，一開始就顯露出它的批評對象、預設的批評效果，都不是著眼在

〔註17〕見劉若愚，《中國文學理論》（臺北市：聯經出版事業公司，1991年），頁257。
〔註18〕出處同上注，頁259。
〔註19〕見顏崑陽，〈從〈詩大序〉論儒系詩學的體用觀〉，收於《第四屆漢代文學與思想學術研討會論文集》（臺北市：新文豐出版股份有限公司，2003年），頁287-324。

詩三百之上。〈詩大序〉的開頭引述並編輯來自《尚書‧虞書》、《禮記‧樂記》等文獻；它截取這些資料，但可能有意的忽略了這些被截取的片段在原文中的完整意涵，只採納其中的一部份。鄭毓瑜指出，〈詩大序〉截取、編排古文獻的片段時，忽略了「資料語境中禮樂歌舞一體的教化意義」，而特立出詩之語言的地位；其明顯的輕樂重義傾向比此文的邏輯問題更令人起疑。資料的刻意錯接，反映出大序的作者正處於與古文獻不同的社會情境中，而有種「自我（表達）」伸張的意味。〔註20〕同樣是引述了「詩言志」這個句子，當它位處於詩舞樂合一的語境時，言志的意義最終會被引導、消融於中和之境；這是著眼於群體社會之禮樂教化的終極目的，即調和個殊之失衡的情緒和不當的言行。但是，當「詩言志」錯接在〈詩大序〉的語境中時，言志的意義不再被導向調節中和——一種社會的、秩序的審美與審美期待——它被突顯、放大，能言志的主體在詩舞樂的和諧中出了線；因此，可以想像的，詩歌能引發的語言性意義就成了被注目的焦點，而能闡釋的主體、此主體的自我自覺就是使詩言志被放大的原因。

〈詩大序〉注意到了詩的「志之所之」、「情動於中」、詠歌舞蹈等表現性質；而這些性質的表現，在它看來，若以時代、國政作為分類條件，則恰恰可以區分出「治世之音」、「亂世之音」與「亡國之音」，這三種音又分別以「安以樂」、「怨以怒」、「哀以思」之情來形容。在這裡，音因為其分類的性質，而已被給定某種意義；同時音的類型和情可以互相說明，治世之音是安樂和諧的，反過來說，安樂和諧的情感能產生治世之音；以此類推。這種分類的思維，隱藏著一種訴求：它渴望能使其讀者（尤其是在上位者）相信這一點，即人民的情感能反映一國之治亂。此種籠統難以整體把握的人民情感，可以徵諸一些可見的跡象，比如民間自然而發的詩歌，或者，更進一步的，由採詩官把這些詩歌聚集起來，詠唱給在上位者聆聽。故說「主文而譎諫」、「言之者無罪，聞之者足以戒」，臣子詠唱詩歌的行為只是一種「轉達」，讓在上位者能清楚的見聞到民間的即時情感，藉以修訂施政方向。

因此，〈詩大序〉裡的音與情互相反應，其語境、其意義，皆與古文獻裡禮樂合一的語境相去已遠。作序者把捉住人民情感此種統治者關注且擔憂的對象，婉轉的闡述諷諫與納言之道。詩歌的音樂性不是〈詩大序〉作者所在

〔註20〕鄭毓瑜，〈詩大序的詮釋界域〉，收於《本文風景：自我與空間的互相定義》（臺北市：麥田出版社，2005年），頁250-251。

意的，同樣的，明白可見的詩歌語義也不在受其重視之列；無關其闡述《詩經》之宏旨使然。「故正得失，動天地，感鬼神，莫近於詩」一句，孔穎達解釋曰：「從人正而後能感動，故先言正得失也。」〔註21〕根據孔穎達的解釋，這個句子的根本、重心在於「正得失」，本立之後，才有「感」與「動」的生發與流播。這是就《詩經》的教化義來說的。由此亦可見，在孔穎達看來，〈詩大序〉作者的目的在於「正得失」；他追求著可要歸爲諷諫的意義，而這意義不在詩歌之自然情感表現裡，卻是在闡釋者所觀察、解讀出的「轉折義」之中。我們可以說，就〈詩大序〉的立場而言，主體之情志爲意義之源；詩歌本文則是一種形式、一種仲介。在這裡，情志是指感知詩歌中之自然情感所反映出的治亂類型，並且依照闡釋主體對於國政的使命感，而導向諷諫之旨；在這過程中，情與志或情感和政教目的是不能分割開來作用的。

　　劉若愚所提出的質疑，並非是與〈詩大序〉站在同一位置所給出的反思。位置，指的是抽象時空中之特定點，它可以被形容爲由人文時間與空間所標立的定場，不論是自覺或非自覺的位於此定場的主體，皆有其所能見的視野、所承載或所運作的各種文化層面的力。人文時間與自然時間不同；在我們的世界中，自然時間是線性前進的，人文時間的運動方式則端視主體的時間感知而定。按照康德（Immanuel Kant，1724-1804）的論證，時間是一切認識之可能的起點；通過時間形式，空間才有可能被認識；通過時空形式、確立時空觀之後，事件才能在此中發生〔註22〕。同樣的概念，可以運用到人文時空與批評位置的考量上。〈詩大序〉位處於漢代的人文時空中，這個位置的意義，並不僅止於時代性與階層性的標示而已；位置自身正在訴說更多的訊息。正是處在於這特殊位置上，〈詩大序〉略過了詩歌表現層的探討，直是關注於詩歌的「言外之意」。漢代的闡釋者們慣於從政教角度去闡釋經典，其用意在於對治前秦朝所留下的、以及漢帝國的政治問題〔註23〕。於是，我們注意到劉若愚與〈詩大序〉作者的第二個差異，他們非但所處的批評位置不同，其批評所面向的對象之性質亦不相類。前者位處於今日的文學語境之中，對〈詩大序〉發出詩歌表現與詩歌本意層面的質疑，他想知道詩人主體與詩歌表現

〔註21〕見〔唐〕孔穎達疏：《毛詩注疏》（臺北：藝文印書館，十三經注疏，嘉慶二十年重刊本），卷一，頁14。
〔註22〕見康德（Immanuel Kant）著，牟宗三譯，《純粹理性批判》（臺北市：學生書局，1998年）。
〔註23〕見徐復觀《兩漢思想史》，（臺北市：學生書局，1985年）。

是否成爲特定意識的附庸；後者則位處於漢代的政教語境中，今日之文學意識離他很遙遠，他的評論所面對的終極對象不是詩歌本文，而是漢帝國整體之政教境況。此二者表面上看來都是依著《詩經》在談問題，但他們的評論位置不同、面對之物與關注之議題亦全完相異。

　　儘管如此，關於詩歌之自然情感的表現，如何以及爲何可以反映政治、達到某種社會與政教目的，這的確很值得一問。我們若回到漢代的政教語境，使這個問題稍離其後設之文學本位，而進入漢代文人的闡釋本位；那麼以〈詩大序〉爲代表的那一類文外義取向的批評，在此設問之下，便能突顯出它的特質。批評是生產意義的活動，這個活動要能夠成立，就必須有能批評之主體和批評對象的參入。我們發現，這類文外義取向的批評具有強烈的主體導向；詩歌本文的語義和詩人寄寓其中的自發性情志，不是完全遭到忽視，而是整個地對闡釋主體形成一種情景兼具的符號組織，並且爲其所「轉用」。這個部分將在第四章有更詳細的討論。

　　對於這種「轉用」的闡釋行爲，施淑曾提出詳密的批判。〈漢代社會與漢代詩學〉一文，注意到能闡釋主體與被闡釋之客體的互動問題。該文認爲漢代闡釋者構造出了「先詩篇而存在的一個絕對意志，一個凌駕詩篇之上的道德虛構」；詩人情志（自然而發的情感）被「轉化」了，詩歌本意被「竊取」了，且替代以「說詩人」的原則與理論〔註 24〕。這樣的論述有其基本架構：詩歌在未進入批評活動、未被經驗之前，闡釋者已存在有特定的意志，且此意志即爲絕對的意義之源。儘管詩歌本文並非是漢代闡釋者之意志的產物，但前者仍然被轉用爲後者的「代言物」；藉由闡釋活動，詩歌成爲闡釋者之意志整體得以具現化的符號。

　　某種程度上，這篇論文延續了劉若愚的質疑：詩歌情感的自然表現，在經過闡釋後，便出產合乎闡釋者的政治、社會目的之意義。因此，並不是詩歌本身在「思無邪」的情況下，就自然而然地反映了一國之治亂：它首先經過採詩官有意圖的採集、吟詠，這行爲本身就迂迴地隱藏了諷諫的意義。而漢代闡釋者所作的事情，是重新「改造」這迂迴諷諫的形式，使之更明朗或者更迂迴。在這樣的論述裡，我們看到今日被視爲「文學作品」的《詩經》，在漢代闡釋者的眼中，它們都是「有待建構」的符號組織——闡釋主體的「意志」強勢於被闡釋的本文；在這裡，「言外之意」是由闡釋主體的意圖（權力

〔註24〕施淑，〈漢代社會與漢代詩學〉，《中外文學》十卷十期（1982 年 3 月），頁 77-78。

化的道德理性、神學化的天人之志）所決定，而不是「詩歌本意」。

這不是個容易釐清的問題。以〈詩大序〉為代表的經典闡釋意識，展現出政教的、陰陽五行與天人合一的思維傾向，這是事實問題，人們可以在《韓詩外傳》、《毛詩鄭箋》、《楚辭章句》等等大量的漢代著作中，看到這類的思維所產出的文字。但若是將在文獻裡讀到的、似乎可以匯歸為某一類型的思維，當成漢人在闡述經典時的「國家標準」，並藉以得到判斷：漢代詩經學皆有封建意識和操作讖緯的闡釋策略，曲解詩歌本意與自發性情志的現象，這是非事實問題。因為這類的論述是以特定的價值觀介入對漢代社會與詩學的想像，而價值觀卻會因論述者處身的情境而變遷。因此，當論者持特定價值觀對古人提出評論時，它的效用是屬於當代的，是當代的文學語境、文學發展需求，促使論者反抗前人的「非文學觀點」。然而，當我們要向漢代詩經學叩問迂迴附會、政教解詩的問題時，首先必須放下的，正是現代的文學價值觀。相較於藉今古價值觀落差向古人提出批判性之論述，我們更應關注的是：若欲向漢代闡釋者提出扭曲詩歌本意的質疑，這個問題需要有哪些條件才能合理成立？

同樣是對漢代詩經學提出違反「詩人本意」的質疑，民初之後的學者是基於文學本位的立場作出強烈抨擊〔註25〕；民初之前的學者，對於詩人本意則另有考量。朱熹作《詩集傳》時，去掉毛詩小序，以為是徒增誤解和累贅〔註26〕；其三傳弟子王柏甚至刪改國風三十餘篇「淫詩」〔註27〕，以杜絕將男女期會應答之詩強解出聖人用意之謬。王柏在《詩疑·詩辯序》中解釋了他不得不疑詩的原因：

> 在昔上古教化隆盛，學校修明，聖人之道流行宣著，雖無書可也。惟教化有時而衰，學校有時而廢，道之托於人者，使不得其傳，然後筆於言，存於簡冊，以開後之學者，而書之功大矣！極其專門之學興而各主其傳訓故之義作，而各是其說，……遂使聖人之道反晦蝕殘毀，卒不得大明於天下。〔註28〕

〔註25〕 參見《古史辨》第三冊下編對於《詩經》的討論。顧頡剛等編著，《古史辨》（臺北市：藍燈文化事業，1993年）。

〔註26〕 朱熹：「熹向作《詩解》文字，初用小序，至解不行處，亦曲為之說。後來覺得不安第二次解者，雖存小序，間為辨破，然終是不見詩人本意。後來方知只盡去小序，便可自通。於是盡滌蕩舊說，詩意方活。」見〔宋〕朱熹：《朱子語類》（上海市：上海古籍出版社，2002年）。

〔註27〕 王柏自云刪詩三十二篇，但《詩疑》中只見刪三十一篇。

〔註28〕 〔宋〕王柏：《詩疑》，清康熙《通志堂經解》本。

這是一段對詩人本意的闡釋與傳播之失當性的指控。王柏預設了一個原初的、理想的聖人之道，並且構想了一種完美的傳播情境，即「教化隆盛」、「學校修明」；在這種情境中，書面文字的傳播方式不太重要，因爲聖人之道就存在於社會之中。因此，所有的問題都是從聖人之道衰而僅存書面文字傳世之後開始的；闡釋經典的人既無法追溯詩人本意，便憑藉書面文字作「傳訓故」，發明一己之義。然而，書面文字是「有漏」的，聖人的「言外之意」無法直截了當地從詩歌本文中讀出，因而漢代三家詩與毛詩的附會解經，才能夠盛行一時。王柏循著朱子的思路，質疑「毛詩序」，也質疑《詩經》裡用意不明的「淫詩」；但是，他未曾否認詩歌有正有變，有頌美刺惡的功用，而這功用有賴於比興的詮解。換言之，詩歌的語言是一種即時即事的歌詠，而歌詠的背後有其深意，即詩人本意，而此詩人本意須見於比興詮解之中。朱子刪詩序、王柏刪淫詩，動機都是爲了使詩歌的讀解能更靈活、更合理的趨向隱藏的詩人本意，而不至於被漢儒附會的解釋，僵死於被限定的特殊史事之中。

朱、王二人對詩人本意的考量，仍然不違背言志、風諫、教化的原則，此種思維是貼合古代情境的。《詩經》並非是以民歌、以純文學的性質被流傳下來，而是作爲教科書、政治外交的套語辭令，甚至是作爲「諫書」，才得以晉身經典之列。《詩經》在成書之時，就背負著「應用」的使命；此「用」在創作之端就是因循比興的法則而生。詩歌本文在流播時，它能產生教化的作用，而這作用之所以可能，其效度就見於讀者可以因循比興的法則，回溯詩人本意。這是民初之前的學者在思索詩人本意，而批判漢儒解經時，所採取的共同立場；此與民初之後的學者，傾向從現代定義之文學觀念，回溯《詩經》之「詩人本意」的立場有所差異。古代《詩經》闡釋的情境其性質是政教的，其關懷的宗旨則見於「詩言志」；我們必須要回到這個情境中看歷代學者的質疑、看〈詩大序〉的言語，才能分辨出由〈詩大序〉所代表的那一類的文學觀。

詩歌本文有其直接語義，它相對於詩人情志是外顯的、立見的，而詩人情志必須再經由詮釋才能被導出、爲讀者所體會。以《詩經·鄭風》中〈有女同車〉、〈扶蘇〉、〈蘀兮〉爲例，這幾首描寫情愛的詩歌，〈詩小序〉皆判讀爲「刺忽也」。單從這幾首詩歌的文字來看，很難判斷詩小序爲何能篤定的說，這些是鄭人爲諷刺鄭莊公世子而作。朱熹在《詩序辯說》中以爲，〈詩小序〉

逕自以鄭莊公世子忽之不娶齊侯之女，而致使鄭國失去大國支援，此爲一廂
情願、有失公正的誤判〔註 29〕。朱子反對詩序將這幾首明顯是描寫情愛的詩
歌，曲折害義地解釋爲「刺忽」；然而，他在《詩集傳》裡雖然正視詩歌的直
接語義，但卻下了「淫奔之詩」的評語，並以爲孔夫子列鄭風之章，是欲「以
鄭風爲戒」，故知「詩可以觀」誠然不假〔註 30〕；此即朱子所讀解出的「詩人
本意」。〈詩小序〉與朱子採取的都是言外之意的闡釋，而詩歌中顯見的自然
情感與意象似乎成爲一種材料，用以輾轉導出另一層面的意義：在〈詩小序〉
就是把此「材料」推而解釋爲「刺忽」，在朱子則是將之引申爲詩可以觀「戒」。
我們清楚地知道，這種符號轉用或意義轉出的闡釋模式，是古代文學批評的
特徵之一。

又如，在面對「子惠思我，褰裳涉溱。子不我思，豈無他人？」（《詩經‧
褰裳》）這樣的詩句時，古人不會停留在詩句所引發的、最初的主觀感性之中，
玩味此種情感與詩文字對話、激盪出的美感，並以此心印於彼詩人之情志；
意義必須被再次轉出，詩歌所帶來的第一層情感和意涵，通常只是一種「包
裝」，讀解者慣於拆解這個包裝，讀解出隱藏的意義。正是在這個意義轉出的
過程之中，我們看到了〈詩小序〉與朱子的差異，時代情境與闡釋立場在這
差異性中是關鍵的條件；除此之外，就某種闡釋方法的外圍模式來說，他們
對這個問題的思維取向是相類的。

勞孝輿《春秋詩話》對毛、朱二人的闡釋提出另一種反思：

> 按六詩自〈羔裘〉美大夫外，餘如〈同車〉、〈扶蘇〉、〈蘀兮〉，〈序〉
> 以爲刺忽者，固爲不根，若朱《傳》以爲皆淫詩，而莫淫於《褰裳》。
> 誠如其言，諸卿不且自揚國醜乎？大抵詩人取興，多託男女綢繆之
> 辭以言其情。

〔註 29〕「然以今考之，此詩（〈有女同車〉）未必爲忽而作，序者但見『孟姜』二字，
遂指以爲齊女，而附之於忽耳。假如其說，則忽之辭婚未爲不正而可刺，至
其失國，則又特以勢孤援寡不能自定，亦未有可刺之罪也。序乃以爲國人作
詩以刺之，其亦誤矣。」〔宋〕朱熹，《詩序辯說》，收於〔宋〕朱熹著，黃
書元等編，《朱子全書‧壹》（上海市：上海古籍出版社，2002 年），頁 371。

〔註 30〕「……衛人猶多次譏懲創之意，而鄭人幾於蕩然無復羞愧悔悟之萌。是則鄭
聲之淫，有甚於衛矣。故夫子論爲邦，獨以鄭聲爲戒，而不及衛，蓋舉重而
言，故自有次第也。詩可以觀，豈不信哉！」〔宋〕朱熹，《詩集傳》，收於
〔宋〕朱熹著，黃書元等編，《朱子全書‧壹》（上海市：上海古籍出版社，
2002 年），頁 481。

又曰：

> 古人於君臣朋友間每托言配偶，至流連想慕之際，多言美人，其非
> 淫奔之詩也明矣。此佳人芳草，《騷》之所以托始也歟。〔註31〕

勞孝輿在談的，還是詩歌文字之轉出義的問題，他用「興」來稱名詩人與賦詩之人的托言現象；並且賦予取興以一種情境相似而連類的描述：君臣朋友之間偶有「流連想慕」之情境，如果詩人不欲直言此種心情，那麼差可比擬的就是「思美人」。《詩經》裡的詩歌非一時一地一人之作，作者不可考，我們無法確知詩人是否完全是以托言的方式在創作，亦是純粹地表達素樸情感而已。然而，〈離騷〉這類確有作者的作品，即使作者未明說托言的創作手法，後人也能從屈原的生平與政治立場讀解出托言之意；甚至，若不從取興托言的線索去迂迴解讀，反而會造成徹底的誤讀。就〈離騷〉而言，所謂詩歌本文的含意、詩人的情志，就是必須解讀出《離騷》取興托言的深意；詩人情志見於比興之中，而非表面的語義、語境所引發的最初之感性可以直接觸及。就《詩經》而言，由於作者不可考，後人對這部經典的讀解策略，就聚焦於國史、編詩人（孔子）與賦詩人的身上；所謂「詩人情志」就是國史、編詩人與賦詩人的情志。在這裡，若欲瞭解詩用者的情志，仍然必須見於比興之中。

　　在古代的文學語境中，尤其是本文所關注的漢代之文學語境，要如何對古人提出「詩人情志」的讀解問題，才不是落入某種以今非古的論述陷阱〔註32〕？如果，《詩經》的詩人之「自然情感」，在先秦的詩用社會文化行為中早已是被「扭曲」的，而這「扭曲」涉及古典文學的偉大傳統，即比興，且關乎政教，那麼，漢人如何可能掙脫這個傳統，拋去政教立場、比興解詩，而「還原」詩歌本色、自然素樸的詩人情志？一時代之文學有一時代所面向的、

〔註31〕勞孝輿這段話是針對《左傳·昭公十六年》的一段內容作評述：「夏四月，鄭六卿餞宣子於郊。宣子曰：『二三君子請皆賦，起亦以知鄭志。』子齹賦〈野有蔓草〉。宣子曰：『孺子善哉！吾有望矣。』子產賦鄭之〈羔裘〉。宣子曰：『起不堪也。』子大叔賦〈褰裳〉。宣子曰：『起在此，敢勤子至於他人乎？』子大叔拜。宣子曰：『善哉，子之言是！不有是事，其能終乎？』子游賦〈風雨〉，子旗賦〈有女同車〉，子柳賦〈蘀兮〉。宣子喜，曰：『鄭其庶乎！二三君子以君命貺起，賦不出鄭志，皆昵燕好也。二三君子，數世之主也，可以無懼矣。』」參見勞孝輿《春秋詩話》（臺北市：廣文書局，1971年），頁13。
〔註32〕以今非古是由於未進入歷史情境之理解前，就先預設了由當代文學觀念所認定的評價性觀點，後設地批判古人。這是一種缺乏歷史意識的抽象理論思考。

欲對治的問題，在漢代，某種可以暫名爲「諷諫文學」的類型，幾乎就是兩漢文學的發展重點。在這種情況下，把政教化的道德意識當作某種「絕對意志」，並視此爲漢人的思維，據以指說漢代解經者犯了曲解詩人情志的謬誤，這是有失公允的。

首先，詩人情志托言比興之中，它本來就必須「曲解」，不能「直解」；漢人的問題是在於，他「曲解」的方式是否流於公式化、樣版化，在權力介入闡釋之後，形成了闡釋專權，阻礙了比興解詩的新穎性與活潑性。其次，「絕對意志」這個詞容易令人產生望文生義的誤解。基於古人特殊的比興思維、譬物連類的邏輯〔註33〕，那種存在於西方文化語境中的抽象理性形式、超驗之上帝意志的困難癥結，不應在中國古代發生。最後，歷代對於漢人穿鑿附會之批判，都不從根源處直接推翻──即繫於詩歌比興之另一端的道德本體，而是再次定義比興的闡釋規則，翻轉出更合理的新意。這是一個複雜問題，這裡只是要先行指出，正因爲古人不從「抽象理性思考」的角度批判漢人的解經道德化之弊端，我們就不能跳突地援用西方對於「絕對意志」的想像，將其架接在漢代之上，據以模擬在漢代政教語境中，可能曾發生過的、影響甚遽的闡釋失當問題。

所有的難題都會回到該如何想像漢代闡釋主體及此主體如何面向他的存在情境與客觀世界。當〈詩大序〉寫道：「故正得失，動天地，感鬼神，莫近於詩」，這裡的「詩」，已不是單純地喻指帶有詩人素樸情志的詩歌。同樣的，鄭玄《詩譜·序》：「虞書曰，詩言志，歌永言，聲依永，律和聲，然則詩之道放於此乎？」〔註34〕中「詩言志」之「詩」，與「詩之道」的「詩」，指的可能不是同一個對象物。然而，「詩之道」的「詩」和「莫近於詩」的「詩」，指的卻是同一個對象物，即在詩、歌、聲、律這一組綜合藝術形式中，以此綜合形式所能達到的上下通達與天人和諧之功效爲基礎，對之進行詩的側寫，換言之，等於是強調了詩義通達、志之通達的這一面。

〔註33〕言古人之譬物連類的特殊思維，見顏崑陽，〈論詩歌文化中的「託喻」觀念〉，收於《第三屆魏晉南北朝文學與思想研討會》（臺北市：文津出版社，1996年），頁211-253；顏崑陽，〈從「言位意差」論先秦至六朝「興」義的演變〉，收於《清華學報》新二十八卷第二期（1998年6月）；葉舒憲，《詩經的文化闡釋》（西安市：陝西人民出版社，2005年）；鄭毓瑜，〈詩大序的詮釋界域〉，收於《本文風景：自我與空間的互相定義》（臺北市：麥田出版社，2005年）。
〔註34〕鄭玄：《詩譜》，見〔唐〕孔穎達疏：《毛詩注疏》（臺北：藝文印書館，十三經注疏，嘉慶二十年重刊本），卷一，頁4。

《詩譜》中的「詩之道」若參考鄭玄在《六藝論》中對詩作的解釋，其意涵也就隨之明朗：

> 詩者，絃歌諷諭之聲也。自書契之興，朴略尚質，面稱不爲諂，目諫不爲謗，君臣之接如朋友然，在於誠懇而已。斯道稍衰，姦僞以生，上下相犯。及其制體，尊君卑臣，君道剛嚴，臣道柔順，於是箴諫者希，情志不通。故作詩者以誦其美而譏其過。〔註35〕

就這段文字看，在鄭玄的觀念裡，詩即「言志」，這個「志」和一般的素樸情志有所不同，它是「諷諭之聲」。這裡需要區分的是：有一部分的詩歌看來就像是街頭里巷之歌謠，這類型的詩歌是直抒情志的，不見得都會導向諷諫。然而，國史將這些詩歌收集起來，傳唱給在上位者聽時，在這裡，鄭玄所說的「以誦其美而譏其過」其可能性就提升了：同一首詩歌，在不同情境、唱給不同身份地位的人聆聽，它就可能具有不同的效用。這是極其迂迴、婉轉的諷諫形式，目的在於「言之者無罪，聞之者足以戒」；既不逾越君臣上下份際嚴明的禮節，也兼顧了爲人臣之道義，即規諫。如果臣子能對在上位者直言，那麼，這迂迴的諷諫形式就沒有存在的必要；因此，鄭玄指出，正因爲他們的時代經過「斯道稍衰」、「及其制體」的歷史變遷過程，國家的中央體制形成了「君道剛嚴，臣道柔順」的現象，而導致「情志不通」，故而「詩之道」應需求而生。可以想見，「詩」就是能使上下恢復情志互通的方法和管道；所謂「詩之道」就存在於詩人（或用詩之人）的情志感發、詠唱，並且與聆聽者能夠情志互通之間。

於是，我們可以瞭解到這一點，漢代詩經學在闡釋詩歌時，他們越過了對象本文，注目於本文之外那難以言狀之物——在這個經驗、認識、繼而生產闡釋的過程中，對象物是變動的。鄭玄賦予其所注目的、外於本文的對象物一個名稱，名爲「詩之道」。詩之道即在於上下情志互通無阻，這是一個完美的人與人之間、君與臣之間「無漏」的溝通之想望；此種理想若能實現在政治、教育之上，則不必要的蒙蔽、誤解、衝突都無由發生。那麼，想當然爾，國政教化也就能臻於通朗、和諧之境。

因此，推而可知，〈詩大序〉亦隱含了一個「知音」的訴求，它的訴求是雙向的：一則直追古聖王賢臣互知彼此情志（知其音、知其言）的理想境

〔註35〕〔漢〕鄭玄，《六藝論》，收於《百部叢書集成》（板橋市：藝文印書館，1968年）。

界，一則向現世提出互知情志的呼籲和方法；而此方法由於漢代士人的政治
處境不若先秦時代來得自由、能暢所欲言，因而不得不朝迂迴、婉轉發展。
在這種情況下，與其說《詩經》被道德化，不如更精確的說《詩經》被諫書
化〔註36〕，繼先秦之後，再次成為共用的溝通交際之符碼。在漢人的箋注中，
道德意識並非如表面上看來的、僵硬地附加在詩歌本文之上，也不全然是以
主宰的姿態，超然於《詩經》的閱讀經驗與闡釋。在那隨時都有樣板化、基
本教義化之危險的迂迴附會之闡釋中，儼然存在有一個關於情志的闡釋文
本。

　　這個隱蔽的文本向我們指明了三件事：其一，〈詩大序〉的評論對象不完
全是詩歌本文，它「體」詩之道而「用」之於闡釋行為中；〈詩大序〉的對象
無寧說是不斷在其論述系統中於詩之道、詩歌本文、現實生存情境此三端之
間流轉，而最終要歸於諷諫，即政教目的。其二，〈詩大序〉對於詩之道的訴
求，透顯出此評論主體之特性是「情志通感」的，它嚮往著上下情志互達、
以臻至政通人和的理想境界；這是一種訴諸主體間相通互感的思維方式，不
能全用理性來描述它。其三，〈詩大序〉突顯詩義的傾向，若放在其情志詮釋
系統中來看，並且與強調詩樂舞合一的〈虞書〉、〈樂記〉作比較；則可知意
義的關注重心發生了轉移。

　　在古文獻，詩言志的意義被導向並融合於和諧之境中；在〈詩大序〉，
詩言志的意義落在主體情志的傳播與接受之中，並導向諷諫、政教之用（意
義在溝通交際中）。在這意義側重之位置的轉移變化裡，要看到的不只是表
面的一切價值政教化的問題，而更要注視那變化的原委與動力來源。誠如學
者們曾指出的，漢代存在有集體自覺、特殊集團意識彰顯的主體性質變化之
現象〔註37〕；而我們檢視毛詩與鄭玄的觀點時，則可以初步的瞭解，對於他
我情志互通的想望與訴求，是此主體性質變化之現象的動力因之一。

〔註36〕　「諫書」一詞見《漢書・儒林傳》。又，李春青在論述中指出：「……漢儒將
　　　　《詩經》當成諫書來看完全是出於不得已的政治考慮。經生通過對《詩》、
　　　　《書》、《禮》、《易》、《春秋》的傳注來諷諫；史家們用《史記》、《漢書》來
　　　　諷諫，辭賦家們用《上林賦》、《長門賦》來諷諫——都是借住於迂迴的方式
　　　　達到限制君權、迫使君權為實現儒家理想而服務。」見李春青，《詩與意識形
　　　　態》（北京市：北京大學，2005 年），頁 321。
〔註37〕　參見徐復觀《兩漢思想史》，（臺北市：學生書局，1985 年）。余英時，《中國
　　　　知識階層史論：古代篇》（臺北市：聯經出版社，1980 年）。

三、主體以情志交感於所觀之對象

「主體以情志交感於所觀之對象」此中包含的概念共有「主體」、「情志」、「交感」、「觀」、「對象」等五項。根據前文的資料列舉與分析，情志批評活動中的主體首先應視為是存在的主體。海德格（Martin Heidegger，1889-1976）在《存在與時間》中，界定了存在者（dasein）問題的討論原則。「存在」是個令人無法直接提問的對象，人們只能從存在者身上追問存在的結構。此舉之所以可能是因為存在者作為它的存在自身而存在，並且，存在者以其生存狀態與存在發生聯繫。因此，對於存在的瞭解必需始自對存在者的討論計畫發端，存在者的特性是以其生存狀態而得到界定，其本質則為必然存在於世界之中〔註38〕。

這是一個原則與方法的提醒，協助我們在此認識處於情志批評活動中的主體之性質與狀態；無論是就研究者或此主體自身而言，它都應該由其生存狀態來界定，而不是由其他歷史事件、意識型態所互相界定。再者，既言生存狀態之於瞭解此主體具有優先重要性，此主體所置身的世界、以及此主體與世界的互動關係，就成了必要的關涉項目。因此，強調它是存在的主體，等於不再把它分類的、側面的視為理性主體、道德主體、感性主體、官能主體等等；此主體本身就是一個複數集合的概念，它位處於世界網絡之中，以其生活、以自身的多面性和世界產生聯繫。故而，此存在之主體同時也是運動的、作用的實踐之主體。這說明我們的討論興趣會集中在一種動態的過程，情志批評活動是作為一種運動中的事件而被討論，而不是將之視為靜態之物並分析其局部與結構。

當主體以其生存狀態界定自身的存在時，情志的概念也就不再被約束在固定的分類之下，而得以還原到以情志的發用狀態及其效用重新界定自身。詩言志與詩緣情是二種不同的批評觀念，但都源自能批評之主體的情志之發用；因此，言志、緣情是情志發用後所產生的文學效用之分類問題，不能反過來以此分類概念喻指情志，並據以將情志之本體區分成言志之情志與緣情之情志二種類型。在古典文學批評史中，情志批評活動的模式有其脈絡與傳承可尋，此間具有部分一致性和一貫性。然而，個別類型是存在的，比如，漢代的情志批評活動顯現出強烈的政教立場與尚用傾向，這是文學效用的分

〔註38〕馬丁‧海德格（Martin Heidegger），《存在與時間》（臺北市：唐山，1989年），頁 3-20。

類問題。漢代情志批評活動所生產出的作品，其中編織有情志的符碼，這使得它們得以歸屬於情志批評的類型中；這些作品同時編織有其他種類的符碼，這些符碼就是它們在古典情志批評史中得以自成一種次類的因素。

主體以情志交感於所觀之對象，因為主體與情志都必須在動態的生存狀態中被模擬、體會、理解，「交感」這個詞既表動態作用亦表形容，用以指稱存在於世界之中的存在主體，它與世界的互動關係。在普遍的情況中，主體以情志進入作品，與作品之形式、內容交互作用，並進而「觸及」作品之外的原創主體（作者），雙向的主體交感便在這裡發生。這是一個運動模式的描述，此間有幾個環節需要細究：第一，存在主體是複數集合之主體，它本身是一個完整的存在，不應以已分類之主體的概念代入這運動模式中。我們很難想像，王逸以某種性質穩定之主體的姿態（「堅定不移」的政教性主體）寫作《楚辭章句》，而後人則可據此指說王逸秉持著某種意識型態進行楚辭的闡釋。這種思維方式通常只指出某一側面的事實，並將此一側面之事實擴大解釋為整體之事實，導出以偏概全的因果推論。第二，主體之情志之所以能和作品、作品之外的對象主體發生交感作用，實因透過語言此一媒介。在作品的層次上，語言只擔任了某種外觀形式或固定形式的意義（語義、修辭、狹義之文體）；在本文的層次上，語言則以符號學的意義對主體的閱讀行為發生作用。在作品的層次上，語言是客觀表意的符號；在文本的層次上，符碼規則不斷對這些客觀表意的符號發生「喻指作用」，促使闡釋結果（意義）誕生。〔註39〕這種符碼規則來源複雜，大體來說它來自文化傳統、社會網絡對語言結構的制約，並且，這些符碼規則最終由作者所選擇、安排。處於同一語境條件之讀者，便能透過此符碼規則的引導與解讀，模擬、體會、理解作者的安排佈置，即理想的「作者本意」。所謂主體情志與作品交感或與作者情志交感，便是在這個基礎上所建立的論述。

承上所述，「觀」的意涵也就隨之得到疏通。在《說文解字》裡，「觀」是「諦視」的意思；段玉裁注：「觀，宷諦之視也。」「觀」有別於「視」和「見」，它是審慎非常之視；相較於感官之視覺的「外視」，「觀」是某種「內視」，它必須透過主體內部的運作，才能得到相應的「視景」。此處還可以繼續區分，在外視中，主體與客體之間保有一段可測量的視見距離；在內視中，主體與所觀視之物間的距離則不再清晰穩固。當人們閱讀《史記》時，他的

〔註39〕相關論述將在第四章做更詳細的探討。

雙眼與書本、文字保持一定的視見距離，但他所讀入的內容、在他內部所形成的種種意象和觀念，他與這些內視所見之物的距離，不是二十一世紀與西漢的時間距離，亦不是台灣與漢帝國都的空間距離；在內視中，物我的距離沒有可客觀測量的準則，且亦隨著主體之情志契入的深淺而隨時變動。閱讀行為必然發生在主體的生存情境中，主體藉由閱讀所產生、獲得的認識，則必然藉由閱讀語境而觸發；生存情境與閱讀語境，就主體而言都是當下的。主體既無法、也沒有必要透過閱讀重建物與我之間的客觀正確之定位與距離；閱讀古典的意義不在於重建客觀之時間與空間，反而是在消弭客觀時空性中，顯現主體之情志契入對象物後，其內視之視景的廣度與深度。內視的態度與視景的構造決定了主體將從中得出何種意義。〔註40〕

　　生存於世界之中的存在主體，在閱讀行為中以情志交感於所觀之對象，並在內視中產生相應的視景。此時須進一步分辨，能交感的對象是什麼？內視之視景與交感之實際對象如何相應？情志批評係屬於語言-符號學活動，它所有的勞作都必須在語言之中完成，評論者面對著作品，閱讀它、闡釋它，他在這活動中是能主動作用的主體，然而，他所面對的、所觀視之物是什麼？

　　在情志批評的闡釋模式中，闡釋主體所觀視的對象不是單一的靜態之物。在毛、鄭的詩經闡釋模式裡，所謂「對象」是在詩歌、詩人本意和歷史情境三端中轉換著，且每個環節都關涉著闡釋主體的生存情境；這導致闡釋本身（傾向或者看起來像似）或附會於史事，或引道德說以論斷詩歌內容的功用，或隱射對現實政治的反思，借箋注以言志諷喻；凡此種種皆令後世讀者不免困惑於毛鄭箋注前後標準不一的闡釋弊病。王逸的《楚辭章句》也存在有類似的現象。

　　《離騷》「余以蘭為可恃兮，羌無實而容長」、「椒專佞以慢慆兮，樧又欲充夫佩幃」等句，王逸認為這是取楚懷王弟司馬子蘭與楚大夫子椒之名字以比喻，五臣注與洪興祖補注皆從此說。朱熹之後的注家開始對此表示懷疑。朱熹從作品的前後文作出判斷，「蘭」與「椒」是承上句之「何昔日之芳草兮，今直為此蕭艾也」衍伸而來，不一定是特指子蘭、子椒。〔註41〕王夫之則質疑「且

〔註40〕 M・梅洛－龐帝在《眼與心》中曾詳論過「視覺思維」的問題。本論文此處言「內視的態度」與「視景的構造」為受 M・梅洛－龐帝談視覺思維之系列論述的啟發。詳見 M・梅洛－龐帝著，龔卓軍譯：《眼與心》（臺北市：典藏藝術家庭，2007 年）。

〔註41〕 見〔宋〕朱熹，《楚辭集註》（臺北：藝文印書館，1983 年）。又，錢杲之、何

以椒、蘭爲二子之名，則樧與揭車、江蘺又何指也？」〔註42〕。朱、王二人的判斷皆循著明確的規則，前者以作品語境爲依據，後者以同一作品內名實指稱須具一致性爲準則；他們在進行《離騷》批評時，是觀視於作品的內部規則並藉以追索作者本意。然而，王逸的評論方式卻多頭多緒，不時顯示出扣著屈原生平、史事勉強解釋的跡象。他在闡釋《九歌・湘君》時，也可見到同樣的問題。「心不同兮媒勞，恩不甚兮輕絕。」、「交不忠兮怨長，期不信兮告余以不閒」等句，王逸皆逕以屈原與楚王的離合關係作解釋〔註43〕。

對此，王夫之批評道：「……原情重誼深，因事觸發，而其辭不覺如此，固可以想見鍾愛篤至之情。而舊注直以爲思懷王之聽己，則不倫矣。」〔註44〕「不倫」即是既不合理，其闡釋規則也不前後相類，使人產生不信任閱讀的心理。王夫之並不否認〈湘君〉的文意隱含有屈原悲怨之情志，他反對的是某種僵硬的名實對應，尤有甚者，此種名實對應的闡釋思維不是建基在可嚴格檢查的解碼規則上。在這句詩文裡，王逸的闡釋有臆度的成分，他的想像中已有一個既定的「屈原綜合觀點」，以此綜合觀點爲前提，他把每一篇屈原辭賦都理解爲「有所固定之指」的興喻之作。因此，就毛詩、鄭玄、王逸的闡釋方式來看，他們所追求的意義都是文外之意，而決定這文外之意的條件，並非完全端繫於某種明確的比興符碼規則，這些具影響力的條件起碼還包括闡釋主體對於作者（詩人本意）、歷史情境的接受與想像。

在這種情形下，我們有必要釐清漢人面對「文」所採取的態度是什麼？除了學者已論證出的道德意識先行的因素外，是否尚存有其他細節可以補充這類論證結果，進而托顯出漢人之文觀的完整樣態？

四、做爲對象之「文」

考察十三經中出現的「文」之單詞或複合詞，文所喻指者可分爲五類：一指多彩、文彩，如《禮記・祭義》：「逐朱綠之，玄黃之，以爲黼黻文章」；

焯、汪瑗、朱駿聲、游國恩等人從此說。

〔註42〕〔明〕王夫之：《楚辭通釋》，船山全書編輯委員會編校：《船山全書》（長沙市：嶽麓書社，1988年），第十四冊。，頁237。

〔註43〕王逸注：「屈原自喻行與君異，終不可合，亦疲勞而已也。言人交接初淺，恩不甚篤，則輕相與離絕。言己與君同姓共祖，無離絕之義也。」、「言君嘗與己期，欲共爲治，後以讒言之故，更告我以不閒暇，遂以疏遠己也。」，見〔宋〕洪興祖，《楚辭補注》（臺北：漢京文化事業有限公司，1983年），頁62。

〔註44〕出處同註43，頁250。

二指織理、錯間秩序之紋理，如《尚書・夏書・禹貢》：「厥篚織文」、《左傳・昭公二十八年》：「經緯天地曰文」；三指典章制度，如《中庸》：「非天子，不議禮，不制度，不考文。」；四指言語，如《禮記・儒行》：「言談者，仁之文也」；五指知識學問，如「《論語・顏淵》：「君子博學於文，約之以禮」。

漢人在使用「文」這個字詞時，大抵不出這五種用法；此五類語義，在實際的指用上，又經常不是單行，而是混合的。例如〈賜趙婕妤書〉：「文足通殷勤而已，亦何必華辭哉。」〔註45〕這裡的「文」指的是言語，但卻已預設文彩、織理的認識；意即文有文彩、織理的性質，但只求切實的表情達意，而不需在文之表象性質下過多的功夫。又如〈請爲博士置弟子員議〉：「文章爾雅，訓辭深厚。」〔註46〕「文章」泛指載有制度與道統之典籍，「爾雅」用以名狀「文章」，形容其溫文而雅正；此處之「文章」雖泛指典籍，但實則包括了文的五種基本義。

劉熙《釋文》將「文」解釋爲「會集眾采以成錦繡，會集眾字以成辭意，如文繡然也。」劉熙的解釋有其混合性，他同時在解說「文」的三種詞性：即「文」這個字本身兼涵名詞、形容詞、動詞的性質〔註47〕，它既指稱文之現象的特性，也名狀文的存在樣態，同時亦表示使成經緯、使成文章、文飾的動作力。因爲三種詞性的文都可見於古文獻之中，故可以推論古人對於「文」有其基本共識：文是一種色彩、斑紋交錯的現象，引伸到語言的層面時，文即爲指稱（主體）交織詞語之作用力、詞語交織之現象，以及總攝詞語交織之發生、過程與意義之整體，最後，文亦指文字的成品。這種分辨的目的在於模擬論文的合理空間，將文的語義與詞性、文爲人所把握時的認識樣態，恢復成語用學所面對的語言之生活狀態；先將這種對文的理解態度確定下來，將有助於接下來的討論。

依照前述對文的理解，可以進一步提出此問題：當漢人把文當成一種認

〔註45〕 漢成帝，〈賜趙婕妤書〉，收於〔清〕嚴可均輯，《全上古三代秦漢六朝文・全漢文》（北京市：中華書局，1958年），頁171。

〔註46〕 「明天人分際，通古今之義，文章爾雅，訓辭深厚，恩施甚美。」見公孫弘，〈請爲博士置弟子員議〉，收於〔漢〕班固著，〔唐〕顏師古注，《漢書・儒林傳》（北京市：中華書局），頁3594。

〔註47〕 「文」作動詞例子，如，《荀子・禮賦》，「此夫文而不采者與，簡然易知而致有理者與。」元王皇后〈詔賜免馬宮策〉，「如君言至誠可聽，惟君之惡，在灑心前，不敢文過。」見〔清〕嚴可均輯，《全上古三代秦漢六朝文・全漢文》（北京市：中華書局，1958年），卷十一。

識對象時，其中的認識方式存在何種同異性？在本論文所設定的文獻範圍內，試舉三例分析討論。

《詩經》裡〈北風〉一詩，〈詩小序〉云：「北風，刺虐也。衛國並為威虐，百姓不親，莫不相攜持而去焉。」小序之後，毛詩在各詩句之下，作字詞訓詁。「北風其涼，雨雪其雱」一句，毛詩云：「興也。北風，寒涼之風。雱，盛貌。」此句鄭箋補充云：「寒涼之風，病害萬物，興者，喻君政教酷暴使民散亂。」毛詩的訓詁，是將詩句中的字詞依某種必要性作了語義的說明。這個「必要性」的針對對象，一為較生澀難懂的字詞，二為承載了興轉之意的字詞。「北風」並不是難懂的詞，毛詩特別標注它為「寒涼之風」是因為它有興意，而此興意是取北風的寒涼特性作為能指，以意指暴虐之政。

當「北風」可以喻指「威虐」，形成「刺」的功用時，這個詞就從第一層語言學，進到了第二層語言學，即符號學的層次。符號學所關注就是編碼規則之於能指的意指作用；毛詩的闡釋裡，顯然包含有編碼規則（一個或者更多），他據此將「北風」編碼為暴虐之政。這些編碼規則是什麼呢？我們可以推想，其中最起碼應該有「詩人本意」所能涵攝的編碼規則、比興的編碼規則、「生存情境」所能涵攝的編碼規則；前二項自成闡釋傳統，它是歷史時延的積累，無法追溯至單一明確的起源；後者則訴諸人類的普遍生存經驗，特別是「感知」這一項。因為北風乍起的時節為寒冬，人們在酷寒之際有許多身體感受到威脅的實際經驗，因此可以與暴虐之政互為類比：暴政猶如北風，危害人的生存安全。鄭箋所做的闡釋，基本上就是在確保「北風」之興的喻指能恰當地為人所理解；換言之，鄭箋接受了毛詩所認同的編碼規則，並以自身的生存之體驗，再次印證北風之興喻的合當性。

符號學方法協助我們指認出，毛詩與鄭箋在處理詩歌本文時，其認識之對象物是什麼。毛詩在訓詁的層次，的確是扣著詩歌語義在解釋字詞，然而訓詁只是最低層的準備工作，它的作用是使興意能合當地開展出來。當闡釋的工作，進入興的層次時，闡釋者所面向的對象物就不再是實體的漢字作品了，他們所面向的是編碼規則。這些編碼規則不是單獨、互不相涉的存在，而是互相關連的存在；即闡釋者面向的是一個符號交織的網絡。在這些編碼規則中，最容易被指認的意指系統即為詩人本意、比興規則與闡釋者之生存情境，依憑這三項也就能得到推論：在毛詩與鄭箋的闡釋活動中，詩歌作品（具空間質量的作品）不是能闡釋之主體的唯一對象，而比起作品本身，他們更關注編碼規則的闡發，此即言外之意的闡釋。

《離騷》:「余既滋蘭之九畹兮,又樹蕙之百畝;畦留夷與揭車兮,雜杜衡與芳芷。」〔註48〕這句話從字面上來看,就僅是屈原自述種植爲數頗多的香花香草。這句子裡表述的行爲和物件,必需被視爲複數的編碼規則及其網絡所意指的符碼,如此,它的深層意義才能彰顯。因此,王逸在訓詁之後道:「言己雖見放流,尤種蒔眾香,修行仁義,勤身自勉,朝暮不倦也。」、「言己積累眾善,已自潔飾,復植留夷、杜衡,雜以芳芷,芬芳益暢,德行彌盛也。」〔註49〕

王逸的闡釋有「溢出」於原文字面語義的部分,我們若嚴格地檢查則可發現「言己雖見放流」、「言己積累眾善」等句,是來自《離騷》上下文的推想;種植香花香草以比修身養性,則是運作比興規則向外汲取「文外意」;「勤身自勉,朝暮不倦」、「芬芳益暢,德行彌盛」等句則是本之於某種「情境共感」的體悟:種植花卉的肢體勞動和勤勉自修可互爲類比,花草叢聚叢生芳香馥郁,則可與德行沛流互爲比擬;凡此皆以人類的普遍感知與經驗爲基礎,而做出可理解的推論。這些超出文字語義所能負載的訊息,來自作品之外符碼規則的交錯喻指,同時也涉及闡釋主體的存在情境。

這裡有必要釐清一個問題,王逸那爲後人多所詬病的闡釋,過度地將《離騷》原文與屈原生平際遇、忠君愛國之義作比附;我們可以將這種闡釋類型理解爲意識型態的作用,但這種理解卻同時可能造成其他理解之可能性的抹滅:王逸的闡釋的確存在有階級意識型態的成分,但這不是他的闡釋裡唯一可見的成分;當我們用意識型態掩蓋所有的闡釋問題時,那這理解本身恐怕也犯了它正在批判的那種闡釋濫權之誤。王逸的《離騷》闡釋既然溢出了作品的文字,他正面向一個以上的編碼規則,而這些規則彼此交錯爲意指的網絡;既然王逸的闡釋對象是如此繁複不穩定之物,那他的闡釋多少也就反映出這個網絡的多義性。被突顯的政教意識之闡釋,或許是比較機械的「政治正確」問題,但王逸寫在《離騷章句》裡的卻遠遠不只這些。

在《韓詩外傳》中,說經者與《詩經》本文的關係,相對的顯得即時即事而流動。《韓詩外傳·卷一》:「孔子曰:『君子有三憂:弗知,可無憂與!知而不學,可無憂與!學而不行,可無憂與!』《詩》曰:『未見君子,憂心惙惙。』」〔註50〕文中引用的詩句,出自《詩經·召南·草蟲》;若不理會古

〔註48〕〔宋〕洪興祖,《楚辭補注》(臺北:漢京文化事業有限公司,1983年),頁10。
〔註49〕出處同上注,頁10-11。
〔註50〕屈守元,《韓詩外傳箋疏》(四川省:巴蜀書社,1996年),頁60。

人以政教理念解比興的方式，屈萬里便將此詩視為婦人思念出外未歸的丈夫之詩，「未見君子，憂心惙惙」就是形容相思擔憂的情狀〔註51〕。〈詩小序〉認為〈草蟲〉的意旨是「大夫妻能以禮自防也」，而「未見君子，憂心惙惙」就是婦人當丈夫不在面前時，便想念起自己的原生父母；鄭箋延續此種思維，解釋此為「不自絕其族之情」〔註52〕。然而《韓詩外傳》的用法使得這句詩的「使用意」皆不同於上述二者；「君子」一詞挪以喻指儒家嚮往的成熟圓滿之人格，整首〈草蟲〉的語境也就隨之轉向喻指修身養性之過程。〔註53〕韓詩盛行的時間比毛詩為早，它被學者歸類為說經體，這種類型的闡釋是即時即事而說經，它的功用與目的都是在於處理現世的政教議題，反而不是客觀地在解說經典的原文與內容。因此，《韓詩外傳》所呈現出來的說經者與《詩經》的關係，明顯地不是主體與單一對象（《詩經》本文）的、穩固的閱讀與接受之關係，說經者同時面向社會與《詩經》本文。在這類型的闡釋活動中，《詩經》本文的優先性甚至未得到保證，此與戰國時期賦詩言志、斷章取義的作法有其譜系關係。〔註54〕

　　從這三個例證中可以得知，漢人在面對詩歌本文時，即詩歌本文作為一種對象，其自身並非是某種可視為穩定、固定之物。在整個闡釋活動過程中，詩歌本文只是最初的對象，當闡釋者把握住基礎的語義，他便繼而向興喻的層次邁進。比興符碼亦不是一套能指與所指嚴格對應的系統。在此系統中，比興的使用規則與功能較比興的固定喻指意來得重要；而比興的修辭宗旨也不在於使意義固定，而是在於使意義（在合理的範圍內）能活化，應用在人的生存世界中。問題在於當闡釋者向興喻的語言層邁進時，他這時又是觀視著什麼、依循著什麼而發掘出比興之意？通過前述的分析，我們可以說闡釋者在越過基礎語義層之後，他便直接與錯雜的意指系統與符號網絡面對面，

〔註51〕屈萬里，《詩經選注》（臺北市：正中書局，1995年），頁12-13。

〔註52〕〔唐〕孔穎達疏：《毛詩注疏》（臺北：藝文印書館，十三經注疏，嘉慶二十年重刊本），頁51。

〔註53〕又可見於《說苑‧君道》：「孔子對曰：『惡惡道不能甚，則其好善道亦不能甚；好善道不能甚，則百姓之親之也，亦不能甚。《詩》云：未見君子，憂心惙惙，亦既見止，亦既覯止，我心則說。詩之好善道之甚也如此。』哀公曰：『善哉！吾聞君子成人之美，不成人之惡。微孔子，吾焉聞斯言也哉？』」〔漢〕劉向，《說苑校證》（北京市：中華書局，1987年）。

〔註54〕此譜系關係，顏崑陽先生已在〈論先秦「詩社會文化行為」所展現的「詮釋範型」意義〉一文中提出。顏崑陽：〈論先秦「詩社會文化行為」所展現的「詮釋範型」意義〉，收於《東華人文學報》，第8期，2006年1月。

此時，複數的意指系統及符號網絡便是他的對象。而我們後設地觀看漢代的闡釋活動時，還可以再分辨出，闡釋主體的存在情境對之所形成的顯性或隱性規律，同時也加入此闡釋活動中，而影響了最終的意義獲得與意義的寫作（即箋注、章句）。

這樣的觀點使我們能更公正地處理二件事：第一，所謂漢代文學的政教意識，乃是在闡釋活動中、主體所面向並刻意突顯的符碼規則之一；此「政教本文」有自身的豐富譜系，它並非是樣版的、官方的、權力箝制的這些觀念之想像所能概括。第二，既然知曉漢代闡釋主體所面向的對象不止於作品本文，亦逾越了主體接受作品本文時所產生的最初感知；那麼，當我們深入討論漢代文學所表現出的情志批評模型時，便可以藉由作品之基礎語義的層次與本文的、符號的層次的區分，進一步指出，情志批評的運作主要是發生在本文生成過程與符號被不斷意指的層次。主體之情志是在本文與符號的網絡中與之產生交感作用，從而得到綜合的意義。

五、做爲對象的作者：「詩人本意」的三種類型

作者，是我們在討論情志批評活動的對象問題時，不能忽略的一環。在古典文學批評中，詩人本意或作者本意，是個冗雜的問題。致使這個問題顯得模糊含混的原因在於，古代的評論者對於作品與作者之關係的觀點實有些微差異，而這些差異缺乏條理的被指出來。

對於作品與作者之關係的認知差異，反映在幾個方面。一是認爲作者的生平際遇、時代環境與作品的生產有必然的關係；這是屬於歷史、社會與作品的關係考量。二是把作者一生的理念視爲某種具連貫性、可前後互相印證說明（不存在矛盾）之物，並認爲作者之理念與作品有必然的關係；這是作者意圖與作品的關係考量。三是從作者的情志之體會入手，並認爲作品與作者情志有不可分割關係；這是屬於作者主觀主體之情感、意志與作品的關係考量。這三個方面的理解經常爲評論者所交叉運用，偶爾會出現較集中或側重某一方面之認知的評論，例如《詩譜》就是著重於時代、地域與政教情境的理解，並以此外部背景與詩人本意互相解釋。《楚辭章句》可視爲扣著作者意圖在進行闡釋的作品；漢代擬騷賦則較集中的展現出，以己之情志印證彼屈原之情志的評論方式；以上二者都偏向以心理背景解釋作者與作品。這些觀點的差異突顯出一個問題，即「作者」在闡釋者的理解與體會中，到底是何種性質的存在？

在情志批評批評活動中，凡屬於探求作者本意的闡釋過程及目的，皆可以視爲闡釋者之作者觀的展現。闡釋者佔居意義生產的主導位置，因此，言作者本意，其實就是在談闡釋者的作者觀。我們從而可以再進一步的問：闡釋者所認知的作者觀，其中的「作者」，仍然是某種生物學或人類學定義下的、可存在於世的「人」嗎？或者，可以這樣問：這些作者觀中的「作者」，能與某一特定實存的作者無漏地互相喻指嗎？亦是這裡的作者人，已不再是具完整個殊性的實存之人，而成爲一種「觀念人」或「範型人」？換言之，作者的主體在讀解者的闡釋過程中顯現，而此主體不再是作者可以大方署名的主體，它部分的構造，可能來自於闡釋者的情感與意識。在情志批評活動中，作者的存在樣態形成獨特的問題；某個曾存在於世的作者，無法與批評活動中被視作對象的作者等同起來，這其中有相當程度的落差。

以《詩經》來說。《詩經》非一時地一人之作，這部古老的經典是集體創作的成果。對於這種匯聚無名氏作品的詩集，漢人卻仍然試圖要從中詮解出作者本意。我們可以在〈詩大序〉中，見到這種闡釋傾向的思維方式。〈詩大序〉：

> 國史明乎得失之跡，傷人倫之廢，哀刑政之苛，吟詠情性，以風其
> 上，達於事變而懷其舊俗也。……是以一國之事，繫一人之本，謂
> 之風。〔註55〕

「繫一人之本」的「一人」是作詩的人，但他吟詠諷誦的不是「一人之事」。他的角色性質以一人代言多人，其存在樣態是「一而多，多而一」。讀解者所面對的既是繁多不一的作者，也是能將群體「整合」爲一的作者。因此，我們可以說，此作者並非是某種實存之人，而比較像是發言人、代言人：作者的個殊性消弭於其代言行爲之中，他以群體的普遍性情感替代了自我的個殊情感。所以，詩人雖仍是在抒情，但這不是主體主觀的抒情，而是以主觀情志交會客觀情志所體悟、融會之情志所給出的抒情。「國史明乎得失之跡」意指面對著現實的政教情境，他確實地感知當代的社會運作，意識到大大小小的社會問題，於是他迂迴、委婉的藉由民間的詩歌，吟詠諷誦傳達於在上位者，希望能達到勸諫的功效。

這可以說是一種興的作用，以詩歌符號興喻倫常刑政的弊端。這種迂

〔註55〕見〔唐〕孔穎達疏：《毛詩注疏》（臺北：藝文印書館，十三經注疏，嘉慶二
　　　　十年重刊本），卷一，頁18。

迴諷諫的詩用行為，一則「達於事變」，二則「懷其舊俗」，即在吟詠情性
之餘，亦可重申前聖賢王所樹立的政教論述；它的功能是雙重的、帶有歷
史性意義的。漢代詩經學大抵都本著這種詩用觀在生產意義，在這種情形
下，當它面對所謂的「作者」時，就是追溯詩人所代言的一國心和其詩以
致用之心。民國以來的論者，或持有替《詩經》的文學性進行「平反」的
想法，從而將實存的、個殊性的「作者人」從詩章中標舉出來；既還予他
們個體肉身的情感，也將詩章作為民間文學、愛情文學來解釋。從各時代
皆有其認同的闡釋法則之角度來看，我們可以接受近代論述者的反傳統觀
點；但同樣的，也必須理解並接受古代闡釋者的作者觀。尤其是在漢代的
政教語境中，漢代學者對於《詩經》之作者的理解，就是一種藉由群／己
辯證融合，以求彰顯出風雅頌之效用的意圖之理解。在此前提下，追尋詩
人本意、作者本意的意義闡釋，自然不會著眼於詩歌本文中明顯可見的感
性文句。因此可以說，在以漢代詩經學為代表的這一類型的情志批評活動，
其作者觀之「作者」不是實存、具肉身之人——作者的實體形象在群／己
辯證中擴散了，並附著在經術傳統與政教理念之系統上，成為了一種具儒
學特徵的「理想人」。

　　相對於漢代詩經學，漢代楚辭學展示出不同類型的作者觀。《離騷》的寫
作其情志取向業已具有限定性，它不是「無主」的、群體情志之融通體會的
文字實踐，它為屈原所創造，具有特定的本文組構在裡頭，且由屈原其人的
生存情境所背書。因而，《離騷》不是「思無邪」，它強烈的申述處於特殊情
境中、其特殊主體的情志話語；此特殊性不能脫離屈原所面對的政教情境，
因為那是就屈原的生活世界，《離騷》從此中生長出自身的本文與詞彙。依此
前提，漢代的屈騷接受者起碼表現出二種不同的作者觀，其中一類，可由太
史公對屈原的評論見端倪。《史記·屈原賈生列傳》：

　　　余讀離騷、天問、招魂、哀郢，悲其志。適長沙，觀屈原所自沈淵，

　　　未嘗不垂涕，想見其為人。〔註56〕

《史記》的列傳由人物生平、文獻、作品等材料組構而成，它有屬於客觀歷
史事件、歷史敘事的成分，但是於列傳之後的「太史公曰」卻可以歸屬於批
評；這裡呈現的是司馬遷作為一個歷史的讀解者，其接受與反應的內容。在

〔註56〕　〔漢〕司馬遷，《史記·屈原賈生列傳》，見瀧川龜太郎，《史記會注考證》（高
　　　　　雄：麗文文化公司，1997年），卷84，頁991。

《史記・屈原賈生列傳》後的這段「太史公曰」，它包含了一個可歸類在情志批評之下的典型行為模式，即讀其文、悲其志、適其地、想其人。閱讀即是進入屈原作品的本文世界中，讀解者在這過程裡既知曉了屈原的情志，而又能對之做出「悲」的情志反應。掩卷之後，閱讀仍未停止，作者與讀解者之間的本文交互作用仍在持續；這促使讀解者欲親臨、親睹作者曾生活過的地景，依此地景的某些符號特徵再次印證作品中的空間佈景，完成一種「現場」空間的重構。在這重構的情境中，讀解者「想見其為人」，這是想像時間的回流，使得歷史得以在此重構情境中再次顯現，屈原其人及其際遇不再只是平面資料而已，它對讀解者產生了切身的意義：讀解者使歷史語境轉化為生活情境，屈原本文與讀解者的本文在此一重構又古今重疊的時空中融通、交感。

　　《漢書・揚雄傳》有一段記述揚雄寫作〈反離騷〉之始末的文字：

> 雄怪屈原文過相如而主不容，作離騷自投江而死；悲其文，讀之未
> 嘗不流涕也。以為君子得時則大行，不得時則龍蛇；遇不遇命也，
> 何必湛身哉！迺作書，往往摭離騷文而反之；自岷山投諸江流，以
> 弔屈原，名曰〈反離騷〉。〔註57〕

揚雄的「悲其文」與司馬遷的「悲其志」不可同一而語；這不只是說前者置於〈揚雄傳〉的語境，而後者置於〈屈原賈生列傳〉的語境之中；雖然史料提供的線索有限，但司馬遷從歷史的角度觀屈原，與揚雄從文章言語的角度觀屈原，其選擇用以體會屈原生命型態的進路是有差異的。然而，若就屈騷的接受情狀而言，揚雄與司馬遷的反應具有相似性；此相似性不在於「悲」與「流涕」的心理表現，而是他們想像作者的方式。揚雄從悲其文、作〈反離騷〉、到至岷山投文弔屈原，這一連串行動的促因，來自於揚雄以己之情志體屈騷作者之情志──二個存在時空互異、獨立的個殊主體，藉由情志交感，而使讀解主體達到某種程度的體會與理解。因此，在這裡，意義的獲致不是讀解者以其情志會通於某種相對普遍主體之普遍情志，而是以個殊印證於個殊。

　　這一類的他我交感的情志批評運作模式，其效用就是使讀解者產生對於屈原作品的「體驗」。體驗是一種如同親臨實境的經驗，但它不從意識的、理

〔註57〕　〈揚雄傳〉，見〔漢〕班固著，〔唐〕顏師古注，《漢書》（北京市：中華書局），頁 3515。

性的層面去理解此類經驗的性質和意義，而是從身體知覺的、勞動的、實踐的層面去注意到經驗生成的過程，並以此過程作爲體驗之意義的來源。因此，正確地說，體驗是一種「正在經驗」，或者「回到經驗的當下」。以此爲前提，漢代情志批評中存在有這一類的作者觀，即把作者當成一種可與我互爲交感、互爲心證的對象；此時作者作爲一種「交感人」而存在。讀解者依從文獻與作品之符號能指的導引，在本文的生成作用中，辨識出一個不斷與之對話的作者，他我的情志透過本文網絡互相交流；於是意義便是在這種體驗之中形成──它既要求讀解者有可與作者際遇互爲比擬的「前體驗」，也訴諸閱讀過中的情志交感的體驗。

我們從王逸《楚辭章句》的語境中，也可以看到前述的情志批評之典型行爲模式；但這些箋注文字呈現出來的卻是另一類型的作者觀。若將《離騷經章句・敘》看作是王逸的作者觀的表現，則可以梳理出另一類繁複的作者認識運動。這篇敘文從孔子殞世而經書自此「大義乖」、「微言絕」，先秦諸子各以其智識著書立說開始談，用以說明屈原寫作〈離騷〉時所面對的時代性的闡釋議題。在王逸的觀念中，儒學道統在孔子處曾達到某種意義的完備，但因爲教授與傳播的方式有所缺漏，導致意義變得不完整，「以意逆志」的闡釋活動也就此拉開了序幕。王逸言先秦諸子「各以所知著造傳記，或以述古，或以明世」就是在形容以意逆志的闡釋活動；〈離騷〉在王逸看來亦屬於借古明世之著述活動中的一支。他認爲屈原是「依詩人之義而作〈離騷〉」，其創作意圖、其效用和《詩經》的風雅精神相類，都是爲了「諷諫」。換言之，王逸肯認了〈離騷〉諸篇合於某種經學的軌則，並可發用於治道之上。這是一種闡述〈離騷〉源流的論述，意在於將這部經典與儒學道統作一結合，並以「詩言志」做爲〈離騷〉意義之本體。

再者，在敘文中，王逸借屈原行誼與《離騷》本文，重申「人臣之義」即「以忠正爲高，以伏節爲賢」，「有危言以存國，殺身以成仁」；若是「懷道以迷國，詳愚而不言」、「婉娩以順上，巡以避患」，雖然能明哲保身，但必爲「志士之所恥，愚夫之所賤」。爲了強調他標榜的「人臣之義」，王逸批判了班固的「露才揚己」說；後者在〈離騷序〉曾寫下「既明且哲，以保其身，斯爲貴矣」的觀點〔註58〕。然而，王逸的表述遮蔽了一個屈騷中反覆痛陳的

〔註58〕「且君子道窮。命矣。故龍不見。是而無悶。關雎哀周道而不傷。蘧瑗持可懷之智。甯武保如愚之性。咸以全命避害。不受世患。故大雅曰。既明且哲。

「情結」──士之遇與不遇關乎一國之治亂，而端繫於君王是否能識人、用人──他反而渲染了忠節與諷諫的效用，然後將國之治亂的重責大任賦予有志之士。對於屈原作品中，例如「余雖好脩姱以鞿羈兮，謇朝誶而夕替」、「怨靈脩之浩蕩兮，終不察夫民心」這類抒發憤懑的句子，王逸將之比擬爲「雅」；言屈原是「引此比彼」、「寧以其君不智之故，欲提攜其耳乎！」。那些在班固看來是「露才揚己」、「責數懷王」〔註59〕的情緒化句子，對王逸來說，卻是直追風雅的諷諫之語。

這讓我們注意到，王逸基於某種原因，刻意將屈騷中那些情緒強烈的措辭作某種轉圜理解；而以忠正伏節、危言諷諫的認知，作爲著述這部章句的最高綱領。換言之，《楚辭章句》中的譬喻與推類的運作，有很大的一部份，都朝著忠義之德、諷諫之言行的方向在運作，此即使朱熹作出「遽欲取喻立說，旁引曲證以強附於其事之已然」〔註60〕之批判的原故。若將屈原行誼及其作品視爲一個在歷史進程中漸次融混交雜的意義整體，而此意義之整體有其繁多的面相，且不斷與歷史中各種相類的事件串連、混合；那麼，王逸的敘文顯然是站在統治階層的立場，從那意義之整體中選擇了忠義、諷諫這兩個側面，從而型塑出一個合乎漢帝國統治需求的人臣形象。欲完成這一項工作，其所需要的修辭技術，正是朱熹最不以爲然的旁引曲證、強附其事。所謂旁引曲證、強附其事，這說法需要再作一點釐清。大多數的闡釋都可以視爲譬喻與推類思維的運作，而旁引強附也是這類運作的一種；它之所以給人強行、歪曲的印象，問題不在於其譬物連類的運作方式自身，而在於立場與批評取向的差異。《楚辭章句》有頗大的成分是屬於權力階層的聲明，它試圖將「屈原」符號所涵攝的意義集合之整體論述化，藉以鞏固忠臣形象之

以保其身。斯爲貴矣。」〔漢〕班固：〈離騷序〉，見〔清〕嚴可均輯：《全上古三代秦漢三國六朝文》（北京市：中華書局，1999年），第1冊，全後漢文卷25，頁611。

〔註59〕「今若屈原。露才揚己。競乎危國羣小之閒。離讒賊。然責數懷王。怨惡椒蘭。愁神苦思。非其人。忿懟不容。沈江而死。……謂之兼詩風雅。而與日月爭光。過矣。」班固〈離騷序〉，收於〔清〕嚴可均輯，《全上古三代秦漢三國六朝文》（北京市：中華書局，1999年），第1冊，頁611。

〔註60〕「顧王書之所取捨與其題號離合之間，多可議者；而洪皆不能有所是正；至其大義，則又皆未嘗沈潛、反覆嗟歎詠歌以尋其文詞指意之所出；而遽欲取喻立說，旁引曲證以強附於其事之已然。是以或以迂滯而遠於事情，或以迫切而害於義理，使原之所爲壹鬱，而不得申於當年者，又晦昧而不得白於後世。」〔宋〕朱熹，〈序〉，《楚辭集註》（臺北：藝文印書館，1983年），頁5-6。

理據性。〔註61〕

〈離騷章句敘〉的末段，王逸提到了屈原對於當代辭賦的影響。「名儒博達之士著造詞賦，莫不擬則其儀表，祖式其模範，取其要妙，竊其華藻」數句，指出了漢代辭賦對屈騷的擬作現象；並隱括了一種屬於情志批評的泛論。擬則儀表，祖式模範，說明了著造辭賦之士以屈原形象為其情志之依歸；竊其華藻，則指出這些詞賦之類體源於《離騷》。依王逸之言，那一類將屈騷奉為圭臬的辭賦作品，其情志、文體形式與修辭技巧皆與前者有直接關係。由於他先肯認了屈騷是依「詩人之義」而作，在發源處便將屈原編制在儒系詩學傳統之下，因此漢代所有師法屈原作品的辭賦家，其源流關係也就得到正名：他們都是「詩人之義」的接受與傳播者。因此，從〈離騷章句敘〉的語境來作推斷，王逸對於屈原此一作者的認知，構築在特定的文學史觀與特定的階層價值意識，這些可稱為「外部論述」之物上。

王逸在闡釋過程中，亦有其情志發用、以己身之情志逆溯屈原之情志的部分，但是他的情志取向有其限定性的目的：王逸是有意識的借屈原以型塑忠臣形像，在他那些看似追溯作者本意的解釋，實際上卻是同時導入了其他外部論述；這使得屈原及其作品成為被意指的符號，而施加意指作用的就是王逸所認同的外部論述。在這種情況下，作者屈原是作為一種被界定、被規定的「範型人」而存在；在《楚辭章句》所代表的這一類情志批評的作者觀，其對於作者的想像經常與既有論述互相混合，作者情志中應有的、所涵蘊的自然感性與特殊的生命情調，容易在論述的框定下被淡化，而只突顯出為該論述所肯認的部分側面（忠貞、諷諫）。

理想人、交感人與範型人是漢代情志批評反應出之作者觀的三個類型。理想人與範型人的觀點，大都屬於透過已構成或正在建構的「知識型態」，去描述、詮解作者及其情志；而交感人則是在讀解者的知識與體驗之疊合下，既追溯作者情志也回溯自身情志的一種作者觀。又，漢代對於作者觀的想像，與當代的經學發展、士人階層的群體與個體意識相關〔註62〕。這種假設的根

〔註61〕《楚辭章句》還是一個附帶有價值報償觀念的論述系統：凡忠正守節之臣，必能得到榮耀和名聲。因此，書中那些令今人感到錯愕的闡釋，它的荒謬性不全然是作者不當的「迂滯」、「迫切」造成的；而是後世閱讀者已不在漢代政教情境之中，難以切身體驗此譬喻系統及其價值觀的牽制力量。

〔註62〕余英時在〈漢晉之際士之新自覺與新思潮〉一文中，曾就漢代士大夫社會階層的發展，提出對士階層的群體自覺意識與個體自覺意識的觀察。見余英時：

據，來自於讀解者對「作者」的想像與建構之方式。理想人、範型人與交感人，此三種互異的作者想像，同時也說明這其中必有互異的「主體」之認知與立場——主體是以一種「群體」、「範型」的姿態出現，或是以具特殊情性的個體的姿態出現。這裡可以這樣推測，理想人與範型人的作者觀與漢代士人階層的群體自覺現象相關；在這一類型中耕耘的士人，他們有意識的教育、聚集理念相近的人，在社會階層中形成足以和統治階層互相協商、抗衡的力量。而交感人的作者觀，則涉及士人階層的個體自覺現象。在這一類型中，作者的情志取向也是讀解者所關注的；不同的是，作者的特異情性不會消弭於闡釋之中，反而被標榜了出來。

指認出理想人、交感人與範型人此三種類型的作者觀之後，我們便可以發現，在看似以作者本意為導向的情志批評活動中，作者仍舊不是一個固定對象（甚至是難以把捉的對象）；而評論者也並非從頭至尾都注目著作者，以作者的生存情境作為意義的唯一來源；原創的作者僅是意義的一端，在實際的闡釋過程中，闡釋者所想像的作者完全無法與那原創的作者劃上等號。在毛、鄭詩經闡釋的情況裡，詩人本意與儒系道統的道德本體相通相繫，所謂「作者」無異於某種普遍性的、理想性的存在。〔註 63〕這裡的作者與其將之視作為「人」，不如說視作為某種精神實體更為恰當；既言精神實體，它就是一個可透過德、學的修養與實踐而漸次體悟的對象：理想人之作者是即個殊即普遍的存在。

在漢代楚辭學之下所涵括的二種作者觀（暫且不考慮考據學所面對的實存之作者），此中作者作為闡釋者所觀視對象，這個觀視本身亦不是穩固而無所變動的。當王逸聲稱他正觀視著屈原時，並不代表他就是純粹地注目於屈原，以屈原的存在、其所表現的一切存在價值作為意義的來源。作者的名字只是一種「總名」，意義的集合；它涵攝紛雜的歷史因素，而此集合之意義與作者的存在之關係，是需要分判的，不必然皆直接相關。或者可以這麼說，作者的名字成為一個能指，作者自身的存在和歷史進程所加諸於他的複合物，分別為這個能指提供了一組互為牽連的內容與形式。《楚辭章句》就是偏

《中國知識階層史論‧古代篇》（臺北市：聯經出版事業公司，2001 年），頁205-327。

〔註 63〕參考顏崑陽，〈從〈詩大序〉論儒系詩學的體用觀〉，收於《第四屆漢代文學與思想學術研討會論文集》（臺北市：新文豐出版股份有限公司，2003 年），頁 287-324。

向注目於歷史進程所形構出的屈原能指，並以漢代的政教情境再次向此能指施加意指作用，使得屈原符號與忠臣典範可以互為等同、替換。典範是歷史與社會的產物，它是一種可以普遍化的知識型態；因此，被視作為範型人之作者亦是一種「即個殊即普遍的存在」。範型人之作者與理想人之作者的差異處在於意義座落的層級不盡相同，前者的意義落在外部背景與心理背景交織成的情境結構中，後者的意義則需在精神實體與此實體在於歷史情境中之發用——體用辯證之中成形。範型人之作者亦無法與原創之作者直接等同，故當闡釋者面向作者此一對象時，這個對象就產生了在情境結構與實存作者之間游移的現象。

不同於範型人之作者的情況，被視作為交感人的作者，其名字的能指性質，偏向由作者的生存狀態來界定；換言之，「屈原」依其人的生存狀態而被讀解者理解。如何能盡可能的「還原」、體會屈原的生存情境，而不讓過多的、既成的外部意指系統作用參與讀解過程？表現出這一類作者觀的讀解者，他們以自身的際遇、自身的生存情境與屈原互比，通過情境的相似性比對，讀解者的情志便能與屈原情志互為會通。此中的原因是，他們都是位於同一政教情境，有類似的家國抱負、政治際遇的人，讀解者自身的情境註解了屈騷的語境，他我的情志就是透過這種轉換方式而達到交感互通。作者作為讀解者的對象，亦不是某種界線穩固的存在，理由是：第一，人的存在無法完整把捉，且作者的存在只以其一個或數各側面對讀解者發生意義；第二，在閱讀過程中，讀解者既非自始至終都注目著作者，而其對作者的理解是通過情境類比、情志互通而得；換言之，即使不貿然地說這是一種「投射」，讀解者對作者的理解裡顯然涵蘊有讀解者自身的因素。故可得證，作者不是唯一的對象、唯一的意義來源。

總結本章對於情志批評活動中主體與對象的討論。在情志批評活動中，主體是能情志發用的主體；這項特徵確保了一種基礎的理解態度，即闡釋主體以情志接物，而不做抽象理性觀。「情志」本身即指由感知到志意生發的動態過程，它包含主體當下的感知和所累積的經驗，它的運動方式是辯證統一的——感知與經驗藉由辯證而產生理解，因此這裡的理解必然是實踐的、訴諸體驗的，而非抽象的、普遍的理解。以情志接物就意味著，在情志批評活動中，所有的理解都不能與主體的體驗、世界觀和歷史觀脫節，也因此，在這樣複雜融混的理解過程中，對象就成了需要細辨的課題。

劉若愚在《中國文學理論》中提出文學理論四要素（宇宙、作家、作品、讀者）的分析圖表後，解釋道：「『作家』與『讀者』之間沒有畫出箭頭，因為這兩者之間只有透過作品才能彼此溝通。」〔註 64〕這是顯而易見的事實，沒有文獻、沒有作品，讀者與作者的關係就無法成立；同樣的，「作品」與「宇宙」之間不能直接「畫出箭頭」，此二者的關係必須透過作者才能成立。漢代的文學評論投注心力於言外之意的追求，他們看待文與言的態度，並不將之視為有客觀結構之物，而是當成隨時可以參與主體情境的文字記錄——彷彿讀者可以直通作者，作品可以直通宇宙。

這兩種閱讀態度正好就是從古人對兩大源頭性的經典《離騷》與《詩經》的接受與反應可以得到觀察。這種相對地穿透媒介物（作品）而直通作者本意、宇宙運行之道與社會網絡互動規律的閱讀態度，正好可以說明古人是立足於情境之中在觀物論事，他們所做出的評論都不是抽象論理的，而是着眼於現世之用、他人與自身的生存情境。在這種情況下，批評活動中的「對象」就不能單一而論；〈詩大序〉不完全是面對著詩歌本文而發議論，王逸不完全是面向著屈原在進行「以意逆志」，賈誼弔屈原則兼有自悼之意。在批評活動中對象既非單一，批評者的目光亦不斷在自身生存情境、作品、作者與宇宙（社會）之間流轉；因而意義是在這多重流轉、循環的過程中，辯證地產生。同時，這種意義辯證的運動與生發模式，也向我們指明了這件事：辯證地生發之物，亦必須透過同樣的思維運作方式，才能理解其本體與發用的真實樣態。在此處，瞭解漢代情志批評的過程、還原其思維運作狀態，遠比將其運作結果作分類、作意識價值的評判更為重要。

〔註 64〕劉若愚，《中國文學理論》（臺北市：聯經出版事業公司，1991 年），頁 13-14。

第三章　情志批評活動過程中的情境問題

一、情境作為意指與語言符號之間的關係項

主張情境說的語義學家，常用這類簡單的例子說明，在思維與符號（語言表達式）之間，情境如何影響思維生產出意義。〔註1〕在抵達飯店前，導遊對旅行團的成員們說：「待會進到餐廳後，請坐在有羅宋湯的桌子前。」這個句子的語境再清楚也不過了，它的詞和句法指示了時間、地點以及應該採取的行動；然而，直到團員們進到餐廳，見到那些擺放著羅宋湯的桌子之前，這個句子對他們來說沒有體驗的意義，只有語義概念和一部份模糊的心理想像的意義。在這些人未經歷實地實景、產生情境之前，句子的語義概念是缺乏體驗內容的；當人們親臨語境所指涉的空間（包括物、物與物的互相定位關係）、並執行動作之時，此句子的完整意義才首次被認知。此時遊客們所認知的「待會進到餐廳後，請坐在有羅宋湯的桌子前」的整體意義與導遊所表達的該句之整體意義是最接近的。

〔註 1〕 「語境」的概念由 B.Malinowski 於 1923 年提出。他區分出兩類語境：情景語境（語言性語境）和文化語境（非語言性語境）。語言性語境指的是語言表達式的上下文、前後語；非語言性語境則是語言表達式賴以形成的各種主觀和客觀因素，包括時空、場合、身份、意圖、心理基礎、文化背景，甚至是肢體動作。總的來說，語言性語境和非語言性語境，可以名之為語境和情境；前者指涉語言表達式所構成的語言環境，後者則指涉與語言表達式相關涉的、為人所隨時感知的生活環境。

　　在這個例子中，完整意義的認知有賴於五個要項的配合，即符號、語法與句子組成的語境、概念意指、情境及意指對象。導遊說的句子，本身就是一個有組織的符號，它指涉旅客們進入特定地點之後該採取的特定行動；此符號所承載的意指不只是概念而已，在意指與其意指對象之間，存在有導遊已經驗、已認知的一連串歷史性事件之聚合：他藉由事先勘查餐廳環境，或與餐廳負責人協商用餐事宜等等已確認之事實，從這些情境中，他得出一個明確的概念，並用句子表達出來。這告訴我們，意指與意指對象的關係，不是直截了當的因果關係，這中間存在有句子之外的情境的因素。

　　現在，將情境的問題先括弧起來，重新檢視這個例子的對話過程。導遊是句子（訊息）的發送者，旅行團成員則是句子（訊息）的接收者。使得這個發送與接收的交際活動能達到其功效的條件，主要建立二個項目上：一是符號表達式，二是意指概念。首先，句子的語言和組織必須是彼此都能理解的，然後，雙方的共識就在概念的層次完成。假設，符號表達式為 A，概念意指為 B，意指對象為 C；且導遊表達句子的過程可以用符號式「CB →A」表現（意指對象 C 與意指 B 及其關係，決定了符號表達式 A）；那麼，旅客接收並理解句子之意義的過程，可以表現為「AB→C」（符號表達式 A 與概念意指 B 及其關係，決定了意指對象 C）。然而，我們將情境問題放回這一組對話的符號式時，旅客接收並理解句子之意義的過程，是否還能表現為「AB→C」就很成問題。關於這點，語言學家與符號學家已提出充分的論證；「無漏」的訊息之傳播與接收幾乎只能是某種假想的狀態。符號表達式是客觀的存在，發送與接收二方都能完全掌握，符號表達式的概念亦是普遍而明確的，然而，驅動概念的意指本身就存在著歧義性。在前述的例子中，導遊的概念意指已包含了他經歷的情境，而旅客藉由符號表達式的引導所得到的概念，則顯然不包含前者的情境；因此，這二方之所以能達成理解的共識，是在符號的客觀性、符號與概念的關係所能產生的普遍意義之上達成的。就實際情況來說，在未走進餐館前，旅客接收並理解句子之意義的過程，應表現為符號式「Ab→c」，即符號表達式 A 與接收者理解的概念意指 b 及其關係，決定了接收者理解的意指對象 c；B 與 b、C 與 c 有其相似性，但不能同一而語。直到旅客親臨餐廳現場之時，他們原本所想像的意指對象「c」，才能修正為導遊原本所意指的意指對象「C」。

我們借用奧格登與理查茲（Ogden & Richards）在《意義的意義》〔註2〕
中設計的三角圖以標示出符號、概念意指與意指對象的關係：

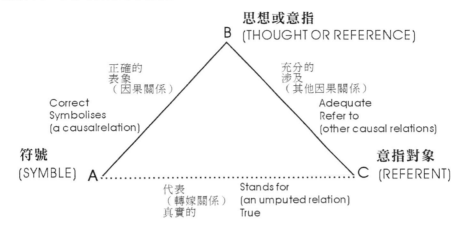

這是行為主義語義學派早期對於符號關係的構想，其思維進路與傳統結
構主義語義學派不同；若粗略的對此二種學派的語言符號研究作區分，則可
以說後者關注於符號與概念意指的關係，而前者放較多心力在概念意指的形
成、以及概念意指與意指對象的關係；他們最大的差別就在於動態生活情境
（外部背景、心理背景、歷史因素）的排除與納入。在這個圖中，使得 BC 發
生關連的就是情境；這關連性不能理解為條件 X 必然導致結果 Y 的機械因果
關係，條件 X 只能視為（所涉及的）充分條件，而不能當作必然條件來論。
這個論點所持的理由如下：客體在進入主體的觀看範圍後，它就成為一種對
象，而不再是純粹的客體。當客體成為對象時，就意味著主體已對此物形成
第一序符號；這個符號是屬於感知層面的，而不是語言的。主體思維針對此
第一序符號給出種種描述，此間主體自身的情境條件就發揮了影響作用：舉
凡心理、生理、文化背景、場合、意圖、肢體動作等等，都可能涉入主體思
維所給出的概念意指。

假設某人眼前有一小堆工藝品，他注視著其中一件仿漢制的銅鏡，這時
銅鏡就成了被觀看的對象，而此人也對它形成第一序符號（形象性的）；接下
來，他要開始描述這面銅鏡，依照外型、材質、觸感、工匠的技巧漸次說明，
此即為第二序符號（語言性的）〔註3〕。第二序符號有幾個特點：其一，第二

〔註2〕 Ogden , C. K. & Richards, I. A. （1923）. The Meaning of Meaning, London:
　　　 Kegan Paul press.
〔註3〕 出處同上注。

序符號與第一序符號的關係，是選擇性、替代性與分割性的，而且前者難以窮盡地、完全地表現後者；原因在於語言與感知內容不是同類之物，在這轉換之間語言有其侷限性。其二，使得第一序符號「翻譯」爲第二序符號的條件，不單是概念與語法的作用而已，情境的因素已然涉入其間。同時，第二序符號的質與量取決於主體的各種情境條件。如果某人是漢文化圈裡的一份子，或者他有豐富的古器知識，他就能對這面銅鏡多作一點構造和紋路特徵的描述；如果當時的光照足夠，就不會使他對器物的顏色判斷產生誤差等等。其三，和第一序符號相較起來，第二序符號顯然與原初的客體相對地「脫節」。第一序符號仍然與可感知的世界（客體）相連，第二序符號卻屬於通過情境涉入後所產生之概念意指、並語言符號化後的結果。這三個特點呈顯出一個事實：當人們忽略意指對象屬於感知層面的特性，以及忽略概念意指與意指對象之間屬於情境涉入的錯綜關係，而只在符號和概念意指上作探索的話，那就是遠離生活世界在論事，所得出的推論將會離「現實」愈來愈遠。就像旅客在未進到餐館前對導遊的宣佈所做的議論都屬假想（如：餐廳的環境、羅宋湯的可能材料），只有當他們經驗到實際的用餐情境時，一切的議論才能落實、修正爲較正確的評論。由此來說，在對話模式中，就觀物並形成符號表達式的發送者而言，情境是意義生成的條件因；就接受符號表達式並理解其意指、乃至意指對象的收訊者而言，情境仍然是意義生成的條件因，在這裡，體驗與經驗的同步與否會左右意義的效度。

符號、意指概念與意指對象自成一組語義學研究的課題，而主體情境的生成與作用則係分屬於心理學、社會學與人類學的領域。就文學而言，廣義的看，它的研究對象是與作品相關涉的一切；作品「反應」情境，但整體來說，文學並不研究情境，它關注的是情境對寫作與閱讀產生了何種物理或化學作用（量變、形變、質變），從而反應在修辭、文體或意義讀解之上。情境的辨認能幫助我們進一步釐清漢代情志批評活動在意義讀解上遭遇的問題。作品是客觀存在的符號組織，這些符號組織經由初步的考證、訓詁之後，可以取得普遍的語義、語境的認知。但是，「微言大義」、「文外之意」的理解，必須在普遍的語義和語境之上繼續作闡釋的功夫。這時，情境與意義之關係的問題便油然而生。這個問題的生發是雙方面的，作者的情境和讀解者的情境各自構成了讀解問題的一部份。作者面向他生存的世界，書寫他所觀看、體驗之物，在他的意圖和寫作對象之間，存在有一連串無法分割的內在事件

與外在事件，這些錯雜事件構成了作者的寫作情境。換言之，使寫作對象與寫作意圖產生關係的是情境；使〈離騷〉所寫的複數對象與「作者本意」產生關係的是屈原的生存情境。當時移境遷，〈離騷〉來到到漢代讀解者的眼前，作品的符號組織的客觀性使讀解者取得初步的語義概念，但是當人們要進一步朝作者本意去索解更深層的意義時，某種「情境的遺失」所造成的「誤讀」就不可避免的發生了。作者本意與寫作對象都是無法「複查」的存在，連結此二者的情境更是難以精準掌握之物；讀解者只能用自身的情境與其所面對的世界替代或填補前述的空缺。在這種情形下所產生的二種閱讀策略——以意逆志和賦詩言志，基本上都同屬於「讀者本位」的閱讀；它們的差別只在於前者仍試圖還原作者的情境，後者則較多成分地以讀者意圖與讀者所經驗的情境，重新連結作品之一般語義與其意指對象的關係。

　　我們可以將二種情志批評次類型之內部的語言符號關係表現如下圖。這裡並不考慮評論寫作的問題，而只暫時表現評論者在面對作品的符號組織、語義與作者本意、作品所指涉的複合對象時的情況；簡言之，即評論者在閱讀作品時，他與作品內部的符號關係組發生了何種交流作用。

原始作品 {
A 符號：作品的符號組織
B 概念與意指：普遍語義——作者本意
C 意指對象：古
}

次類型 I {
A 符號：作品的符號組織
B 概念與意指：普遍語義——讀者意圖
C 意指對象：今（以今代古）
}

次類型 II {
A 符號：作品的符號組織
B 概念與意指：普遍語義——作者本意——讀者意圖
C 意指對象：古（以古喻今）
}

　　語法結構使 AB 產生關係並使詞句連綴成語境，使 BC 產生關係的是主體經驗的情境，AC 之間的關係不是直接的，它必須透過 AB、BC 的關係作用才能產生關連。次類型 I 就是以《韓詩外傳》、《說苑》、《烈女傳》等為代表的情志批評方式，在這一類型中，作者本意的重要性退居於讀者意圖之後，因此讀者的情境、讀者的意圖，幾乎是全面地取代作者情境、作者本意——它

汰換了 B 的部分內容，並以此演生全新闡釋，甚至得以指涉新的對象物。次類型Ⅱ是以毛詩、鄭箋、《楚辭章句》、漢代擬騷賦等爲代表的情志批評方式，在這一類型中，作者本意成了意義索解的對象。如上所述，在遺失作者情境與其寫作對象的狀況下，嚴格來說，原初的作者本意不可得；因此，讀解者只能用自身的情境、自身所面向的生存世界比擬於作者所經歷的，並在這比擬作用中產生新闡釋，而作品的所指對象也就隨著生發比擬的效能，造成說古即說今、借古可喻今的效用。

在上一章，我們將這類型的情志批評活動探尋作者本意的方式，即讀解者想像作者的方式區分爲「理想人」、「範型人」、「交感人」等三類。這三類不同的作者觀的方式，在作品符號關係的理解中有其共同性；它們都在作品符號指向的概念意指的範圍內留下作者本意的空位，這個空位本身就形成其批評活動的動機和預設的意義：在這裡，情志批評就成了追尋作者本意的批評。但是，這類的批評活動所產生的實質意義，卻不在於作者本意的追索成果上，反而在於其批評過程中不斷運作的古今情境、他我情境之比擬與意指對象之古今比擬：意義生發於批評過程中，批評本身就有「詩言志」的諷諫效用。無論《楚辭章句》整體看來多麼像是附和統治者論述的產品，但它的批評運作還是隱含了諷諫的意圖與效能。這是漢代情志批評的最大特徵，詩騷的闡釋由於讀解者的政教抱負與其所經歷的政教情境，而共通地表現出諷諫的特性；被讀解者所預設的作者本意，也就向政教之意義集合而傾斜。這種爲時代性的政教情境所主導的情志批評方式，在屈騷的闡釋中不會有太大的問題，因爲屈原本身就是有著強烈政教抱負的作者；但同樣的批評方式應用在《詩》時，就會明顯的看到政教傾向之闡釋的時代性與侷限性。然而，比較並批判這類批評的侷限性並不是我們所關注的問題焦點，我們的任務在於指出這些批評活動的模型，並解釋這些模型的運作狀態。漢代情志批評現象作爲中國古典情志批評初具雛形的源頭，它的意義不在於以其政教解詩「遺害」後世，而在於其批評模型與運作方式的影響。

情境的因素在漢代情志批評活動中佔居重要的一席，這個觀點的意義有三：第一，就實際情況來說，讀解者的情境主導了意義的讀解。第二，讀解者追想作者情境、並以己身之情境互爲比擬，此一行爲使得追溯作者本意的批評方式具有感發、交流、效尤、傳承的意義；第三，因爲情志批評某種程度可以看作是「情境取向」先於「語義取向」的批評——主體對於生活世界

的經驗與認知，主導了意義的產生──因此，作品與讀解者的關係，就不能想像爲某種封閉的符號刺激與概念反應的關係。讀解者從作品中讀到初步概念，並由此理解了作品所指涉的對象（通常是複雜的事件、社會的局部等等）；當他通過反覆的閱讀，並且以自身情境不斷印證作品內部之符號關係所呈現的語境與意指作用所導向的可能意義，這就是讀解者漸次契入作者原初的寫作情境與寫作意圖的過程；然後，他可以選擇作出「賦詩言志」或是「以意逆志」的讀者反應。延續前文符號關係說明圖的設定，就讀解者而言，作品內部之符號關係所能呈現的動態之意義生成關係式，可以簡易的表現爲：

　　　（AB）（BC）→AC

　　　（「概念意指與符號及其關係」和「概念意指與意指對象及其關係」
　　　交互作用後，使得符號能代表意指對象這件事，其主觀與客觀之理
　　　據性得以成立：簡言之，語境與情境的交互作用的結果，成了意指
　　　的一部份，並影響了符號的意義。）

那麼情志批評次類型Ⅰ就是將 B 與 C 替換成其他物件，並改變原本連結 BC 的關係內容（作者情境）；情志批評次類型Ⅱ則是在試圖貼近 B 與 C、連結 BC 的關係內容與替代他物之間權衡周旋，而這迂迴的姿態，就是它自身的價值的一部份。

二、情境包含意象情境與生活情境

　　在討論實際的批評作品之前，語境與情境的關係還有一個問題需要釐清。批評的基礎是閱讀，主體的閱讀行爲可以區分出閱讀的內部與閱讀的外部二個層面。閱讀的內部是指閱讀主體與作品接觸、交流的整個內在過程；閱讀的外部則廣泛地由與主體之閱讀相關涉的其他條件所組成。閱讀的內部與外部分別構成二種不同的情境；前者由主體對作品語境的感發而生，這部分屬於**意象情境**；後者則是決定主體能或深或淺地理解作品語境的背景條件，此即與該次閱讀相關的歷史、文化、社會情境以及主體個殊的生理與心理情境，總名之爲**生活情境**。西方語義學或語用學對於生活情境與交際語言的關係談論得較多，但卻不太討論意象，這是因爲在日常用語和一般交際談話中，意象並不是必備的條件。〔註4〕然而我們在文學的範疇內討論符號關

────────────

〔註4〕The Meaning of Meaning 的作者指出，即使心理學家和藝術家十分倚賴意象（image），但是人們仍有理由懷疑，有些人對於產生意象似乎並不在行，而

係，意象就是個無法忽略的存在。

主體、語境、意象情境、生活情境這四項間的關係，需要再稍加說明。語境和生活情境都有外於閱讀而先在的成分：作品的語言符號組織先於主體的閱讀行為而客觀地存在，外在可經驗的世界、內在涉及閱讀的知識與非知識條件，亦是先於主體的閱讀行為而或主觀、或客觀地存在。然而，當主體進入閱讀過程，屬於該次閱讀的語境和整體情境條件才首次即時的產生、始而對該次的閱讀發生種種交流作用。在這個意義上，我們把閱讀主體看作是一個開關器、連接體，經由他的閱讀行為，作品語境和主體所能感知的情境開始參與意義生發的過程。因此，當主體開始閱讀，他等於是進入一個闡釋的循環，這個循環的本質是辯證的；他不斷地在客觀與主觀之間來回確認，當這個反覆的過程告一段落時，便會產生意義的結果。

閱讀主體進入作品語言符號所組構成的語境，其中包含字詞、句子、語法、文體形式等屬於語言層面的材料，主體在解讀這些語言材料時會萌生意象。這些意象有和語言符號直接相關的部分，也有跟語言符號不直接相關的部分。看到「梅花」這個詞產生梅花的形象、以及此形象所能帶來的單純美感，這是意象和符號相對應的部分；但是差異的族群與個體，對梅花的形象會有不同的附加感知。例如：住在北方的人，他的梅花意象可能會包含雪地、寒冬冷冽的成分；讀慣詩書的人，他的梅花意象可能會包含君子、風雅、高潔的成分；家裡種有梅花的人，則會想起更多圍繞著梅花所產生的聯想；生活情境會對意象情境的內容投下變數。當然，語境有能力對主體的意象起篩選的作用，與前後文扞格的意象會遭到淘汰；但即使如此，在主體進入語境時產生的意象群，它們有很大的機會發展成為「另類」的言外之意、另一種無關於作者本意的闡釋。總的來說，意象與作品語言直接相關，當意象成群成簇時，它就構成意象情境。

這裡用情境指涉閱讀過程中產生的意象群所構成的可感知的虛擬空間，用以和作品語境作出區別。一篇作品的語境有屬於語言學科學之研究對象的部分，也有屬於風格學研究對象的部分；它本身就是客觀語言結構與作者主

日常對話也通常不太需要意象運作。比如：「我很餓」，如果說發送或接收這句話的人，腦袋裡曾出現餓的意象，那這就是特殊的情況，而不是常態。因此，基於取材需具有常態性的要求，意象就不包含在該書對符號關係的討論內。

觀意識的綜合產物。然而，當人們就閱讀的立場討論作品語言的意象時，就無可避免的要牽涉到各種既普遍又個殊的心理活動、情感反應等等；對語境的意義解釋就會朝心理因素、甚至是歷史與社會因素的層面過渡，又或者朝作者風格過渡，這樣就出現了語境之界限的含混性。這個含混性指的就是通過讀者閱讀勞作而得的意象、意義，與作者置入於語境中的意象、意義發生互為替代的現象。這個現象不全然是無作用的、有害的，在某些具常規性、普遍性特徵的意象上（比如：蘭花意象可能有君子的意思），作者意圖與讀者解讀會在一個「共識平台」上進行等值交換、取得理解。但是，在另一些非常規性，或與二個以上的意義系統有關連性的意象上，讀者對意象的形塑與解讀就面臨了抉擇；既然涉及抉擇就必然有讀者的主觀意識參與；因此，這一類的意象情境與讀者的親緣關係會比作者的來得密切。我們很難把作品的語境和讀者的意象情境作完全的分割，但是這個假設性的區分有助於綜合閱讀過程的討論。在古代的閱讀裡，人們傾向於一種綜合性的情境式閱讀，而相對較少對作品語言或作者意圖、風格做概念式的分析。作品的語言組織與語義屬於「言內」，而古人喜歡追求言外之意；古代閱讀注重的是意象情境的讀解。

其次，由語境所促生的意象群通常與一時代之讀解者的生活情境密切相關；特別是就漢代閱讀的情況來說，純粹的意象空間是很難想像的，這個空間通常會立刻與生活情境「互染」；因此，也就名符其實的成為「意象情境」。意象情境最先是從言內生發出來的，又因為它與生活情境經常發生關連，它也就構成了言外之意的一部分。比如：「紉秋蘭以為佩」，這句的語義、語境很清楚，即結索蘭花作為配飾；讀者藉此虛擬出一個人結佩蘭花的形象，而這個形象很快地和香草美人的比興系統、對於屈騷的一般理解作了連結，取得逾越了語境的意義，形成君子「修身清潔」的意象。此時，這個意象已經不是第一序的結佩蘭花之形象，它和外於語境的比興系統構連，這些系統則起碼來自文化史、政教史和當代的闡釋共識。然而，王逸的意象不是絕對的，現代有些學者從楚文化整體情境來看，認為配戴香花香草是荊楚巫師的象徵，有儀式的意味。若持此說，則起碼「修身清潔」的意涵會再更多元一點。

情境式的閱讀對於意義的最終理解，不會著重在作品言內的、可推論的概念或受符號刺激所反應的心理形象上；對這種閱讀而言，它更在意作品語言所能派生的意象，從而在生活情境中印證這些意象，並得到某種「用」（實

用）的意義。情境式閱讀的指認之於漢代文學的研究是必要的。長期以來，這一朝代的文學思維被視為是「意識控制」型的表現，從而貶低此思維所生產的作品之價值。我們不能否認這些問題的確存在，但是，漢代文學出現的「意識控制」問題，不是在抽象概念的層次上運作的，而是在能影響作品意義的情境中進行運作。在本文所討論的情志批評次類型Ⅰ和情志批評次類型Ⅱ當中，情境幾乎就是作品意義生發的「根由」，其中，此二者又有意圖關涉作者情境與否的差別。

三、語境感發與情境重構之一：《詩譜》

　　漢代的情志批評次類型Ⅰ，在闡釋意義的過程中所涉及的情境，與作品背後的總體情境不見得相關，讀解者也未必有意識的以特定實存作者之情志、寫作意圖作為經義的依據；這裡的情境比較大的成分是與讀解者自身相關的意象情境和生活情境。例子之一是《韓詩外傳》中對於《詩·小雅·隰桑》「中心藏之，何日忘之？」一句的使用方式。這一句在全書中出現二次，皆見於《韓詩外傳》卷四。第一次是用來與《孟子·告子》中「求其放心」的意旨相應和〔註5〕，第二次則是與盡心致志於道、於事的論點相應和〔註6〕。這種說詩的方式顯然不把詩篇的語境放在優先位置，也不在意詩歌生成的相關情境；說詩者機遇性的將詩句摘出來，取其一部份的語義概念與他所陳述的事理互證。由於《韓詩外傳》基本上屬於經學的範疇，一般來說，義理的闡發不需要太倚賴意象情境，它相對需要的是闡釋者的歷史感與存在觀。然而，在這個例子中，「心」可以說是詩與事可以互為應和的關鍵意象。孟子說的是求其放心，說詩者引「中心藏之，何日忘之」以對，就是以心的意象為基礎，既言守之不放，也有謹記不忘的意思。言孟子之說與詩句是以心之意

〔註5〕《韓詩外傳·卷四》：「孟子曰：仁，人心也；義，人路也。舍其路弗由，放其心而弗求。人有雞犬放，則知求之，有放心，而不知求，其於心為不若雞犬哉！不知類之甚矣，悲矣！終亦必亡而已矣。故學問之道無他焉，求其放心而已。」《詩》曰：「中心藏之，何日忘之？」見屈守元箋疏：《韓詩外傳箋疏》（四川省：巴蜀書社，1996年）。

〔註6〕《韓詩外傳·卷四》：「道雖近，不行不至；事雖小，不為不成；每自多者，出人不遠矣。夫巧弓在此手也，傳角被筋，膠漆之和，即可以為萬乘之寶也。及其彼手，而賈不數銖。人同材鈞，而貴賤相萬者、盡心致志也。《詩》曰：『中心藏之，何日忘之？』」見屈守元箋疏：《韓詩外傳箋疏》（四川省：巴蜀書社，1996年）。

象而得以聯想類串，不言是以心的概念得到類證，這是因為詩句中的「心」並不類同於孟子說的心之概念，說詩者的用意也不在於闡明概念，而是從用的層面再次以詩句肯認孟子求其放心的論點──說詩者必須先體會孟子的心，知曉「放心」是一種什麼樣的心理狀態，然後才能選取詩句，以藏之、不忘之對反於「放」的散逸狀態。把這闡釋順位反過來看亦然，闡釋者以孟子之說發揚詩句的言外之意，而這言外之意和〈隰桑〉語境是相似而興發的關係，不是言內可互為類比的關係。

因此，就《韓詩外傳》的情況而言，詩歌的語言和語義先為闡釋者所綜合理解，當他開始能將「中心藏之，何日忘之」隨意摘出來應用、闡述時，在他闡釋過程中，情境因素都是偏向讀解者的與「現世」的──換言之，讀解者的情志是這類批評類型所能生產出的意義之主導──現世的情境的重要性優先於經典本文的語境及其所指向的古代情境；而意義也就扣著當代情境的需求而被創造：這是一種創造性闡釋的思維，生成意義的「能動核心」不在於經典本文的語境、語言概念的層次，而在闡釋主體所正在經驗的「現世」之中，此「現世」即當代社會的各種條件對闡釋主體所形成的外部情境與內部情境。

毛、鄭所反應出來的詩經闡釋，此二者對於情境的認知有些微差異。顏崑陽先生在〈從「言意位差」論先秦至六朝「興」義的轉變〉[註7]中，以「言意位差」的觀念解釋毛、鄭「發言位置」的不同，並就這差異性論證了西漢至東漢之興意轉變的現象。造成興意轉變的關鍵是毛傳的讀者本位解興之立場為鄭玄所「誤讀」，而將興發、興感的作用面從讀者轉移到作者，形成追尋作者興發之所由的讀解策略；因而作者本意與作品的語言符號組織相關連了起來，興的意義就從讀解主體的自由「興發」轉向扣連作者本意與作品語言符號的「興喻」[註8]。毛傳與西漢三家詩相較起來，已是較為注重《詩經》本文之語義與語境的細究；而鄭玄更是相對地表現出「作品轉向」的行為，比興成了探究作者本意的讀解策略。他一方面揣度作者本意，認為寫詩之人

〔註7〕　顏崑陽：〈從「言位意差」論先秦至六朝「興」義的演變〉，收於《清華學報》新二十八卷第二期（1998 年 6 月），頁 143-172。

〔註8〕　「興喻」見顏崑陽：〈從反思中國文學「抒情傳統」之建構以論「詩美典」的多面向變遷與叢聚狀結構〉，《東華漢學》第 9 期（2009 年 6 月），頁 36-37。又，「興喻」一詞的使用，見於裴普賢，《詩經研讀指導》（臺北市：東大圖書股份有限公司，1987 年）。

曾運用興喻，以言內之此以比特定的言外之彼；一方面就在讀解詩句時，運用引譬連類的方法，將興喻索解出來，並以此作爲作品之意義。《詩經・芃蘭》首句「芃蘭之支」，毛傳注曰：「興也。芃蘭，草也。君子以德當柔潤溫良。」鄭箋云：「芃蘭柔弱，恆蔓延於地，有所依緣則起。興者，喻幼稚之君，任用大臣，乃能成其政。」從這裡就可以稍微比較出毛、鄭注解思維的差異。毛傳解詩雖相對的模糊，但這模糊性無寧看作是一種興發讀解的特徵；他既然知曉芃蘭爲何物，就能從審觀彼物所得到的認知內容起興，聯想及君子德性的表現樣態。此中有不待言之物，那未被言說的複雜內容，就留待讀者親自去認識芃蘭、體驗此物與君子之德的關連。這是毛傳解詩需訴諸讀解者自身情境、完成其興發所得之意義的例子之一。

　　鄭箋的說法，是在毛傳的基礎上「加工」〔註 9〕；他進一步描述芃蘭的植物特性，並且將「君子」此一普遍概念轉移成特定的君子，用以指涉能輔佐幼君之大臣。芃蘭可以有很多特性，人在審觀這種蔓生植物時可以有各種既個殊又可普遍化的認知內容；鄭箋等於是「介入」這豐富的認知內容中，擷取某些局部（柔弱、蔓延、有所依緣則起），並以此局部作爲興喻的基礎材料，連結了特定的君子概念與特定之君子對象；這是一種以具體驗的內容情境作爲先在條件的意指作用。正是在這道加工的描述與意指的勞作上，使得芃蘭的興意從讀者可自由興發得之，被限制爲（掛名於作者的）特定的言外之比：可感知的情境被指定了、意指對象也被指定了；訴諸讀者去體驗芃蘭的自然情境之需求被削弱了，而相對被強調的是歷史與政治的人文情境，且這情境被認爲是作者所寄託且讀解者應有所自覺的。但即使如此，鄭玄仍然是本著「情境生發意義」的傳統在解詩，他不是從概念的分析、歸納、演繹，繼而規定了一套解詩的方法學或批評準則。這裡是否存在有某種對自由興發所衍生之浮濫闡釋的不信任，進而不惜削弱興發的自由性，退而以相對具有「歷史實證性」的興喻取代之，以示主體對於正名與鞏固道統的決心，這是需要另作探討的。然而，可以確定的是，鄭玄使得詩經闡釋的情境與意義之關係的問題更加曲折。當他意圖藉由興喻追溯作者本意時——此作者爲複數之詩人，又集合爲可代言儒系詩學總持之理念的「理想人」——他採取的方式不是就語言符號與其可能符應的語義概念作分析討論，而是試圖「重

〔註 9〕　《六藝論》：「注詩宗毛爲主，毛義若隱略則更表明，如有不同即下己意，始　　　　可識別也。」〔漢〕鄭玄：《六藝論》，收於《百部叢書集成》（臺北市：藝文　　　　印書館，1968 年）。

建」作者情境、作品生成的總體情境，並以此情境所顯示出的環境結構作為徵候，以興喻重新導出經文的意義。從這個角度來看，就能理解《詩譜》誕生的原因。

這裡有個關於〈詩小序〉的問題需要稍加說明。〈詩小序〉歷來就存有作者的疑議，《毛詩正義》持子夏作小序說，但這項說法難以明確證實，保守來說，可視詩小序為「古序」並與毛傳、鄭箋分列〔註10〕。〈詩小序〉本身並無標明關於興的文字，但從它的語言表達式我們仍舊可以作一點相關討論。〈芄蘭‧小序〉云：「芄蘭刺惠公也，驕而無禮，大夫刺之。」從符號組成要素與其相互關係的角度來看這個句子，可以得出這樣的理解：即詩篇的語境已被規定賦予某一特定的歷史情境，而詩篇的語境之第二序所指（語義概念之外的言外之意），即為由此歷史情境所生發出之「作者本意」，並據以用此詩篇指涉特定的目的與對象，即刺惠公。我們無從得知，詩小序的作者是否在興發讀解之後，才寫下這種興喻式的表述；但若只就詩小序的語言表達式來看，其思維邏輯和鄭玄是相似的。〔註11〕

《詩譜》顧名思義即詩歌的譜系。孔穎達解釋曰：「譜者，普也。註序世數，事得周普，故史記謂之譜牒是也。」〔註12〕此中的「譜」既有紀錄的意思，也有編採記錄以求事之周徧理解的意思。前者是客觀事實的收集與紀錄，後者則是主觀編採以成就某一敘事、完足某種意義；因此，「譜」本身即兼含客觀義、主觀義。世系的編寫，歷史的纂著，本來就兼含主客觀的性質；但《詩譜》的特殊性在於它不能算是一篇史學作品，它是配合詩歌的時代性、區域性而收集相關的人文與地理資訊，它的用意是以詩證史、而闡明儒系之政教道統；另一方面，也欲從詩歌本文的時地分類、篇章編輯發現如《春秋》

〔註10〕 參見文幸福：《詩經毛傳鄭箋辯異》（臺北市：文史哲，1989）。以及，江乾益，〈鄭康成毛詩譜探析〉，收於林慶彰編：《詩經研究論集（二）》（臺北市：學生書局，1984年），頁483-549。

〔註11〕 因此學者這類的說法也就順理成章：「詩序言美刺何人，揭其事蹟；詩譜為列國歷史地理與詩發展之文，欲知一國之詩如何，則考該國地理位置，省其歷史發展之狀可知矣。」這是將詩小序與《詩譜》並列，言其互為補充之意。引文見江乾益：〈鄭康成毛詩譜探析〉，出處同上注，頁504。

〔註12〕 〔漢〕鄭玄：《詩譜》，〔漢〕毛傳、鄭箋，〔唐〕孔穎達疏：《毛詩注疏》（臺北：藝文印書館，十三經注疏，嘉慶二十年重刊本）。頁7。又《史記‧卷一三〇‧太史公自序》：「維三代尚矣，年紀不可考，蓋取之譜牒舊聞。」以及《文心雕龍‧書記》：「顧謂譜者，普也。注序世統，世資周普；鄭氏譜《詩》，蓋取乎此。」；許慎《說文》：「譜，籍錄也。」

般的微言大義。因此,「詩譜」此一名稱等於揭示了鄭玄的多重意圖:第一,詩歌的譜系與政教譜系有其相呼應之處,因此,「詩史」與歷史(其性質是政教史)可以互爲說明;第二,由於詩歌的譜系與政教譜系有可觀察的互爲呼應之現象,因此這種互應性可以作爲索解詩人本意的重要線索;第三,此種互應性不僅只是消極的反映,更是詩人的積極意圖,即論功頌德、刺過譏失,以達到賞善罰惡、匡正綱紀的功效。故而,「詩譜」之「譜」的意涵,在孔穎達所界說的「序類」、「譜牒」〔註13〕之上有更複雜的內容。

雖然,詩歌與史事之間是否具有必然的互應性很值得一問,但我們的討論興趣不在於《詩》能不能證史、詩人能不能無意識地反映時代的問題——還是要把問題焦點集中在《詩譜》之上:《詩譜》對於詩歌本文的闡釋發揮了什麼作用?這個現象就情志批評的立場來看,有什麼方法上的意義?

如前所述,鄭玄解詩傾向於索解與作者本意對等的興喻,而此作者是種理想人,不是具有主觀情性的個殊主體;因此,此作者即抒情即言志、即個殊即普遍的「雙關」特質,使得(合於政教的)言外之意的存在首先被確定了下來。針對這個言外之意,〈詩譜序〉說了一段「歷史故事」,這個故事就是依照源流、正變的敘事法則而寫的,用意在於說這樣的觀點:自然謳歌之詩起源於三皇,而言志之詩的起源則見於虞舜之時;自此之後,詩言志的傳統就綿延不絕。夏、商的風雅之詩固然無從考察,但宗周之世風雅頌具備;孔子錄詩正變皆納,即爲欲從詩歌發展的歷史情境中見到「吉凶之所由,憂娛之萌漸」,而引以爲戒。在這故事中有二點值得注意:一是鄭玄對於「詩之道」之源起的界定;二是他提出源流正變觀的用意是什麼。

就第一點來說,鄭玄引了《虞書・舜典》「詩言志,歌永言,聲依永,律和聲」,並下了綜合判斷:「然則詩之道放於此乎!」〔註14〕這是古代文獻中常見的推論模式,人們不以前句之概念爲前提,直接推演出後句的判斷,而是「還原」前句之概念所從生的情境,並綜合這些情境、加以體會,重新衍生出概念。從某方面來說,這種「情境式思維邏輯」或者「情境式認識觀」,幾乎就是能否合理解釋《詩譜》的關鍵。對他而言,「詩言志,歌永言,聲依永,律和聲」描述了一種詩歌正在內部情意運作、外向志意詠唱的狀態,這個狀態作爲古代君臣之間詩歌交際之情境的普遍形式;鄭玄對此形式十分重

〔註13〕《毛詩注疏》曰:「鄭於三禮、論語爲之作序,此譜亦是序類。避子夏序名,以其列諸侯世及詩之次,故名譜也。」出處同上注,頁7。
〔註14〕〔漢〕鄭玄,《詩譜》,出處同注12,頁4。

視，認爲這就是詩言志傳統的源頭。構成這個情境的外在條件是使「君道剛嚴，臣道柔順」因而導致「箴諫者希」的禮制，內在條件則是詩人欲陳諫之情志（一國之心）；在這內外妥協調和之下創生出的表述策略即爲以詩歌言志。〔註15〕所以，「詩言志，歌永言，聲依永，律和聲」所描述的原始情境，爲鄭玄所體會而後轉用爲意指詩言志之緣起的情境，並在這被重新指認的情境中生發新的意義。鄭玄的闡釋行爲顯然是斷章取義。以〈舜典〉的語境而言，「詩言志」等句必須置於樂教的系統下來解讀；但他既然作了新的闡釋，「詩言志」等句就轉而強調詩可以表情達意、聯絡上下情志的功能與效用。

是故，《詩譜》所呈現的批評態度，既不依循作者表現論，亦不是某種建基於概念形式之上的社會決定論、歷史決定論，或專注於閱讀主體的讀者反應論；它就是很實際地或很理想地就其視域內之歷史現象在談一個「情志-詩歌」之傳播與接受的正負面模式：當政教開明興盛之世，詩歌即表現爲風正、雅正，當此之時詩言志的內容爲稱頌其美；反之，則爲風變、雅變，當此之時詩言志的內容則爲刺過譏失。然而，不論正變，詩言志都被看作是詩歌的功能，根據這個功能，觀詩者就能解讀出詩人情志、作者本意。我們應當理解這一點：能將「蒹葭蒼蒼，白露爲霜」這種在今日看來是取景起興的詩句，體會爲「眾民之不從襄公政令者，得周禮以教之則服」〔註16〕的思維，它不是從語言概念的層次在製造神話，而是從概念所從生之情境的層次重新形塑神話。

第二點，關於鄭玄提出源流正變觀的用意，〈詩譜序〉最末有給出答案：

> 欲知源流清濁之所處，則循上下而省之；欲知風化芳臭氣澤之所及，則傍行而觀之。此《詩》之大綱也；舉一綱而萬目張，解一卷而眾篇明，於力則鮮，於思則寡，其諸君子有樂於是與。〔註17〕

「欲知源流清濁之所處，則循上下而省之」談的是就歷時性之發生過程所做的宏觀；「欲知風化芳臭氣澤之所及，則傍行而觀之」是就並時性之切面所呈現的現象作微觀；且此二者並爲《詩》的普遍「大綱」，具有可演繹的效能。這段理路清晰的文字，孔穎達說是「總言爲譜之理也」，意即此爲《詩譜》的「綱要」。然而，需要注意的是，這段文字中「省之」、「觀之」的對象並不一

〔註15〕見〔漢〕鄭玄，《六藝論》，收於《百部叢書集成》（板橋市：藝文印書館，1968年）。

〔註16〕見〈蒹葭〉詩小序。出處同注12，頁241。

〔註17〕〔漢〕鄭玄，《詩譜》，出處同注12，頁7。

樣；可以讓人上下省察的是歷史事件，可以旁觀檢視的是詩歌。換言之，歷史與詩歌都是《詩譜》之「方法論」所面向的素材，它的意圖在於透過這些素材的「省」、「觀」，用以使兩件事明朗化：即源流、風化。當讀解者能透過詩與史的綜合解悟，而使源流、風化的情況明朗化，那他等於就是使「詩之道」暢通，完構了一個能使上下情志通達的管道：詩史互證，鑑古知今；故，詩能言志、詩能諫。

在這裡，我們又再次遇上了那種迂迴曲折的古代思維；這種思維的奇特之處在於連結其闡釋對象與闡釋意圖的不是單一的線性因果，而是多條且彎曲交錯的非線性因果；當我們將它攤開來檢視時，其中的多頭複雜性總是令人驚訝。《詩譜》表面上看來是爲詩立譜，以特定的歷史時期、歷史地域爲詩歌的意義編碼；從而使得發生在特定時空的事件可以與詩歌互相解釋。然而這表面的手段之「用」，若沒有深層的理念、政教關懷作爲「體」〔註18〕，那麼它看起來就會顯得牽強附會、粗糙可笑。因此，鄭玄雖然對毛傳有所誤讀，但這誤讀無寧說是一種必要的姿態——先秦時自由興發的賦詩陳志，變而爲鄭玄所規劃的「詩言志」，自此之後，人人皆可由興喻的運作，索解必然關乎政教之作者本意。

《詩譜》的全文，可以看作是在爲詩歌的興喻式讀解提供「相應的」歷史材料。鄭玄大致是依幾個重點順序作譜：一、先標明一國之地理位置、地形特徵；二、簡述該國的起源與歷代封君；三、評述國勢、政教興衰；四、舉陳詩歌篇章與該國風俗互證，或直接揭示正變。十五國風中，只有周南召南是正風，其餘皆列變風。大雅則〈民勞〉以下，小雅爲〈六月〉以下具屬變雅。頌是美盛德之形容，沒有正變的問題。從風雅各譜之下必列正變之因由來看，可得知《詩譜》的要務在於引述史事指出風雅之正變。歷代研究詩經的學者多有提到鄭玄以史釋詩出現的資料性謬誤，進而暴露其附會強解之嫌。然而，我們若暫時擱下那些資料性的問題，將關注的目光放回各譜的本文上，並且問：這些夾史夾議且主、客觀混雜的文字，對於詩經闡釋起了什麼作用？那麼，我們會很快地發現，在《詩譜》內部，其歷史情境建構的意義，似乎大於那些它未曾眞正達到的資料正確性與判斷客觀性的意義。

若將歷史事件按照時間、地域排列起來，這些項目可以組成歷史空間；這種空間是客觀的存在，不具主觀價值義；然而，歷史情境則相反，它是一

〔註18〕還必須理解，漢代知識份子一直在辯論「諷諫」與「明哲保身」的議題。

個涵蘊價值義的空間，其中主客觀互為融混。在這個空間裡，歷史不是概念的存在，亦不是某種至高形式的具現；它表現為生活環境的一部份，為主體所真確感知，並時時影響其判斷結果。

> 周召者，禹貢雍州岐山之陽……地形險阻而原田肥美……武王伐紂，定天下，巡守述職，陳誦諸國之詩，以觀民風俗。六州者得二公之德教尤純，故獨錄之，屬之大師，分而國之。其得聖人之化者，謂之周南；得賢人之化者，謂之召南。言二公之德教自岐而行於南國也，乃棄其餘謂此為風之正經。〔註19〕

這段文字有個關鍵概念，即風俗可觀。風俗這個詞，由「風」和「俗」組成。《說文》：「風，八風也。」段注以「八卦之風」說明八風的循環反復之用，並下結論「凡無形而致者皆曰風」。《釋名》曰：「風，汜也，其氣博汜而動物也。」除了未說明風的循環作用之外，把風解釋成能發散、動物於無形跡之間的意思，大抵是一致的。「俗」，《說文》解釋為「習也」；段注曰：「習者，數飛也，引伸之凡相效為之習。」〔註20〕這個解釋裡頭包含了一個動作符碼的隱喻，從鳥兒多次振翅得以飛起的模樣，取其鼓振、掀發且數疊之的動態意象名狀「習」的相效而成之義。「習」成了常態之後，就是「俗」；因此，「俗」不是靜止的概念，它包含了許多「習」的動態成分。「風」是汜而動，它提供了振起、掀發的動能；承接了這個動能，並且仿效之、一遍又一遍，就成了「俗」。風俗這個詞，它既是為某種汜動成習的狀態命名，也提供了對此狀態的形容。所以，「以觀民風俗」一句，就語言論語言來說，主詞「武王」所觀之對象，不是某種停滯著、等待主詞去探取之物；受詞「風俗」是具流動性、歷史性之物。而這個不安定之物甚至是無形跡的，人們只能合理的推論——一國之詩歌應該曾受一國之風俗的感動，因而留存有相關的痕跡或者線索；辨明這些痕跡或線索，從而解讀、還原一國之風俗的樣態，就是觀詩的目的。以詩為媒介觀民之風俗，就等於是在觀該篇詩歌誕生之時的總體情境。

在《詩譜》的語境中，「風俗」跟二件事有關係。就發生原因來說，一國之風俗和該國的地理環境、封君的政教興衰有關；就詩歌表現來說，一國之風俗與詩人情志有連結關係；這關係不必然是「同一」的，而有可能是「矛

〔註19〕《詩譜・周南召南譜》，出處同註12，頁8。
〔註20〕又，朱熹曰：「習，鳥數飛也。學之不已，如鳥數飛也。」見〔宋〕朱熹，《論語集註》，收入朱熹，《四書章句集注》（北京：中華書局，1982年），頁47。

盾」的：當一國之風俗純厚良善，詩人的情志是和諧的，詩歌是頌美的；反之，則詩人的情志是怨怒的，詩歌就是訴憤的、反其道而譏諷的。《詩譜》的要務是就風俗的發生原因，解釋風俗之於詩歌的作用之表現，等於是解釋詩人情志的意思。因此，〈周南召南譜〉於「觀民風俗」之後，下句就接著講在周公、召公的治理下，六洲之地出現了風之「正經」，名為周南、召南。這是就封君世系、政教興衰，把風俗的發生原因作了事實陳述；並用此事實陳述證成一個價值判斷的問題，即周南、召南之詩皆為正。當然，在今日看來，周南召南譜的推論很有問題。首先，風俗是一種難以把捉的「感覺結構」，它是一個特定區域內的具普遍性之人文地理的總體現象；這種現象要如何從詩歌中「觀」而得知？效度如何？《詩譜》並未解釋。再者，一首詩要如何分判是頌美、純粹抒情或是表達譏諷，鄭玄也沒有交代判別的方法。於是，詩歌的正變分類不免顯得機械化：只有正風一類的詩，才能解出稱德頌美的作者本意；被劃歸為變風一類的詩，就只能往刺過譏失的方向去聯想。不過，機械分類的問題在鄭玄之前就已經形成，同時，這也不是他所關注的問題；《詩譜》只在意一件事，即把一國風俗之發生原因、演變過程編寫出來，用以更明確地解釋《詩》之各篇的詩人情志。

需要指出的一點是，《詩譜》編寫風俗生發之歷史背景的特殊性，就在於鄭玄的思維方式。當他面對著詩歌本文與前人的註解之時，他不是就義理、概念去作進一步的演繹，而是從詩歌的內部符號與詩歌的外部歷史情境之可能的關連作連類推想，從這個推想中再次驗證前人所說之「詩言志」誠然不假。以〈邶鄘衛譜〉為例：

> 武王伐紂，以其京師封紂子武更為殷後。庶殷頑民被紂化日久未可以建諸侯，乃三分其地，置三監，使管叔、蔡叔、霍叔尹而教之。武王既喪……三監導武庚叛，成王既黜殷命，殺武庚，復伐三監，更於此三國建諸侯，以殷餘民，封康叔於衛……七世至頃侯，當周夷王時，衛國政衰，變風始作。故作者各有所傷，從其國本而異之，為邶鄘衛之詩焉。〔註21〕

〈邶鄘衛譜〉仍然是依照地理、封君世系、政教興衰、風之正變的順序而寫。從歷史文獻來看，邶鄘衛這塊區域，在三監之亂平定後，新的封主康叔理應於此開創了一段「正」的時期；但是邶鄘衛之詩仍然悉數歸屬於變風。關於

〔註21〕《詩譜·邶鄘衛譜》，出處同注12，頁72。

這點，《漢書·地理志》間接作了說明：「康叔之風既歇，而紂之化猶存，故俗剛彊，多豪桀侵奪，薄恩禮，好生分。」〔註22〕《詩譜》「庶殷頑民被紂化日久」可與這個說法遙相呼應；起碼在鄭玄與《漢書》的觀念裡，康叔後居的教化不敵前紂的負面影響，以致於很快地又發展到變風的狀態。這裡還存在有一個問題：周南、召南所在的六州（雍、梁、荊、豫、徐、揚）之地，在周公、召公之後亦有政教興衰的問題，但卻沒有變風之詩。鄭玄在〈周南召南譜〉裡，以春秋學的思維作出解釋：棄其詩而不錄列就是一種鄙夷批判的意思。但是，不錄列的情況也見於〈邶鄘衛譜〉，在這裡缺席的詩篇卻可能是關於康叔教化的正風之詩。這是一個難以求證的矛盾，但卻可以側面地說明這件事：《詩譜》裡頭所展現的地理空間與人文空間，是依循某種「腳本」的想像而配置；在這個「腳本」中，儒系的政教理想成為選擇材料、編寫譜系的原則。因此，《詩譜》所建構的歷史情境，是屬於儒學系統的；當鄭玄以此種類型的歷史情境作為「詩言志」的發生環境、發聲條件時，他所欲讀解的詩人本意也就不出儒學理念的範疇。

　　因此，可以這樣說，《詩譜》的任務就在於構築歷史情境，透過山川、名物、政風的描述，展現了一種正變分明的「價值性世界」；這個世界替代了詩經原本面對的生活世界，讀解者對此價值性世界的感知所形成的情境，就替代了詩歌作者的情境。這種批評方式的特徵在於，如論如何，他都要構築出一種可感知、可經驗的環境，這個環境就成為下一個讀者能否「正確地」理解詩歌的詩言志之深意的保證。

四、語境感發與情境重構之二：《楚辭章句》序文

　　《楚辭章句》裡出現的序文若和《史記》的傳記之筆法相較起來，看不出顯著的不同，但它若是和〈詩小序〉、《詩譜》作比較，則立見其差異性。這種比較的合理性在哪裡？這些作品分屬於史學、經學和文學，它們既然性質不同，其中的筆法也該有所差異。然而，我們現在是就情志批評研究所面

〔註22〕茲錄較完整的原文如下：「故吳公子札聘魯觀周樂，聞邶鄘衛之歌，曰：『美哉淵乎！吾聞康叔之德如是，是其衛風乎？』至十六世，懿公亡道，為狄所滅。齊桓公帥諸侯伐狄，而更封衛於河南曹、楚丘，是為文公。而河內殷虛，更屬于晉。康叔之風既歇，而紂之化猶存，故俗剛彊，多豪桀侵奪，薄恩禮，好生分。」《漢書·地理志》，見於〔漢〕班固著，〔唐〕顏師古注：《漢書》（北京市：中華書局）。

對的材料這個立場出發，觀察這些古代的闡釋者如何描述他們所面對的本文，並以己之情志解彼之情志，闡發本文的意義。就這個觀點而言，《楚辭章句》的序文便可以和〈詩小序〉、《詩譜》作一比較。這個差異性首先因為《楚辭章句》裡收錄的作品皆為名符其實的「作品」（有作者可考），而被突顯出來；其次，因為作者有其人、有其生平事蹟，闡釋者的情志就能依著某種同情同理的原則運作，因而闡釋過程中的情境一項就增添不少主觀情感的因素。這一點是〈詩小序〉、《詩譜》中所未見的，它們以地理、史事等構築可感知的歷史情境，但這歷史情境並不包含某種主觀情感，甚至充滿想像的的心理情境。

　　《楚辭章句》中從〈離騷經章句〉至〈九思章句〉共有十七篇序，二篇敘，其中〈九章〉各文題目之下，有小序，屬於題解的性質。這些序文又或有作者的問題，洪興祖於〈九思・序〉注云：「逸不應自為註解，孔其子延壽之徒為之爾。」且不論是否真為「延壽之徒為之」，〈九思・序〉非王逸作應是合理的猜測。另外各序文間有屈原作文時間與流放時間的認知差異、論調前後不一者，已有前輩學者提出質疑與研究成果，在此不加贅述。〔註23〕本節的討論焦點集中於分析這些序文，並指出其如何描述、構造出能影響意義的、屬於主觀情感的心理情境。這些序文的內容可以歸納為幾個次序項目，即先交代作者、寫作事由，次而敘述寫作目的，就比興、文體、影響作綜合評論。從這幾個組織項目來看，以〈離騷經章句序〉最為完整，其他各篇的序文在綜合評論的部分則或有只言比興者、只言文體、影響者，不一而全。以下的討論將序文區分成兩類來進行：第一類是〈離騷經章句序〉以至〈大招章句序〉；第二類是〈惜誓章句序〉至〈九思章句序〉。〈離騷〉、〈九歌〉、〈天問〉、〈九章〉、〈遠遊〉、〈卜居〉、〈漁父〉、〈九辯〉、〈招魂〉、〈大招〉等，這些篇章依照王逸的標示是屈原、宋玉、或景差所做，皆為楚大夫的作品。因此，序文在寫作時，就朝風諫楚王、抒洩怨憤的方向去設想詩人的主觀情志與情境。〈惜誓〉、〈招隱士〉、〈七諫〉、〈哀時命〉、〈九懷〉、〈九懷〉、〈九思〉為漢大夫、士人所做，這些篇章前的序文就朝追憫屈原情志的方向去設想作者的主觀情志與情境，在這裡風諫成為一種普遍議題，而無直接指涉的對象。

　　〈離騷經〉者，屈原之所作也。屈原與楚同姓，仕於懷王，為三閭
　　大夫。……同列大夫上官、靳尚妒害其能，共譖毀之。王乃疏屈原。

〔註23〕參見易重廉：《中國楚辭學史》（湖南：湖南出版社）。

屈原執履忠貞而被讒衰，憂心煩亂，不知所愬，乃作〈離騷經〉。
離，別也。騷，愁也。經，徑也。言己放逐離別，中心愁思，猶依
道徑，以風諫君也。故上述唐、虞、三后之制，下序桀、紂、羿、
澆之敗，冀君覺悟，反於正道而還己也。……屈原放在草野，復作
《九章》，援天引聖，以自證明，終不見省。不忍以清白久居濁世，
遂赴汨淵自沈而死。〔註24〕

〈離騷經章句序〉的前半段，是為交代屈騷的寫作背景；這段描述有幾個值
得注意之處。開頭直述作者為何人，這使得〈離騷〉與屈原其人作了初步的
連結；使這個連結的形式和內容繼續被確定與加深的，就是接下來屈原生平
的記述。「屈原與楚同姓……王乃疏屈原」一段將作者的倫理身份、社會地位、
價值性作為加以形容，這裡包含了一個「政教故事」的原型，關於身份崇高
或行為廉潔的君子，如何在施展抱負時為小人所害，因而使得君王、甚至是
整個國家都即將為此付出代價。王逸在闡述楚國要為此接受歷史的教訓之
前，他還有其它的用意。「屈原執履忠貞而被讒衰，憂心煩亂，不知所愬，乃
作〈離騷經〉。」這句話起了二種功用：其一，屈原是憂心生於內，而文字鑄
於外，他的情感和他的文字是相呼應的；其二，在閱讀屈騷文字時，就是在
接觸這類帶有強烈情感印記的符號，這種情感不容錯認，它就是屬於屈原這
個人的。如此看似接近浪漫主義式的作者觀，卻因為下一句話而完全翻盤：「言
己放逐離別，中心愁思，猶依道徑，以風諫君也。」我們發現，王逸重新回
到了「詩言志」的傳統，他將屈原那些充滿個殊情感的文字視為「風諫」。「風
諫」之「風」，如前所述，它是指風動，一種動態流化、無形跡之作用；使這
種不可見的作用具體化的就是「諫」。《說文》：「諫，証也。」諫、証都從「言」，
與言語有關。「風諫」等於是將某種流化無跡之作用以言語表達出來的意思；
被表達的不只是詩人的怨刺之情志，亦指詩人所「代言」的一國之心、所「感」
的一國之風。

　風諫這個詞在各篇序文中共出現四次，另外三次見於〈離騷經章句敘〉、
〈九歌章句序〉與〈大招章句序〉，這裡的三個風諫之詞所指的事項有些微差
異。〈離騷經章句序〉云：「且詩人怨主刺，上曰：『嗚呼！小子，未知臧否，
匪面命之，言提其耳！』風諫之語，於斯為切。」此「風諫」指的是伯夷、

〔註24〕王逸：〈離騷經章句序〉，見〔漢〕王逸章句、〔宋〕洪興祖補注：《楚辭補注》
　　　　（臺北：漢京文化事業有限公司，1983年）。

叔齊拒食周粟餓死之事；這是一個激烈的抗議行動，但王逸引孔子語，將之歸爲風諫一類，意思是從他人之行動見規諫之意的意思。「上陳事神之敬，下見己之冤結，託之以風諫。」這裡的風諫乃指〈九歌〉中神巫樂舞祭祀之詩歌皆有言外深意，爲屈原忠憤之寄託；因此比較接近東漢詩經學的思維，把詩歌視爲「風」的載體或線索，迂迴地勸諫。〈大招章句序〉云：「……故憤然大招其魂，盛稱楚國之樂，崇懷、襄之德，以比三王……因以風諫，達己之志也。」這裡的風諫指的是藉由與事實相反的表達，呈現一種「美言此以刺彼」的曲折用心；這也是屬於詩經學的思維之一，即藉由「反言」而達到刺、諫的效果。這三個「風諫」，都不是某種面對面的直諫，而是迂迴提醒之意；但卻含括了二種稍有衝突的思維：一是以激烈行動形成風諫；二是依奉「詩言志」的迂迴婉約傳統形成風諫。

易重廉在《中國楚辭學史》中指出，漢代士人贊同屈原之激烈行爲的人並不多；受儒道思維的影響，「危言以存國」、「殺身以成仁」這種極端的行爲並不是普遍共識，大多數還是跟班固一樣，持明哲保身、點到爲止的立場〔註25〕。因此，王逸幾乎是明確表態支持屈原言行的唯一者〔註26〕。我們不願對王逸何以形成此觀點做過多的猜測，但只要閱讀屈騷全文，就能看出屈原的確在激烈言行（從彭咸之遺則、怨靈修之不察）與溫婉規勸、反言諷刺之間擺盪，這是作者情緒飽漲而熱烈的一個徵候：他難以平心靜氣的寫，必須「發憤以杼情」。正因爲王逸體會了屈騷的情感，所以他沒有作出類似「露才揚己」〔註27〕的批判；他的評論皆由屈騷本文的綜合理解、對屈原情志的體會而出，而不是站到屈原的對面檢視他的言行。因此，王逸把屈騷納入「詩言志」系統，不啻是意味著在進行一種「調和」的情志批評：他將屈原作品中帶有個

〔註25〕這點在《白虎通》中也看得到：「諫者何？諫，間也，因也，更也，是非相間，革更其行也。人懷五常，故有五諫：謂諷諫。……孔子曰『諫有五，吾從諷之諫。事君，進思盡忠，退思補過，去而不訕，諫而不露。』」見〔清〕陳立：《白虎通疏證》（北京市：中華書局，1994年），卷四，頁89。

〔註26〕易重廉亦質疑王逸言「屈原之詞，優遊婉順」，是與其所贊同並維護的屈詞「抒發怨憤說」、「諷諫說」相違背。這是王逸在言語中明顯透出「二極看法」的證據。參見易重廉：《中國楚辭學史》（湖南：湖南出版社），頁72～73。

〔註27〕班固〈離騷序〉：「今若屈原。露才揚己。競乎危國羣小之間。離讒賊。然責數懷王。怨惡椒蘭。愁神苦思。非其人。忿懟不容。沈江而死。亦貶絜狂狷景行之士。多稱崑崙冥婚宓妃虛無之語。皆非法度之政。經義所載。謂之兼詩風雅。而與日月爭光。過矣。」〔清〕嚴可均輯：《全上古三代秦漢六朝文・全漢文》（北京市：中華書局，1958年），頁611。

殊主體強烈情感的符號重新編制在詩教之下，並且通過當代的比興解碼規則「合理的」解釋作者情志與言外之意。

這裡有一種曲折的閱讀態度需要再次指出來，不應把王逸看成讀不通屈騷之熾烈情感與獨特美感的人；恰恰是在易重廉所指出的「王逸矛盾」上，可以見其將屈騷納入文學正統的用心之軌跡。即使，這用心在今日看來，不無站在統治階層立場、以儒系道統發言的成分。序文將〈離騷〉解釋成風諫之後，它就順理地推論文中上述三后、下論桀紂都是「冀君覺悟，反於正道而還己也」；這就是標準的「詩言志」的思維方式：詩人的言語都是用以興喻關乎政教之志。

我們可以發現，王逸在將〈離騷〉導入以《詩》為主軸的「詩言志」系統的過程裡，無形中「微調」了原系統的比興性質：個殊作者的主體情志取得了參與了比興意義運作的一席之地，在此之前，這個位置是由普遍主體（集體作者）、普遍心理所佔居。當讀解者所欲追索的作者情志，由某種普遍情志降至個殊情志（或既個殊又普遍）時，這種升降對意義讀解所造成的明顯變化，首先就反映在連結概念意指與意指對象的情境因素上。〈離騷經章句序〉言及屈原寫作背景的部分，顯然可以視為一段敘事文字；這種敘事的性質和《詩譜》或〈詩小序〉不同的是，它涉及了一個主角，而這個主角就是〈離騷〉的作者；在序文的敘事過程牽涉到的行動序列和表徵心理的符碼，都將會和〈離騷〉的語言符號進行複雜結合，形成作者生平際遇與作品可以互證的批評型態。而我們必須關注的是，這種以傳記證詩文（反之亦然）的思維，它要求一個前提：即闡釋者需要付出更多的「情感參與」，而不全然是以事理、事象的連類推演來完成意義的讀解。因此，《楚辭章句》的序文在情境的描述、構築時，摻入了大量的屬於「情」的心理因素。以下再舉〈天問章句〉序為例：

> 《天問》者，屈原之所作也。何不言問天？天尊不可問，故曰天問也。屈原放逐，憂心愁悴。彷徨山澤，經歷陵陸。嗟號昊旻，仰天歎息。見楚有先王之廟及公卿祠堂，圖畫天地山川神靈，琦瑋僪佹，及古賢聖怪物行事。周流罷倦，休息其下，仰見圖畫，因書其壁，何而問之，以渫憤懣，舒瀉愁思。楚人哀惜屈原，因共論述，故其文義不次序云爾。〔註28〕

〔註28〕〈天問章句〉序，見〔宋〕洪興祖，《楚辭補注》（臺北：漢京文化事業有限

本序依照《楚辭章句》序文的體例，仍是先標作者，後言寫作動機與綜合評論。這篇序文的特殊之處在於，它試圖摹狀屈原醞釀〈天問〉時的經驗狀態。「彷徨山澤，經歷陵陸。嗟號昊旻，仰天歎息。」這句話所傳遞的訊息量，遠遠超過上句的「憂心愁悴」。它包含了一個行動序列：詩人在山林川澤間彳于行走，望著蒼穹發出慨嘆；在這行動序列之上，附著了一組心理符碼：失去目標、躊躇、鬱悶、極欲宣洩；換句話說，它的描述是屬於感知層面，並且具體入微，使讀者不用費力想像就進入它所鋪陳的情境。序文接下來的描述更是如此。它畫出了一個空間「廟」、「祠堂」，並對這個空間進行佈置：這裡有詭譎的古老圖畫，圖畫分佈的面積可能十方廣長；有可供詩人書寫詩句的牆壁等。詩人在此空間中的行動是瀏覽、休息，復又細觀、發出疑問。詩人的問不是一般的問，他瀏覽古蹟，重新思索了歷史中的某些現象，而這些現象與他的心結有微妙的關係；因此，他打從肺腑發出了疑惑。「仰見圖畫，因書其壁，何而問之，以渫憤懣，舒瀉愁思。」這句的描述把屈原所見之物與他的情感作了結合，這種結合的方式大多是「非直接性」的。〈天問〉裡談及的創世神話、天文地理、君臣行誼，十有七八與屈原的際遇缺乏明顯的聯想關係；但王逸把屈原的「問」當成是抒憤來看，以「傷心人別有懷抱」的思考原則，讓詩人的瀏覽成為一種含情的觀看，詩人的言語則成為含情的言語——在王逸的描述下，詩人的情志與物、世界產生一種情感的連結，而不是事理的連結；事理的連結有徵可循、可連類推演而得知，情感的連結卻可能是無徵可循，難以連類推演，只能倚賴讀者情志的契入、體會。

太史公嘗自言讀〈天問〉而「悲其志」，他的讀者反應可以側面證明〈天問〉與屈原的悲憤情志的確有某種深層的關係。然而，在序文的情境鋪陳中，反映出了讀解者的體會存在有偏頗的危機：屈原的鬱抑之情理應和〈天問〉的語言符號有點關係，但是這個關係要如何證成？後人在〈天問章句〉中讀到王逸那不斷被詬病的問題，即某種疑似被類型化的作者情志（忠怨）與作品之間，以可名之為「作者傳記及其情境」的關係牽連起來，並賦予可互相說明的必然性。這種讀解策略容易在符號的解碼過程形成捕風捉影、機械對應的弊端，王逸每隔幾句就將作品的內容與意義匯歸於忠怨、風諫一類。〔註 29〕但是，在其讀解策略的弊病之前，王逸試圖摹狀屈原的

公司，1983 年），頁 85。
〔註29〕相較起來，王夫之的解釋顯得比較「合理」：「篇內言雖旁薄，而要歸之旨，

寫作情境，而他描述的方式不只是言事言理而已，屈原的舉止和心理狀態被細緻地勾勒出來；雖然這種情境描述混雜了虛構的成分，但就是在這飽含歷史、形象與情感的虛構上，王逸展現了他用以理解屈騷之意義的整體情境——既是某種想像式的作者情境「還原」，亦是讀解者主觀情志所參與體會的情境；這是主客交融閱讀型態的類型之一。

　　第二部分的《楚辭章句》序文，首先要注意的是〈惜誓章句序〉描述情境的方式。

> 〈惜誓〉者，不知誰所作也。或曰賈誼，疑不能明也。惜者，哀也。誓者，信也，約也。言哀惜懷王，與己信約，而復背之也。古者君臣將共為治，必以信誓相約，然後言乃從，而身以親也。蓋刺懷王有始而無終也。〔註30〕

作序者不能確定〈惜誓〉的作者是誰，這意味著這篇序文將會在描述作者情境上遇到困難。按照第一部序文分析的結果，當這類型的情志批評無法確認作者、找不到相關的傳記資料，就意味著它就不能依附在某個被想像的主體之上、「還原」此主體的寫作情境；當情境重建出現阻礙時，意義的生產也可能會發生延宕。但是，從〈惜誓〉開始的序文，它對作者的描述「粗率」了起來；我們不再看得到這類鉅細靡遺的描述方式：「屈原放流九年，憂恩煩亂，精神越散，與形離別，恐命將終，所行不遂，故憤然大招其魂……」〔註31〕而只能找到簡潔的、著重於發揮記事功能的句子。在〈惜誓章句序〉中，甚至還能看到自然而然的「情境錯接」現象。當作序者解釋不能確認〈惜誓〉的作者後，下文就接「言哀惜懷王，與己信約，而復背之也」、「蓋刺懷王有始而無終也。」等句。這是就〈惜誓〉的內容在談某種孤臣的情境，而不是在談〈惜誓〉作者的寫作情境——作者因為不明，就忽然澈底成了「透明」，作序者直接進入內文，綜述其中涉及的角色與歷史情境，即所謂的屈

則以有道而興，無道則喪……原諷諫楚王之心，於此而至，欲使其問古以自問，而蹟三王、五伯之美武，違桀、紂、幽、厲之覆轍，原本權輿亭毒之樞機，以盡人事綱維之實用。規〔王眞〕之盡，辭於斯備矣，亦非徒渫憤舒愁已也。」〔明〕王夫之，《楚辭通釋》，船山全書編輯委員會編校：《船山全書》（長沙市：嶽麓書社，1988 年），第十四冊，頁 273。

〔註30〕〔宋〕洪興祖，《楚辭補注》（臺北：漢京文化事業有限公司，1983 年），頁 227。

〔註31〕出處同上注，頁 216。

原情境。〔註32〕接著，這個被辨識出來的屈原情境，很快地與其他文章中的屈原情境互相呼應，形成注解〈惜誓〉的資源。

　　〈哀時命〉者，嚴夫子之所作也。……忌哀屈原受性忠貞，不遭明君而遇暗世，斐然作辭，歎而述之，故曰〈哀時命〉也。〔註33〕

　　〈九懷〉者，諫議大夫王褒之所作也。褒，字子淵，蜀人也，為諫大夫。懷者，思也，言屈原雖見放逐，猶思念其君，憂國傾危而不能忘也。讀屈原之文，嘉其溫雅，藻采敷衍，執握金玉，委之污瀆，遭世溷濁，莫之能識。追而愍之，故作〈九懷〉，以裨其詞。史官錄第，遂列于篇。〔註34〕

我們可以客觀地這樣說，在〈哀時命章句序〉與〈九懷章句序〉裡，凡出現稍微強烈的情緒符號時（哀、嘆、思念、憫），都與作賦者體會屈原情境這件事有關。作賦者的情境不等於屈原情境，但前者的情境卻是通過體會後者的情境而來。《楚辭章句》序文對於屈原以外的作者的描述落差（對作者主體情志的修辭量降低），顯示出了二點事實：第一，在《楚辭章句》裡，屈原被看作是「作者的作者」，他是注解者與作賦者共同思索與想像的對象，是「作者本意」之意義的來源。所謂「楚辭」〔註35〕就是圍繞著屈原主題、屈原情境，以屈騷文體為模仿對象，而創作的文類。因此，在這個文類中，屈原作為作者與王褒作為作者，其「作者」的份量是不一樣的；對《楚辭章句》而言，前者的意義大過後者。第二，從第一部份序文與第二部分序文對於作者的描述落差，還可以看出作序者受到作品內容影響的跡象。屈騷是強烈地表述主觀情感的作品，十分具有渲染力，尤其〈離騷〉幾乎是半部作者自述，容易令讀者將之與屈原生平互為連想、互相發明。其中，史證詩、詩證史的界線便模糊了起來，大抵序文中帶有虛構嫌疑的部分，都是某種屈騷作品的閱讀效應。

〔註32〕檢視〈惜誓〉全文，無一語提及屈原與楚王。歷來學者不曾懷疑它是在表述憐惜屈原之志的原因在於，這篇文章的文體、內容與〈離騷〉相符之處甚多，它幾乎可以說是〈離騷〉的「部分改寫版」。因為這種明顯的特徵，便使人合理地推論〈惜誓〉所描寫的是屈原主題中的一種。

〔註33〕〈哀時命章句序〉，見〔宋〕洪興祖，《楚辭補注》（臺北：漢京文化事業有限公司，1983年），頁259。

〔註34〕〈九懷章句序〉，出處同上注，頁268。

〔註35〕〈九辯章句序〉：「至於漢興，劉向、王褒之徒，咸悲其文，依而作詞，故號為楚詞。亦采其九以立義焉。」出處同注41，頁182。

　　屈騷之所以值得漢朝幾代的士大夫大書特書，是因為屈原主題具有豐富的辯證性：這裡有個忠貞不二的角色，而這角色對自身的存在價值與政教處境不斷地進行反省批判；因此屈原主題涵蘊有互為對抗的二元性：群／不群、忠於君／忠於理念、諷諫／直諫。忠與諫如何在倫理、禮制與人臣的生命安全間取得平衡，這是兩漢的公共議題；當代的政教情境促使士人不斷思索這個問題。對於這個公共議題，不同權力階層的人有不同的看法；因此，可以想見，這些不同權力階層的人在屈原主題裡就會看到不同的側面；統治階層取其忠諫的行動意義與效用，士大夫取其忠諫的精神意義與傷心懷抱。換言之，即使僅就階層的閱讀反應來看，所謂「屈原本意」的理解也難以取得一致性。淮南王劉安所留下來的簡短評論〔註36〕，從他將〈離騷〉與國風、小雅互比來看，他是在詩言志的系統下，就諷諫的角度，欣賞屈騷的忠與不群。至於他是否認同了屈原性格中狂狷激烈的部分，後人不得而知。劉安和班固對於〈離騷〉的評論是二極的，但是，此二者都是在類型化的標準上對屈騷作出評價：前者取其忠諫，這可以看作是統治者的立場；後者責難其進退失當，這可以看作是一般士大夫對於明哲保身的平衡性觀點。從這裡就能觀察出，當統治階層與非統治階層置身的生存情境不同時，他們對同一部〈離騷〉的意義理解與評判就會不同。

　　王逸不是漢朝第一個有系統地解釋楚辭的人，但《楚辭章句》是現今僅存的完整的漢代楚辭注解。從序文來看，王逸除了讚賞屈原的不群、忠與諫之外，他還多次辯護並欣賞屈原的「悲劇性格」〔註37〕。序文是一個檢視《楚辭章句》對於「作者本意」與情境因素的互為作用之關係的方便窗口，它顯然會有所遺漏，但卻也某種程度的指出了，這類情志批評對於情境的思維方式與態度。就讀解屈騷這件事來說，這些序文反映出了一個《楚辭章句》的主要特徵，一種情境認知的類型。同樣屬於漢代「詩言志」系統之下的闡釋，《楚辭章句》在面對屈原作品並試圖從中闡發「作者本意」時，其理解情境的方式較《詩譜》多了一道手續；它兼有歷史事件所組構成的可感知的歷史

〔註36〕「昔在孝武。博覽古文。淮南王安敘離騷傳。以國風好色而不淫。小雅怨悱而不亂。若離騷者。可謂兼之。蟬蛻濁穢之中。浮游塵埃之外。皭然泥而不滓。推此志。與日月爭光可也。」見於班固〈離騷序〉，亦見於《史記》。

〔註37〕例如，〈離騷經章句敘〉：「凡百君子，莫不慕其清高，嘉其文采，哀其不遇，而潛其志焉。」見〔宋〕洪興祖，《楚辭補注》（臺北：漢京文化事業有限公司，1983 年），頁 49。

情境，與讀解者在屈騷語境中所感知到的主觀情感之情境；而這兩種情境的生發都與闡釋主體的生存情境無法切割。當然，這裡永遠存在著一種含混性。當讀解者從語境與如此複雜之情境的互為作用，推導出某種言外之意，並以此作為作者本意時，會讓人有陷入循環論證的錯覺：人們不可能真的希望從這種「非科學」的闡釋方式，得到某種客觀的「作者本意」；故而，所有的言外之意－作者本意，都是「互為主體」的結果。但是，漢代情志批評作為古典情志批評最初的雛形，它正是在這種含混性之中確立了情境生發意義此一特徵。

　　情境生發意義，但情境不是意義；它是複雜的關係項，呈現為一種場所、一種匯入眾多心理活動的空間，簡潔地說，即闡釋主體介入作品並生產意義的整個背景與資源。這裡頭存在有歷史觀、階級意識、立場、個殊或集體的審美觀感等等，它十分複雜，也很少要求自己定於一端。雖然我們可以區分出某幾種次類型，但這種區分不具有某種概念標籤的功能，它只能勝任闡釋模式與運作方式的差異比較。大抵從「情境」的感知出發，同時追索作者之志與詩言志、最終達成合乎政教期待的綜合闡釋，是漢代情志批評的一個共相。本章論及三種情境的感知：作品生成的總體情境（含作者情境）、意象情境、讀解者的生活情境。當闡釋者面向作品時，他通過語境的理解與感發，使得繁複的情境開始在闡釋過程中發揮作用。由於古人沒有如西方古典批評一般，有意識地從抽象形式檢驗作品的表現；因此，當多種情境因素參與意義生發的過程時，闡釋者的思維就朝事象的連類推演、意象的聯想，得出可在現實生活中印證不悖的意義。連類與實用，可以看作是情志批評運作時，意義得以生產的二個不變的基石。

第四章　從意象間的互象作用分析漢代比興讀解——以《毛詩鄭箋》、《楚辭章句》爲討論中心

一、意象間的互象作用

　　當讀者進行閱讀時，他便進入一組複雜的網絡，其既同時面向作者也面向作品，既面向可見的文字組織群，也面向組織這些文字的其他動能。閱讀是一種動能還原的過程，其本身是一種運動。讀者一翻開書本，他就在文字與文字背後各種隱蔽的力量之間，感應不已，直至運作出自身的理解、得到該次閱讀所得的意義之結果。由此亦可觀察出，閱讀包含前後二個階段，前階段的要務在於還原作品中的動能運作歷程，體會「原味」；後階段在於應用讀者自身的內部條件與外部條件，將捕捉到的、體會到的動態結構體轉譯爲自己的、當代的語言，從而得出明確的、語言性的意義。而正是在閱讀的後階段中，作品批評得以誕生。批評是附屬在閱讀行爲之內的價值性語言活動，它既後設地檢視作品的一切特徵，也生產意義。意義的生產力，它可以看作是批評本體的動能；又因爲生產力必然涉及主體的運作條件，故而，批評與閱讀主體的立場、語言及時代站在一起，一切批評的意義都是現世的、當代的。理想的批評不應過度取代閱讀的前階段活動，否則所有的閱讀都將是封閉循環的運作，作品將淪爲閉闔的、只裝盛固定意義的容器；而合情理的情況應該是：在通過閱讀的前階段之後，批評意識始根據前者的材料，生產合宜的、甚至是新穎的意義。整體來說，閱讀關注於作品的還原、理解與體會，

讀、解並行；批評則更聚焦地注目於意義、或者意義之間的比較問題。

「情志批評」的語義本身，就包含了讀解與批評的意思：主體以情志讀解，從而生產意義。從讀解到意義生產，主體都不曾離開語境與情境的影響和作用；我們將這影響與作用區分成幾個局部來觀察：作品的語言組織、語境的意指作用，以及情境的意指作用。作品的語言組織包含文字、語義與組織文字的層層規則——詞、句子、章、篇，由此又可歸納出修辭與文體的規則。作品的語言組織可視爲一組複雜的能指；這些能指有其固定性和變動性。固定性是指這些記號組織無時不刻與既定的語義概念連結，從而使自身的存在表象總是呈現「多重性」〔註1〕：一個記號，既是一種具體的形跡，同時也代表數種不屬於其原初物質性特徵的意義〔註2〕；變動性是指不同個體對於同一記號的理解，在普遍語義之外，還存在有個殊的內容（情境因素）。一般性的理解，只需取得對記號之固定性的認識；但是，在認知心理學提出「完形認識」的論說之後，人們就知道完整的認識不能只注重在概念的、思維的層面，由環境、身體知覺、心理形像所綜合觸發的「知覺性思維」，應該要加入對記號的認識過程中一併觀察。比如：「蘭」這個字，作爲一個記號，只含具有字形與字音這二個質料項；但人們在看到蘭這個記號時，很快地理解它是指那一類葉子狹長、會開花的草本植物。具特定的花、葉特徵之草本植物的解釋，這是直接語義，它是一個類概念〔註3〕；人們思及語義概念—蘭之時，內在便能湧現相應的蘭之形像（形狀、色澤、氣味、生長分佈狀態）〔註4〕，繼而得到現階段對於符號—蘭的完整理解。蘭之形像不是單純的圖像，它來自主體對於蘭的體驗與經驗，因此，蘭的形像中附帶有個殊的知覺內容，甚至與特定的記憶相關連。蘭的語義概念、心理形象與蘭作爲記號，這是不同的三件事情；一個語言記號，即使在最初階的被認識狀態中，它就已經承載了二類意指作用，一是來自語義概念，二是來自使用者的「前理解」所賦予的情境式內容，此內容能在接受記號刺激的同時，湧起相應的心理形象。

當單一的記號與其他記號組合，形成具有結構的詞或句子時，這兩大類

〔註1〕一個記號總是散發著意義的光暈；光暈不屬於記號，它來自集體與個體的綜合意指作用。

〔註2〕記號的本質即爲「代表」，參見第二章的圖表。但是，作品語言的符號—意象與其指向之物，不只是代表的關係而已，主體的生存情境參與其中。

〔註3〕最低階的語義（意素）仍舊是一個類概念，它有意義外延、有心理內涵。

〔註4〕此形象有可能是模糊、甚至是錯誤的，端視個人對實體之蘭的經驗與認識而定。

的意指作用也就隨之繁複化。《九歌・東皇太一》：「蕙肴蒸兮蘭藉」〔註5〕，
這個句子組合了「蕙肴」、「蘭」二個名詞，「蒸」、「藉」二個動詞，一個連
接詞「兮」；構成了一組語義概念：連同蘭花，一併進薦蕙草包裹的肉食。
在這個語境中，各個語義單位都能藉由相似性、同一性和對立性原則，引發
其他語義概念參與意指作用。就這個句子而言，至少可以看到二類額外的概
念意指的參與，第一類屬於不同語境中同一記號之語義概念的互相解釋。比
如：王逸注，「藉」亦見於《易》：「藉用白茅」；洪興祖補注，「肴蒸」亦見
於《國語》：「親戚饗宴，則有殽蒸」。第二類屬於相似或排比的語境之間的
互相解釋。「蕙肴蒸兮蘭藉」和它的前後句排列起來，由於連續提及香花香
草、美釀佳餚、樂器歌舞，可以使人判斷此句爲祭祀活動中的一個描述片段；
因此這個語境就不會是宮廷宴饗的性質，而是巫覡祭典的性質。以上都是概
念語義的互通互連；在這個層面中，一組記號所能引發的意指作用，可能是
同系統之內的（皆爲祭祀語言系統），也可能是跨系統的（植物學語言、烹
食語言、宴饗語言）。即使就概念語義層面而言，「蕙肴蒸兮蘭藉」此句的語
義不會只呈現一條「連同蘭花，一併進薦蕙草包裹的肉食」的解釋；這個句
子的各個詞語應想像爲某種開放性連結，它們有許多可能的解釋。經由某種
讀解規律（或傾向），部分的概念語義被挑選出來，然而其餘的概念亦未曾
眞正消退，它們形成背景，與「前景」互相映襯，並保留參與的機動性和可
能性。

　　上文提到的讀解規律，它是某種含混之物。語言慣例或規則，能挑選出
一組記號的概念語義；但是，某些純語言學之外的因素，來自於情境的綜合
意指作用，也有能力對記號組的語義進行增值、干擾或篩選。情境的意指作
用之所以能形成讀解意義時不可忽略的問題，原因在於閱讀不全然是在汲取
語言符號的概念語義，閱讀主體的思維與心理背景在這過程中舉足輕重。在
上一章，我們將意義讀解的情境問題，區分出意象情境與生活情境；這二項
都是藉由主體的思維與心理活動對記號產生意指關係。意象情境由符號、語
境所引發，生活情境則來自於閱讀外部的總體條件，並由主體所感知、體驗，
繼而在閱讀過程中發揮作用。

　　記號與其直接語義能引發心理形象，在認知作用中，它會很快地和語義

───────────────

〔註5〕王逸《楚辭章句》與朱熹《楚辭集注》皆作「蕙肴、蒸、兮、蘭、藉」；王夫
　　　之《楚辭通釋》解爲「蕙、肴蒸、兮、蘭、藉」；這裡採用王逸注。

概念結合，由此便產生意象〔註6〕。延續前文的例子，蘭的意象，就是由此一記號的語義概念和心理形象結合而成；這是單一的、初級的意象〔註7〕。這裡有必要思考一個相關的問題。假設某甲親睹園子裡的蘭花，在紙上寫了「蘭」字，並郵寄給另一地的某乙；某乙在閱讀蘭這個記號時，產生了相應的蘭之意象；這時，蘭之意象在符號的指涉物還原過程中，它的定位是什麼？顯然的，蘭之意象就是某乙用來想像、擬而比之某甲所親睹的實體蘭花。就閱讀這件事來說，意象有個不言而明的任務，它總是試圖以自身相對的虛擬性，與記號所指的對象物產生聯繫。

在繼續討論意象的相關問題之前，有必要回顧古籍中對於意象的使用方式。先秦兩漢的典籍裡，罕見「意象」一詞，但卻不乏有討論意與象之關係的言說。大量地談言、意、象的關係，應首見於《易》。《易・繫辭》：

> 子曰：『書不盡言，言不盡意。』然則聖人之意，其不可見乎？子曰：
> 『聖人立象以盡意，設卦以盡情偽，繫辭焉以盡其言……』」〔註8〕

「書」是指書寫文字，「言」是口頭言語，「意」是本意、意圖；此句即言：書寫的文字由於不同地域的方言，有翻譯上的侷限；而即使在同一語言系統內，心裡所想的與言語表達的，仍然有一段差距。從「書不盡言，言不盡意」一句，能看到古人已然存有符號學意識。書、言、意的聖人本意之漏差問題，可以由「象」、「卦」來進行補救；同時，一套卦象的解碼規則，能使解釋的言語從卦象中不斷隨機遇而運轉、而生發。在《易・繫辭》這段話中，直接說明意和象的關係見於「聖人立象以盡意」一句。易卦的象，是一種抽象的肖似；由象徵陰與陽的一組符號漸次推演，從而得出象徵天地山澤雷風水火等自然形式的八卦，繼而又推演象徵人事形式的六十四卦；此六十四卦能有無窮盡的應用與解釋，靠的都是連類推理。古人十分清楚，意是一種不具形、

〔註6〕 古人在談及意象時，會注意到意象不是個單一之物——意中有象，象中有意；這裡藉由符號學的分析方法，將初級意象的形成先予以界定。

〔註7〕 劉若愚在《中國詩學》中，談過單純意象和複合意象的區分。見劉若愚：《中國詩學》（臺北市：幼獅出版，1985年）。

〔註8〕 〔魏〕王弼、韓康伯注，孔穎達正義：《周易正義》（臺北：藝文印書館，十三經注疏，嘉慶二十年重刊本），頁157-158。又，《漢書・楚元王傳》：「今日食尤屢，星孛東井，攝提炎及紫宮，有識長老莫不震動，此變之大者也。其事難一二記，故《易》曰『書不盡言，言不盡意』，是以設卦指爻，而復說義。《書》曰『伻來以圖』，天文難以相曉，臣雖圖上，猶須口說，然後可知，願賜清燕之閒，指圖陳狀。」見〔漢〕班固著，〔唐〕顏師古注：《漢書》（北京市：中華書局）。

難以把捉、如實傳播之物，它既是某種意義內容，也是生成意義的規則本身〔註9〕；而象能盡意，依藉的不是某種意與象的（帶神秘性質的）直接意指作用。象自身的抽象肖似與形式特質，提供了有結構的物質基礎，意就藉由象-結構體運作出「言」〔註10〕；而「言」又是依照現實情境的需要，演生互為對應的意義。這給了我們一種啟發，「象」此一概念，它同時有像似義，也有結構義；在《易》裡，「意象」若能連用，那應該是指意藉由象而彰顯，象亦以「肖似性結構體」的特質表現出意的可能性之條件組；簡言之，象中有（待生成的）意，意中有（可隨機具形的）象。

　　在漢代文獻中，即使意、象二字不同時出現，它們也是相即不離的關係。《釋名》有大量的「象」字的使用。如〈釋采帛〉：

　　　黃，晃也，猶晃晃，象日光色也。〔註11〕

〈釋首飾〉：

　　　有鷩冕；鷩，雉之憋惡者山雞是也，鷩，憋也。性急憋，不可生服，
　　　必自殺。故畫其形於衣，以象人執耿介之節也。〔註12〕

又見〈釋典藝〉：

　　　《春秋》，春秋冬夏，終而成歲。《春秋》書人事，卒歲而究備。春
　　　秋溫涼，中象政和也，故舉以為名也。〔註13〕

這些象字是作為「肖似」的語義被使用的。肖似有抽象的，也有具體的：黃象日光色，這是具體可見的肖似；象人德性、象政和，這是抽象的肖似。在〈釋采帛〉的辭條中，黃，嚴格來說，不是作為普遍共相之黃，而是次層級的采帛類之黃；這種帶有布質之限制性的黃色，它有能給視覺帶來「晃晃」感的特質，因此與日光互象，可理解為「日光色」。在這裡，「象」不只是無機、單向的像似而已，像似本身能為記號本體帶來跨類、額外的象（日光）和意義（日光色）。我們在回頭檢視「黃」時，可以觀察出這樣的認識流程：

　　　第一階段：實體─采帛之黃→記號─黃→語義-晃晃＋視覺的心理形像→
　　　　　　　　意象─黃

〔註9〕　「道法自然」與「人法天」、「天法道」互為推演，依照的都是同一條規則：
　　　　某種律法一旦被結構地把握，就能觸物而連類。
〔註10〕　這個運作包含直接意指、含蓄意指-譬物連類。
〔註11〕　〔漢〕劉熙著，〔清〕畢沅疏：《釋名疏證》，（臺北市：廣文書局），頁33。
〔註12〕　出處同上注。
〔註13〕　出處同注12。

第二階段：意象—黃→連類推想—日光→得到附加意象—日光色

第三階段：黃象日光色（黃的語義增值：取得「日光」意）

《釋名》裡的「象」是一個很傳神的喻詞，它直截地指稱劉熙在解釋名物時的意識運作之方式與性質：他依靠的就是意象間的像似與連類；由象解意，由意解象，其中，意與象不是內部封閉的互為解釋，而是向外開放、取得連類循環的解釋。前舉的〈釋首飾〉、〈釋典藝〉之辭條亦然。裝飾有鷩形的冠冕，是以鷩的剛烈之特性象人的正直守介之節操；春與秋的季節特性則能用以象中庸和諧之政治。這些「象」都是取喻體的可肖似性或結構性，而與合適的喻依作互象解釋。又如，《白虎通德論》「樂象陽，禮法陰也」、《春秋繁露‧度製》「故明聖者象天所為，為製度」、《淮南子‧墜形訓》「皆象其氣，皆應其類」；這些象都是以喻體的可肖似結構作為依據，往外連類發展喻依與意義。

意象與意象間的互象作用，可以看成是古典文學符號學的中心問題；我們把這種意象符號的解讀看作是情志批評活動的解碼方法。當語言符號的意象成形，閱讀主體就取得一組基礎的可肖似結構，藉此他能將內在心理或外部背景的情境材料引入，作連類的擴充解釋，從而引生多元意義。意義雖然有多元的可能性，但基礎的意象結構體之結構本身是穩定的；此即這類符號學方法運作的本與末。

二、劉勰對漢代辭賦家使用「比興」的批判

根據劉勰的論點，漢代辭賦家顯然在理解比興之義時走上了歧途；與賦比興兼具的屈騷比較起來，辭賦家運用大量的比、賦，又往往言不及「興」〔註14〕。在《文心雕龍》中，比、興有一些區分的準則，前輩學者已做過縝密的研究，這裡不加贅述；但要再指出一些細節作為討論之用。〈比興〉：

> 故比者，附也；興者，起也。附理者切類以指事，起情者依微以擬議。起情故興體以立，附理故比例以生。比則畜憤以斥言，興則環譬以托諷。蓋隨時之義不一，故詩人之志有二也。〔註15〕

這段話分別就發生、現象、效用三個層面分析比興的差異性。首先要注意到的是「蓋隨時之義不一，故詩人之志有二」。周振甫將「隨時」解釋為「跟

〔註14〕 《文心雕龍‧比興》：「炎漢雖盛，而辭人夸毗，詩刺道喪，故興義銷亡。于是賦頌先鳴，故比體雲構，紛紜雜遝，倍舊章矣。」周振甫：《文心雕龍譯注》（臺北市：五南圖書出版，1997 年），頁 440。

〔註15〕 出處同上注，頁 438。

著時間推移」〔註16〕；我們要繼續追問的是：這裡是跟著什麼的時間在推移？
從〈比興〉的語境來看，這裡的時間是屬於言語的和文本的時間。言語的時
間是口語表達與文字表達的順序時間；文本的時間是詩人與物交感，從而或
起興、或思維事理的內在時間，這種時間不具嚴格的順序性，端視詩人應感
運思的情境而定。比興就發生義而言，它們最先在文本的時間中成形，而後
才是依照言語的時間具體化爲口語或文字。言語的時間，歸爲表達策略、修
辭和文體的領域；文本時間則歸於比興之本體的領域。因此，「詩人之志有
二」，是詩人表達情志的方式可區分出興與比二類，而這個區分是隨時而應
用的——應感、起興或附理；而後用之於言語。由此可以推論，此處談的比
興不只修辭層面的問題，更進一步的，劉勰還兼顧了比興之本體、本體與發
用之間的差異問題；只是他在實際論述時，將這體與用的時間層作了綜合性
陳述，而聚焦在對比與與的分野上。因此，「比者，附也；興者，起也」這
是就本體之發生來說。興是「起情」，下降到修辭的層次，就是「依微以擬
議」；比是「附理」，下降到修辭的層次，即爲「切類以指事」。修辭是屬於
現象層，比興的言語現象，具有它的功效性；故而又說，比是畜憤直抒，興
則是迂迴寄託：前者是在比物以陳理、以陳志，後者的要旨則在於經營構造
出一個複合性譬喻，並使得此譬喻能婉轉地發送詩人之志。這都是使比興成
爲各自的對照組，而得出的比較。

　　然而，〈比興〉終究還是集中於處理比、興在修辭現象與效用（甚至是審
美感受）上的區別；故而主要是圍繞著托喻與比事作差異性描述。劉勰將《詩·
關雎》視爲興的例子，這首詩歌從禽鳥成對專一的特性起興，迂迴地托喻后
妃之貞德；所以他寫道：「尸鳩貞一，故夫人象義」。在解釋比的時候，劉勰
以「金錫以喻明德，珪璋以譬秀民，螟蛉以類教誨，蜩螗以寫號呼，浣衣以
擬心憂，席卷以方志固」這一連串的句子爲例，並且下了結論：「凡斯切像，
皆比義也。」在「夫人象義」與「切像比義」之間，「象」與「像」字的差別
使用令人在意。〔註17〕段玉裁於《說文解字注》「像」字之下，解釋「象」、「像」
通義；但一般學者多用「象」，而少用「像」〔註18〕。各版本《文心雕龍》鮮

〔註16〕出處同注 20，頁 439。

〔註17〕從唐殘本到楊升庵評注本影印版、〔清〕黃叔琳本，范文瀾《文心雕龍注》，
　　　　楊照明《文心雕龍校注拾遺》等等，無一有「像」、「象」之分。

〔註18〕《說文解字注》云，象，像通用。段玉裁認爲古代無「像」字，許愼之後，
　　　　便以「像」代「象」。〔漢〕許愼著，〔清〕段玉裁注，《說文解字注》（臺北
　　　　市：蘭臺書局，1977 年），頁 379。

見「像」字，但周振甫校對的版本，卻有「象」、「像」之別。考察周注與釋意，似未　明確地使這二字的解釋有所區別，大致皆作描繪、形像、像似之意[註19]。然而，我們將包含有「像」與「象」的句子羅列出來，作比對分析時，似乎可以隱約觀察到區別的意味。

周本《文心雕龍譯注》中，「像」字見於另外五個地方：

故圓照之像，務先博觀。（〈知音〉）[註20]

擬諸形容，則言務纖密；像其物宜，則理貴側附。（〈詮賦〉）[註21]

或體目文字，或圖像品物。（〈諧讔〉）[註22]

舒布其言，陳之簡牘，取像于夬　，貴在明決而已。（〈書記〉）[註23]

張衡《西京》云：「日月于是乎出入，像扶桑于濛汜。」（〈通變〉）[註24]

相對的，「象」字的使用次數較爲頻繁，以下列出五個例子：

夫玄黃色雜，方圓體分，日月疊璧，以垂麗天之象。（〈原道〉）[註25]

書契決斷以象夬，文章昭晰以象離，此明理以立體也。（〈徵聖〉）[註26]

故象天地，效鬼神，參物序，制人紀。（〈宗經〉）[註27]

獨照之匠，窺意象而運斤。（〈神思〉）[註28]

[註19]　《文心雕龍·書記》「取像于夬」，周振甫的語譯作「取『夬』的象」；由此可見，在他的認知裡，像、象無明顯區別。

[註20]　《文心雕龍·知音》：「凡操千曲而后曉聲，觀千劍而后識器。故圓照之象，務先博觀。」周振甫，《文心雕龍譯注》（臺北市：五南圖書出版，1997年），頁587。

[註21]　《詮賦》「至于草區禽族，庶品雜類，則觸興致情，因變取會　，擬諸形容，則言務纖密；象其物宜，則理貴側附；斯又小制之區畛　，奇巧之機要也。」出處同上注，頁105。

[註22]　《文心雕龍·諧讔》「或體目文字，或圖象品物，纖巧以弄思，　淺察以衒辭，義欲婉而正，辭欲隱而顯。」

[註23]　《文心雕龍·書記》，出處同注26，頁313。

[註24]　《文心雕龍·通變》，出處同注26，頁373。

[註25]　《文心雕龍·原道》，出處同注26，頁13。

[註26]　《文心雕龍·徵聖》，出處同注26，頁28。

[註27]　《文心雕龍·宗經》，出處同注26，頁36。

[註28]　《文心雕龍·神思》，出處同注26，頁340。

荀況學宗，而象物名賦，文質相稱，固巨儒之情也。（〈才略〉）〔註29〕
使用「像」字的句子，是以「像」作爲具體圖像或描摹、比附於某一具體圖像。〔註30〕使用「象」字的句子，與《易》卦象之象的整體意涵較爲接近，亦即象作爲一種**模型**、結構體，含具有推演出跨類意義（由結構肖似性而連類運作）的可能性：「以垂麗天之象」是在形容天象可以作爲文之模型；「書契決斷以象夬」是以書契的特性和夬卦互象；「故象天地」等句，是以經之常道與天地互象；「窺意象而運斤」雖是意與象複合連用，但這裡也是某種互象法則的運用——以意象之模型向外推演、運作繁複文章之意。最後，「象物名賦」雖近似描摹事物、取其圖像性之意，但下句「文質相稱」，使得描摹比附事物的行爲，多了「質」的深意，而不是比物之文辭徒然堆砌而已；因此，這裡的「象」也就帶有互象運作的靈活性。

即使在字義的考察上，像與象互通，且在歷史上經常是混用的；但此處觀察到的隱微區別，卻又正好符合劉勰在談比興分判時的標準。「夫人象義」是以禽鳥專一而和鳴的意象結構體與后妃之德互象，從而興轉出道德層面的意義。在禽鳥行爲與后妃德行的意象群之間，並無現象、形像上的直接相似性，此二者的互象關係是由彼此的結構性意義而互爲聯想的。而這類屬於興的修辭策略，爲了顧及委婉敦厚的表達禮節，往往是從生活中隨處可見的事物寫起，而與文化層級較高、意義較複雜的事物互象；這就是「稱名也小，取類也大」之托喻的原貌。另一方面，「切像比義」強調的是直接可見的像似性，無須透過意象群之結構性意義的互象運作，便能直截地理解以此比彼的用意。在劉勰舉的其他例子裡，他不斷強調比的像似性思維與修辭〔註31〕；以爲漢人辭賦過於重視比而忘興，並發出批判：「若斯之類，辭賦所先，日用乎比，月忘乎興，習小而棄大，所以文謝于周人也。」〔註32〕

〔註29〕《文心雕龍·才略》，出處同注26，頁568。

〔註30〕「取像于夬」和「書契決斷以象夬」的差異：前者在於立像，後者側重於互象性。

〔註31〕《文心雕龍·比興》：「宋玉〈高唐〉云：『纖條悲鳴，聲似竽籟』，此比聲之類也；枚乘〈菟園〉云：『焱焱紛紛，若塵埃之間白雲』，此則比貌之類也；賈生〈鵬賦〉云：『禍之與福，何異糾纆』，此以物比理者也；王褒〈洞簫〉云：『優柔溫潤，如慈父之畜子也』，此以聲比心者也；馬融〈長笛〉云：『繁縟絡繹，范蔡之說也』，此以響比辯者也；張衡〈南都〉云：『起鄭舞，繭曳緒』，此以容比物者也。」周振甫：《文心雕龍譯注》（臺北市：五南圖書出版，1997年），頁442-443。

〔註32〕出處同上注。

　　劉勰的批評雖是針對辭賦而發，但也讓我們看到存在於漢代文學中的一個現象，即興被「比化」，自由起興的讀解被限定意義範圍且興喻化。如果我們同意劉勰對比興所附加的修辭心理的形容——比是「畜憤以斥言」，興是委婉而成章；那麼，漢代的比盛而興衰的思維，是否也正反應出一時代知識份子的集體意識與心理狀態？詩人起興吟詠，聆聽者隨情境轉化而興解，這都需要一種相對自由的閱讀與修辭心理；比較之下顯得急躁激進、不待興轉而直比其義的閱讀與修辭心理，就顯得像是在強烈抒情述義，在這直抒情志的行為之中，主體的主觀本位是較前者來得有意識、有自覺的。藉由〈比興〉的論點，我們可以確認，直至漢終為止，比興都像是某種譬喻的運作；但此二者在譬喻的屬類之下，其性質有所差異。興是以小取大，它保有一組可以不斷跨類興轉的意象結構群，因此，就譬喻運作來看，興是某種「喻之本」——由本出發，可以隨情境發用、不斷接受意指而得出新意。比則相對的像是「喻之末」，它的本體意識是確切的、邏輯的事理，發之為用時，它的本體意識就成為意指內容，不斷向外搜尋能指；換言之，它的意義是限定的。故而，可以這麼說，從符號學的方法來觀察，興是符號-意象的跨類運動，它的所指隨情境而更換；即興的符號-意象能視其結構情況，最大限度的接受各種意指作用；而比則是由限定情境、限定所指出發，視其意指作用的形式與內容，在可能的範圍內找尋符號-意象。比與興的符號關係運動的動向幾乎是恰恰相反的，而這差不多就是東漢詩經學暨楚辭學對於興的理解，與先秦對於興的理解的差異之處；當前者把所有的經典都當成「作品」看待，並亟欲使作品與作者產生絕對關連時，興的自由度就削弱了，比化的思維也就隨之更為頻繁。在這種比興解碼的閱讀與批評態度裡，我們可以分辨出一種「比化之興」的類型。

三、毛詩鄭箋的例子

　　以毛詩、鄭箋的編輯來看，每一首詩都組織了〈詩小序〉、詩本文、毛詩故訓傳和鄭箋四個部分；就各自的語言表達形式和效用來看，此四者應有所不同。以下依二點逐步討論，詩歌本文與箋注的互象或互喻關係：一、先就詩歌本文的分析，描述其意象結構體的樣態；二、就〈詩小序〉、毛傳與鄭箋，分析其與詩歌的意象結構體之互象或互喻關係。《詩‧國風‧召南‧摽有梅》：

　　　摽有梅，其實七兮。求我庶士，迨其吉兮。

　　摽有梅，其實三兮。求我庶士，迨其今兮。

　　摽有梅，頃筐塈之。求我庶士，迨其謂之。

〈摽有梅〉三章四句，詩歌裡出現的二個主體，一個是「梅」，一個是「我」；梅樹的果實愈來愈熟，求「庶士」的女子對婚聘禮節的要求愈來愈寬鬆。「摽有梅」，「摽」是動詞，也能做形容詞，它包含形狀動作的掉落之意象，指示那裡存在有梅子；至於是什麼狀態的梅子，就由「摽」來補充說明：存在有掉落的梅子。在「摽有梅」的符號-意象刺激與讀者接受反應之間，有什麼正在發生？人們掌握一個意象時，一些外於「摽有梅」之語義的體會，能悄悄的參與意義理解。掉落在地上的梅子，此一看似靜止的意象，能藉由人們對它的感知作用，擴大為含有過去之運動形態的意象。梅實本來該在樹上，現在它們散落於地，即使詩句沒交代，人們也能從經驗得出判斷：通過生活情境的參與意指，摽有梅的意象成了包含有時間因素的意象-情境；在其已掉落的靜態之中，含有過去的動態痕跡。「其實七兮」，「其」是指示代詞，意指梅樹；「實」是梅實；此二者結合為一個意象，即梅樹。樹上的梅實尚有七成。將「摽有梅」與「其實七兮」二個意象組合起來，這個意象群就有了空間與行動的趣味：先看看掉落一地的熟梅子，再抬頭望望梅樹，見果實還存有七成未落。這一組意象群有個基礎結構：看到衰落的 A，再看到仍當盛之時的 B，且 A 與 B 有某種連帶關係（地上的梅實-梅樹與梅實），由此 A 與 B 呈現一種反差性。

　　「求我庶士，迨其吉兮」，「迨」是及、等到，「吉」是吉時，「迨其吉兮」的意象元件即使組織起來，也仍然帶有抽象性，難以形成具體意象，它必須和再次和前句組合。然而，我們注意到，這類記述性、述理性較強的句子，它的具體意象性相對薄弱。如果說，「迨其吉兮」難以形成鮮明意象；那麼「求我庶士」在構成完整意象上也有一點困難。詩句正在直述事理（欲與我談論婚嫁的人，選擇吉時吉日時前來），形成一幅以「我」為本位的、隨著句子前進的意象；這組偏向抽象的意象群組，它將以其結構性對其他意象較具體的句子形成語境內的意指作用。

　　當詩句中出現指稱代詞「我」，其效力不應與其他指稱代詞相同並論。「我」是一個既普遍又訴諸個體內部理解的概念，事實上，這個字沒有太具體的語義、其內容也模糊含混。當讀者看到「求我庶士」的「我」字，他雖然知道這是詩中敘述角色的自稱，但由於上述的特徵，「我」會形成一種看似空泛、

卻又與讀者個殊生命有點相關的想像主體。這個想像主體，一般人都能很理性的把它當成詩歌中的角色；但是語言的「魔力」就在於，只要人們一開始使用它，關於自身存在的種種就不再能和符號、結構與意義劃分關係，特別是在「我」這個字上——面對這個內容模糊含混的字，究竟要如何理解它？按照符號關係的法則來看，人們只能在記號「我」的語義概念上取得「自稱詞」這個直接意指；而概念之下的內容就由二種途徑來填充：一是個體的情境，二是想像那位以我自稱的女子的情境；而後者的想像又需要以前者的體驗與經驗爲基礎。簡言之，指稱代詞「我」是一種特別容易招徠讀者將自身主體及其相關想像置入其中的空形式；因而「我」的意象就呈現出雙重性：既是詩中自述者的主體代稱，又像是讀者主體的某種映像。〔註 33〕「求我庶士，迨其吉兮」，它的意象性建基在主體以其思維及心理活動，對他者主體的自稱、自述做出想像；同時，這個句子偏於抽象的意象群組，也有一個簡單的結構：D 欲求 C 者需即時。

至此便可以將「摽有梅，其實七兮」、「求我庶士，迨其吉兮」等句的意象群組合起來觀察。在傳統的認知上，這二組句子是起興與承興的關係，其組合模式和〈關雎〉、〈桃夭〉的起章四句相同；即前二句是具體的意象，而後二句則爲偏抽象的意象——前者的具體意象成爲具結構性的「喻體」，使得後者意象相對抽象、但有結構相似性的「喻依」，能在前者的具體性之基礎上，進一步發展出理趣。雖然我們在此可觀察出類似於喻體與喻依的存在項，此組句子可歸屬於譬喻的次類型，但這並不表示還能進一步依照一般譬喻修辭的原則，將起興與承興的關係句當成隱喻處理。在隱喻的關係句中，喻體與喻依以其語義或意象表現出可聯想的隱微關係，然而在這關係中它的意義範疇還接受了其它的規則限定。這個限定性來自於作者的強制意指作用，其功能是使言語跳離常見的修辭習慣，使喻體與喻依必然有一種以上的限定性意義之連結，目的在於產生新鮮的修辭趣味，或者，使幽微難言之喻旨能依此曲折的途徑被表達出來。就作者或修辭者的意圖而言，隱喻是一種使認知、有其認識論層面之任務的修辭格。例如，〈反離騷〉「閨中容競淖約兮，相態以麗佳」這是屬於隱喻的一種，詩句未交代「閨中」是哪裡，相與競容者是誰；但從語境、從〈反離騷〉所涉及的屈原主題等，人們可以判斷出「喻旨」，

〔註33〕這種現象在屈騷中特別明顯，《離騷》是最早運用大量自稱詞「我」而寫就的自述性作品之一。

並理解閫中是隱喻宮廷，相與競容者是隱喻政見相左的朝臣。在劉勰的解釋中，這類現代定義爲隱喻的譬喻，大致屬於比的範圍，即以某種切類指事的像似性，使 A 與 B 能互喻、互相說明。然而，在興的關係句中，喻體與喻依既不以某種作者之強制意指作用而存在，也不準備擔負起某種限定性的認知任務。我們若再次回到興的本質——興發、起興的自由性、即興創造性、最大值連類之可能性——就能遠離比或隱喻的相對「不自由」與意義限制性。興，嚴格來說，它大於修辭格的概念，它是某種一經表現就必然包含體與用的特殊語言表達式；體是指興之體，用是指興之用，而後者若只從語言形式去研究，它與比或隱喻的界線並不特別分明。讀者若不回到興發之體，回到詩句所描述的起興之情景（想像的現場），以情志玩味那起興的場景，並隨著詩人的思路鑑賞興的關係句；那麼興與比，興與隱喻混淆的可能性是很大的。這也說明了古典文學中的興之讀解，其本質都應是某種情志批評、回到「現場」與詩人同感同在的批評，而不是任何全然的語言分析、形式分析或意識分析。

因此，在「摽有梅，其實七兮。求我庶士，迨其吉兮。」中，其前後句的意象結構之關係有幾點可說：一，「摽有梅，其實七兮」的意象與「求我庶士，迨其吉兮」的意象存在有互象關係，而非互比關係。二，就意象內部的結構來看，前句與後句的意象結構有其相關性。這兩組句子之間存在有「引發」的關係。前者導致後者的產生，但後者不等於前者；雖二者不相等，卻有可連貫的情境因素：前者的意象結構所喚起的情境認知，成爲產生後者之基礎；因此，在情境這個條件因上，這兩組句子關連了起來。這種關係並不特別傾向因果律，卻表現出一種「即興的選擇」：前句的意象結構不帶有判斷性，它只是展現一幅情景；而後句對前句的結構作局部擷取，且賦予一肯定的意義。接下來的二章八句，也是類似的情況。「摽有梅，其實三兮」與「求我庶士，迨其今兮」、「摽有梅，頃筐墍之」與「求我庶士，迨其謂之」，都各自形成互象關係。當我們整合全詩的意象群準備作綜合讀解時，會發現即使在詩歌內部，其創作規律已然揭示興的讀解方式：意象結構群所能給出的意義，一則來自其意象本身（言內意），二則來自意象群的結構對外開放時所能招徠的附加意義（言外意）；摽有梅其實七兮、其實三兮或頃筐墍之，這是起興的情景；求我庶士迨其吉兮、迨其今兮或迨其謂之，這是就起興的情景所承轉出的意義。若就全首詩的意象結構群來看，藉由梅實的盛與落，以興女

子求婚配的禮節尺度之可調整性，這是詩歌整體的初級意象，是言內意；而此意象群的結構能再次對外開放、「轉型」成晉級意象，此即爲言外意的生成。

　　就可見的文字表述形式觀察〈詩小序〉、毛傳與鄭箋時，首先看到的是成其解釋、批評的詩歌本文單位並不相同。〈詩小序〉置於全詩之首，它處理的詩歌本文單位是一整首詩。〈摽有梅〉小序：「摽有梅，男女即時也。召南之國，披文王之化，男女得以即時也。」依照前述對於詩歌本文的意象結構群分析，「摽有梅，男女即時也」是詩歌的整體初級意象；而「召南之國，披文王之化」是晉級意象。初級意象與晉級意象並不相同，但前者引發後者，且前者與後者都含具有相類的情境因素。這個情境最初由體會〈摽有梅〉的意象而得，即情景生動的男女即時與彈性的禮法；體會與融入此種意象情境，藉由興的法則，可以得出任何符合此意象情境之範疇的解釋，而〈詩小序〉在此只展現眾多解釋中的一種，且是符合儒系詩學理念的解釋。我們建議，將〈詩小序〉對詩歌的讀解還原至這種意象興轉的過程，並以此意象興轉的運作方式理解它；而不是從〈詩小序〉所寫定的文字及其語義出發，後設地質疑它是否歪曲了詩歌的自然情感與素樸本質。

　　不同於〈詩小序〉，毛傳與鄭箋的文字表達式是逐章逐句的作解釋，它們面向的詩歌本文單位基本上是字詞與句子。〔註34〕雖說如此，毛傳與鄭箋的實際內容有超出於訓詁者，進而對詩旨有所闡發。車行健以〈關雎〉首句的注解爲例，指出「這種解釋既不依附於某一特定的詞語，也非專對某句某章加以解釋串解，從性質上來看，似頗近於『序體』。」〔註35〕這說明毛鄭的詩經闡釋，既有訓詁的成分，亦有類同於〈詩小序〉的功能。在這種闡釋方式下，我們要關注的是：原始詩歌中的起興、以及先秦「詩可以興」的詩用觀，在毛鄭的注解下如何發生「比化之興」的性質轉移。鄭玄在《六藝論》中自言解詩宗毛，見毛傳之不足者，則以箋注的形式補充之。以〈摽有梅〉來看，鄭箋的確是屬於補充的性質，但其中仍有同有異。相同處是，毛傳、鄭箋皆從〈詩小序〉，將〈摽有梅〉的詩旨闡發爲與「文王之化」相關；在這裡，能

〔註34〕漢代詩經學之解釋的意義單位，參見車行健：《鄭玄經學思想及其解經方法》（臺北市：里仁書局，2002年），頁2-6。相關資料亦見呂思勉《章句論》、《讀史札記‧傳說記條》、陸宗達《訓詁學簡論》、馬瑞辰《毛詩傳箋通釋‧毛詩訓詁名義考》。

〔註35〕車行健：《鄭玄經學思想及其解經方法》（臺北市：里仁書局，2002年），頁6。又見其書之注12，對徐復觀《中國經學史的基礎》的引述與質疑。

彰顯文王德政的便是婚聘禮制的因時制宜。相異處見於首句之下，毛傳標「興」，鄭箋則逕以興爲「喻」。

> 摽有梅，其實七兮。【毛傳】興也。摽，落也。盛極則隋落者，梅也；
> 尚在樹者七。【鄭箋】興者，梅實尚餘七未落，喻始衰也。謂女二十
> 春盛而不嫁，至夏則衰。

毛傳全書標興，大抵皆言「興也」；鄭箋則不斷出現「興者……喻……」的表達式。雖然這是狀似微小的問題，我們還是得問：「興也」和「興者……喻……」有什麼不同？毛傳以「摽有梅，其實七兮」爲「興也」，意即此句爲興，至於所興者爲何，要直到末句以蕃育之法解釋「迨其謂之」的合理性時，才使得摽有梅之興產生了言外之意（文王之化）的作用。鄭箋言「興者」可以有二個意思，一是「毛傳說『興也』的意思是……」，二是「『摽有梅，其實七兮』可以爲興的意思是……」；前者是針對毛傳的注解而發，後者是針對詩歌的文字而發。就第一個意思來說，鄭箋的「興者」所意指的對象是毛傳，以及毛傳所師承的解釋體系；這是一種預設有作者意識的闡釋，鄭箋的「興者」是在解釋以毛傳爲代表的說法。就第二個意思來說，鄭箋是以詩語言作爲可興者。無論是哪一個意思，我們都可以發現，毛、鄭在講興的時候，他們的對象不太一樣；與鄭箋相較起來，毛傳的「興也」像是在指陳「摽有梅，其實七兮」的功能。這個功能不存在於詩語言中，而必須藉由閱讀，使讀者重現詩句的場景之後，才能體悟到此情此景蘊含有興意。

　　使毛傳與鄭箋之解興產生更大差異性的字眼是後者經常使用的「喻」字。〔註36〕鄭箋解興大致依循「興者……喻……」或「興者，喻……」的表達式，這裡的「喻」字是名符其實的喻詞，它使得能興者的自由性遽減，而被限定於某一所興之物；事實上，這已非原初的興了，也非毛傳所指的興，它是興的變形。「興者，梅實尚餘七未落，喻始衰也。」這個句子首先使所興者定形於「梅實尚餘七未落」的意象，並以此意象作爲能指；繼而以「始衰」作爲所指，由此構成興者與所興者的符號關係。這就是所謂的「興喻」，它與毛傳表現興的方式不同；依顏崑陽先生的論點，造成這種差異的主因是

〔註36〕《說文解字》：「諭，告也。」段注：「凡曉諭人者，皆舉其所易明也。周禮掌交往曰：諭，告曉也，曉之曰諭。」另外，毛傳偶爾也用「喻」字，〈采苓〉即是一例；它摻雜地使用其他的喻詞，但使用的方式與鄭箋不同。參見顏崑陽，〈從「言位意差」論先秦至六朝「興」義的演變〉，收於《清華學報》新二十八卷第二期（1998 年 6 月），頁 156。

鄭箋的闡釋立場持有作者意識﹝註37﹞。我們可以看到，當讀解者抱持一作者
意識解興，他就很有機會「誤讀」；原因是他替興象預設了一個喻旨，從而
以喻旨解釋興象，這種解興方法的運作恰恰與原初之興的創發性、自由性背
道而馳。

又例如《詩·小雅·鴻鴈》﹝註38﹞起句「鴻鴈于飛，肅肅其羽」，毛傳曰：
「興也。大曰鴻，小曰鴈；肅肅，羽聲也。」鄭箋云：「鴻鴈知辟陰陽寒暑。
興者，喻民知去無道，就有道。」這裡也是同樣的情況。鄭箋以〈詩小序〉
與毛傳的注解成果作為喻旨，「倒反」地解釋鴻鴈之興；這使得他的興解形同
「興喻」。細讀毛傳的注解，可以得知它以鴻鴈振翅紛紛起飛的意象做為興
象；而此意象所含具的結構能使讀者有所感、進而運作連類思維，深刻地體
會所興者之意。毛傳與〈詩小序〉解詩的立意大抵一致，它們是由詩歌意象
興發而有所感悟，得到某種詩歌的意義；又，基於儒系詩學的立場，它們使
詩歌的意象連類之運作傾向於政教之用。然而眾所周知，毛傳解詩之比興，
其與諷諫、寄託之旨脫不開干係。這裡便又出現需要細究的問題。興是一種
重構「現場」、感發其意象，並使之連類為用的「即閱讀即創作」的特殊思維；
當興要發而為用時，要用之於政教、用之於人生哲理、或用之於審美、感性，
此間並無硬性規定。因此，將興發用之於政教，本是合情合理。然而，當一
整個學派都將興象往政教情境連類時，這種接受社會影響的聯想習慣，使得
興象之結構與情境再次形成概念意指層面的限定性。這種限定性能產生二種
影響；其一，當此種將興象往政教情境連類運作成為主流，就有可能抑制了
其他情境連類運作的自由性；其二，一旦前述的情形成為文壇的主要現象，
則詩歌的語言符號就又像似成了某種興喻的能指；原因是〈詩小序〉、毛傳與
諷諫、寄託之旨離不開干係。在這種情形下，此二者竟也像似持有某種「作
者意識」。此「作者」不是任何實存的作者，它乃係屬於儒學的政教理想，是
為隱藏在箋釋行為中的虛擬作者。

總結地說，從詩歌本文的意象結構群分析可以得知，一組興的關係句，
是以起興之句的意象作為基礎，進行連類運作，在合理的範圍內銜接另一組

﹝註37﹞同上注。
﹝註38﹞《詩·鴻鴈》小序：「鴻鴈，美宣王也。萬民離散，不安其居，而能勞來還定
　　　　安集之，至于矜寡，無不得其所焉。」見於〔漢〕鄭玄：《詩譜》，見〔漢〕
　　　　毛傳、鄭箋，〔唐〕孔穎達疏：《毛詩注疏》（臺北：藝文印書館，十三經注
　　　　疏，嘉慶二十年重刊本），頁373。

類似的意象，據以形成起興與承興的關係。詩歌的句子與句子之間，可以有興的關係；而整首詩歌也能形成一組意象結構群，以興其他具有類似意象結構的事物。在這種興的運作中，強調的是對於興象有所感、並自由興發連類；興是一種活潑的、訴諸體驗的、緣事而發的創造性思維。在孔子言「詩可以興」，乃至春秋戰國盛行於諸侯交際間的賦詩陳志，都可歸屬於這類創造性的興之發用。毛傳與鄭箋的詩經闡釋，目的都在於解釋詩人的寄託與諷諫之旨；但毛、鄭解興所表現出來的性質有其差異之處。此間的差異點首先出現於毛傳與鄭箋對於興象的處理態度不同；前者仍保留了由起興句的意象出發，連類運作承興之意象的程序；後者則似已一明確之喻旨，意指於起興句的意象。從符號-意象的關係圖式來看，此舉著實造成興運作的逆反，使得自由興發變形爲限定性的興喻。再者，毛傳雖在解興的程序上沒有離原始的興之運作太遠，但是在由興象向外連類運作的過程中，以其儒學的政教立場形成一種限定性。它不如鄭箋一般逆轉了興的運作，卻使得詩歌的興之連類運作鎖定在政教的意義領域內；此舉就毛傳的立場而言，它是有意識的藉由興的功能，使詩歌的語言符號成爲一種言外之寄託的「居所」；若就毛傳解興的影響而言，它不啻是製造了興喻之誤讀的開端。從毛鄭這二種興義的變形所能觀察出最明顯的起因，便是漢儒對於彰顯詩歌之諷諫功能的急迫性；同樣的訴求、類似的闡釋比興的方式，我們能在王逸的《楚辭章句》中再次遇見。

四、《楚辭章句》的例子

在本節的討論中，有二個主要任務：第一，分辨王逸如何理解興或興喻；第二，由於屈騷是確有作者其人的作品，這意味著「作者本意」有很大的機會能干預比興闡釋的運作；藉由符號-意象的關係理解可以進一步分析這種摻有「作者本意」的詩文闡釋。

在觀察王逸對於興的理解方式時，出現於〈九章・涉江〉中「山峻高以蔽日兮，下幽晦以多雨。霰雪紛其無垠兮，雲霏霏而承宇。」之後的注解，令人注意：

> 室屋沈沒，與天連也。或曰：日以喻君，山以喻臣，霰雪以興殘賊，
> 雲以象佞人。山峻高以蔽日者，謂臣蔽君明也。下幽晦以多雨者，
> 羣下專擅施恩惠也。霰雪紛其無垠者，殘賊之政害仁賢也。雲霏霏

　　而承宇者，佞人並進滿朝廷也。〔註39〕

上列〈涉江〉的原句，是標準的興；四個句子的意象群組成一幅天候變異、居宅難安的情景，它的原初結構是：A 可遮蔽 B，造成 C 之晦暗。D 可使無限覆蓋，使 E 圍簇著 F；其中，A 與 C 有因果關係，D 與 E 有同質性。這個結構與意象結構群之整體能引發讀者的感受與經驗，並向外連類運作，招徠讀者所認知的各類具相似性之意象-情境；當另一個相似的意象情境被確認，且用以與該句的初級意象群作串連、聯想時，初級意象就得以晉級，成為含具有跨類之意象、意義的晉級意象群。這是興象的自由連類之運作，「山峻高以蔽日兮」等四句，它既屬於興，它就有向言外興發、招徠各種具相似性（或相容性）之解釋的能力，舉凡世事無常、生存的不安、路途不順遂等等，都可以是這組句子所能招徠的情境。王逸的注解並沒有試圖強調這種興發的自由性，他專注於使詩文中的意象與喻旨的關係穩固。此喻旨來自他對屈原本意、作者之寄託的想像，它本來也屬於興發連類的可能性之一，卻因為被冠上作者本意的名義，繼而對詩歌的意象產生限定性。在這裡，作者本意如何表現、展現其對詩文闡釋的意指作用？王逸的注解中有一些關鍵詞彙：君、臣、仁賢被害、佞臣專擅等，這些關鍵詞足以與屈原故事及其坎坷的政治際遇互為象徵；所以，就王逸對這組句子的注解而言，作者本意是藉由作者生平（此為漢人形塑的屈原敘事）對詩文的意象產生意指作用。

　　王逸在此處「喻」、「興」、「象」連用的方式也值得注意。根據先前的討論，「喻」屬於比的概念，「興」是保有創造機動性的興發連類之概念；而「象」在一般的用法是取其貌似、像似性，性質接近於比，但在易象、興象這類兼含有肖似義與結構義，並以其象連類運作出新意的情況來說，其「象」應與一般概念有所區別。王逸言「日以喻君，山以喻臣，霰雪以興殘賊，雲以象佞人。」針對此句可以作出二種推測：要不是這裡的「喻」、「興」、「象」可能有所區別；那就是這裡的「喻」、「興」、「象」沒有太大的區別。在〈涉江〉的原句中，日、山、霰雪、雲都是組構句子之情景的意象件；基本上，它們的意象性質和功能沒有任何不同，不會產生可喻、可興、可象的差異。而這些意象所融入、組合其他意象而得的句子之整體意象，它的性質是興象，是可興者；因此這在裡，起碼比或喻的概念就不適用。

〔註39〕〔漢〕王逸著、〔宋〕洪興祖注：《楚辭補注》（臺北：漢京文化事業有限公司，1983 年），頁 130-131。

　　回到王逸的注解上，首先觀察到的是，他將日、山、霰雪、雲的意象先單獨摘出作解釋的行爲。這表現出他可能已經有一套既定的解碼規則；這些符號不是作爲「新鮮事」對他產生刺激，而是已在某種符碼規則中對他顯示昭然若揭的意義。這點在《楚辭章句》中經常可見，例如：〈離騷〉「荃不察余之中情兮」一句，王注：「荃，香草，以諭君也。」〔註40〕又，「鷙皇爲余先戒兮」一句，王注：「鷙，俊鳥也。皇，雌鳳也。以喻仁智之士。」〔註41〕〈九歌・山鬼〉「雷塡塡兮雨冥冥，猨啾啾兮又夜鳴；風颯颯兮木蕭蕭」三句，王注：「或曰：雷爲諸侯，以興於君。雲雨冥昧，以興佞臣。猨猴善鳴，以興讒言。風以喻政，木以喻民。」〔註42〕問題不在於王逸有無使用「A 以喻 B」這類的語言表達式，而是他的表達方式，或者說表達策略，突顯了意象間互爲喻指的肯定思維（相對的就產生了否定性：他間接排除了指定意象之外的可能性）；這點與鄭箋使用「喻」的情況不太一樣。

　　例如《詩・小雅・沔水》首句「沔彼流水，朝宗于海」，毛傳云：「興也，沔，水流滿也；水猶有所朝宗。」鄭箋云：「興者，水流而入海，小就大也；喻諸侯朝天子亦猶是也。」〔註43〕依照符號與意義的關係來看，鄭箋是將毛傳的「興也」整個「打包」，轉用爲「興者，喻……」的模式。在這種轉用行爲中，興義就發生了變化：起興轉爲興喻。然而，鄭箋的興喻，就其語言表達式來看，他傾向於使整個興象以喻某種由複合意象構成的情景；而比較少表現出使單個意象喻指另一單個意象，再將這些喻指整合起來成爲原詩句所喻之整體事物。而王逸注解楚辭的方式，恰恰方反；他不時地先將個別意象確定其所喻指，再將這些所喻指的意象組合成完整的事物。鄭箋與王逸章句的此種差異，顯示出後者對於楚辭中帶有比興性質的符號，已然「胸有成竹」——只要看到某類符號，就立即知曉它的言外之意是什麼；因此，在含有這類比興符號的句子下，他就不再展示詩文情景的描述，而直接告訴讀者「A 以喻 B」。我們不去猜測王逸在反覆讀屈騷時，有沒有先產生興的閱讀——即感於詩文的興象，發用爲與個人之存在情境相關的理解——但就其章句本文來

〔註40〕〔漢〕王逸著、〔宋〕洪興祖注：《楚辭補注》（臺北：漢京文化事業有限公司，1983 年），頁 9。

〔註41〕同上注，頁 28。

〔註42〕同注 45，頁 81。

〔註43〕〔漢〕毛傳、鄭箋、〔唐〕孔穎達疏：《毛詩注疏》（臺北：藝文印書館，十三經注疏，嘉慶二十年重刊本），頁 375。

看，那些出現「以興」的地方，與孔子在談的「詩可以興」，其性質、其方式都有一段差距。這使得我們得以判斷，王逸在使用「喻」、「興」、「象」時，沒有試圖分別其差異；換言之，《楚辭章句》的「興」也是興喻的一種。雖同屬於將「興」理解為興喻，但王、鄭應有所區別。

在這個理解的基礎上，就能繼續追問，存在於王逸的注解行為中、那儼然可見的比興符碼規則是什麼？質問其編碼規則，意即想瞭解王逸是依循什麼準則在執行他的章句讀解。從羅蘭·巴特提議的符號學立場來看，所有超出純語言學層次，且能支配符號、影響其意義的顯性或隱性規則，都與歷史、社會、文化傳統相關〔註44〕；而這規則本身就是某種限制性、某種意指作用，它能使同一符號在不同時代、不同集團、不同意識型態的理解中，產生具差異性的意義。然而我們在情志批評的議題下，檢視王逸的編碼規則時，必須使其主體擔任重要的「仲介」——雖然我們並不準備討論王逸的個人體會在這比興符碼規則中，到底投注了多少影響，且基於資料的侷限，亦只能從外部條件間接指出他所面對的存在情境；但是，仍然有必要將王逸那「不可測」的主體的因素，置於讀者心理活動、閱讀情境之形成、體驗與經驗的召回等要項之下，並認同王逸是以其情志活動對楚辭作出綜合理解，繼而產生那套與東漢的社會整體情境不可分割之解碼規則。我們必須再次強調主觀主體在古典文學批評中的重要性；直接將一時代的社會與文化之可認識、可歸納的意識型態，作為某一批評主體的「形式」，並據以解釋其批評行為與文字成品的分析方式，可能與古典文學的思維捍格。理由是很明顯的，古典思維的性質是實用的、實踐的、與個體所能體驗、經驗的存在情境不可截然劃分的；任何脫離古代情境的分析，都有過度介入、干預文獻的危險。

討論《楚辭章句》的比興符碼規則時，所面對的不是意識型態，而是情境型態。在各種情境型態之下，存在有個殊的體驗與經驗；反過來說，個殊的情境又與具普遍性之情境型態互感互應；此即漢代情志批評裡經常可見的普遍與個殊之相互關係。假設漢代文學界有一個共同的政教情境，面向一組知識份子共同關注的政教議題；且此政教情境使主流的文學活動多少都帶有諷諫、使上下情志互通的訴求（或者具對抗性的「反訴求」）；那麼，依照情境之間能互感互應的原則，在此總體情境籠罩之下的各類次級情境，理應無

〔註44〕參見羅蘭·巴特（Roland Barthes）著，許薔薔、許綺玲譯：《神話學》（臺北市：桂冠出版社，1997年）。

法脫離這個關係網。在這個情境關係的網絡中，要看到的不只是約束性、控制性；知識份子對於存在情境的敏感度、改革與教育的使命感，更應該被考量進來。以上述為前提，我們就能從〈楚辭章句序〉與〈楚辭章句敘〉的二段文字中，分析其比興符碼規則與情境因素的互涉關係。

〈楚辭章句序〉：

> 〈離騷〉之文，依《詩》取興，引類譬諭，故善鳥香草，以配忠貞；
> 惡禽臭物，以比讒佞；靈脩美人，以媲於君；宓妃佚女，以譬賢臣；
> 虯龍鸞鳳，以託君子；飄風雲霓，以為小人。〔註45〕

這段文字的推論方式是，以《詩經》的比興符碼系統作為大前提，《離騷》的「依《詩》取興」作為小前提；故得出結論：「善鳥香草，以配忠貞……飄風雲霓，以為小人」。當然，就客觀的興義詮釋史來看，這個推論是有疑義的。毛、鄭對於《詩經》的興義解釋，存在有「言意位差」，而王逸的章句對於興義的理解，又與前二者不同；因此所謂「依《詩》取興」，其「取興」的方式是為王逸所理解的方式，而可能與《離騷》的原始語境有所出入。從《楚辭章句》的語境來看，此句「依《詩》取興，引類譬諭」有三個層次的意思：一指《詩經》的總體教義，成為可興者，發而用為《離騷》；二指《詩經》裡的類型性意象成為可興者，且與《離騷》裡的類型性意象有互象關係；三指《詩經》的比興運作方式成為某種範本，而為離騷所效仿。這三個層次綜合而成「依《詩》取興」的原意。第一項層次是就儒系詩學的政教立場而言的，此為東漢儒士所置身的共同情境；第二、三項是就王逸所理解的詩騷比興互相為用的觀念而言，此中有東漢詩經學與楚辭學的共同情境，也有屬於王逸個人的閱讀與批評之情境。若從符號-意象的關係圖式思考引文的前三句，它的意思也可能是這樣：〈離騷〉內部符號-意象群作為興象，它們皆可以興《詩經》之文；換言之，《詩經》的總體意象群與意義（詩教義），即為〈離騷〉的言外之意；在〈離騷〉取興於《詩經》的同時，它「引類譬諭」進而擴充了後者的比興符號系統。這仍然是「興喻」的思維，而不是自由興發的思維；某種被指定的詩教義成了〈離騷〉比興符號的「終極意指」，而使得「善鳥香草，以配忠貞」等等，其修辭性的意義大於其他。

所以，我們又看到與鄭箋秉持某種理想人之作者本意、而形成「興者，

〔註45〕〔漢〕王逸著、〔宋〕洪興祖注：《楚辭補注》（臺北：漢京文化事業有限公司，1983年），頁2。

喻……」之表達式的類似思維；王逸也不時表現以某種特定喻指解釋作品中紛繁符號的態度。這些被王逸標舉出來且交叉使用的特定意指之種類，除了這裡可見的詩教義之外，還包括「五經」與他所認同的範型性之「屈原本意」。楚辭章句敘〉：

> 夫《離騷》之文，依託五經以立義焉：「帝高陽之苗裔」，則「厥初生民，時惟姜嫄」也；「紉秋蘭以爲佩」，則「將翱將翔，佩玉瓊琚」也；「夕攬洲之宿莽」，則《易》「潛龍勿用」也；「駟玉虬而乘鷖」，則「時乘六龍以禦天」也；「就重華而陳詞」，則《尚書》咎繇之謀謨也；「登崑崙而涉流沙」，則《禹貢》之敷土也。故智彌盛者其言博，才益多者其識遠。屈原之詞，誠博遠矣。〔註46〕

「依託五經以立義」，古文中「義」與「宜」相通，意即合宜、合理，「立義」即「立理」；這句話等於是指出〈離騷〉之文的言外之理乃爲五經之寄託，這可以進一步將它理解爲：王逸以五經之義當作比興解碼的規則之一。然而，五經之義如何與〈離騷〉之文句產生可寄託之關係？且看王逸底下所列舉的例子。「帝高陽之苗裔」與《詩·大雅·生民》之「厥初生民，時惟姜嫄」互爲關連；意即二者皆述及先人，而有尊祖之意。「紉秋蘭以爲佩」，則與《詩·鄭風·有女同車》「將翱將翔，佩玉瓊琚」互爲關連。〈有女同車〉根據〈詩小序〉的解釋是諷刺之意，而「紉秋蘭以爲佩」與諷刺無干；因此，王逸是以詩歌中佩有玉飾之美人的意象，與「紉秋蘭以爲佩」之君子的意象互爲聯想。

王逸又言，「夕攬洲之宿莽」與《易》之「潛龍勿用」互爲關連；這兩個句子的意象關係較爲隱微，需要作點說明。〈離騷〉「朝搴阰之木蘭兮，夕攬洲之宿莽」，其語義爲早晨上山去採木蘭，傍晚下河洲去採宿莽。這二個句子的意象是一段鮮明的、帶有動作的情景，若將個別意象暫時抽離，而觀察其結構；則可得「A 時間到 B 地執行 C，D 時間到 E 地執行 F；且 A 與 D、B 與 E 有相對關係，C 與 F 則有同質性」的基本組織規則。個別意象本身不會使人感知到太複雜的情境，但是包含有結構的意象群，卻能引發一個以上的情境。這就是詩文中興象的特徵，它看起來不特別指向什麼，卻飽含向外連類的可能性，彷彿是內具生機的種子。王逸單就這組句子起碼有三個層次的

〔註46〕〔漢〕王逸著、〔宋〕洪興祖注：《楚辭補注》（臺北：漢京文化事業有限公司，1983 年），頁 49。

解釋〔註 47〕：一是就語義層的解釋；二是將陰陽之說引入，言「陞山」、「下洲」就是君子順應天度、地數變化之行事；又引入木蘭、宿莽不易枯萎的植物特性，以言君子之德性禁得起「時之不當」的考驗。三是綜合了作品內、外的資料後，便以「潛龍勿用」與「夕攬洲之宿莽」的情境互象；並增添更多的訊息：君子之道有行有藏，如龍一般能飛能潛；「夕攬洲之宿莽」就像是退而自修的階段。

　　「馴玉虬而乘鷖」與《易・乾卦・象傳》「時乘六龍以禦天」互爲關連；這是抽取此二句所共有的乘龍與升天之意象，而使得〈離騷〉原句被賦予「君子以成德爲行，日可見之行也」〔註 48〕的意義。又，「就重華而陳詞」與《尙書・皋陶謨》相關，則是取陳辭於舜的意象。最後，「登崑崙而涉流沙」與《尙書・禹貢》互爲聯想，這是使〈離騷〉中遠遊的意象，與大禹勘查、劃定國土的意象相關連。

　　在王逸列舉的這幾個例子中，除了「『夕攬洲之宿莽』，則《易》『潛龍勿用』也」之外，其他五例都屬於直接取意象之形貌肖似性，而使得不同作品的文句產生意義關連。由此，我們可以發現，即使《楚辭章句》在使用比、喻、興、象這類喻詞性質的字時，似乎沒有強烈的意識到區別的必要，從而使得標舉興的地方與比容易產生混淆；然而，王逸在使用他那套比興解碼規則時，仍然有某種比興的區別性可以歸納出來。這個區別性可由意象群的可連類之結構性與可連類之肖似性指認出來。「夕攬洲之宿莽」與「潛龍勿用」的互象關係，建立在彼此意象群的可連類之結構性上；而其他五例中的互象關係，則建立在彼此意象群的可連類之肖似性上。後者是比喻的思維，而前者則屬於興發聯想的類型之一。在《楚辭章句》中的確可以找到以比興解讀作品的思維軌跡——經學的義理、儒學的政教念不全然是以較生硬牽強的比

〔註47〕王逸曰：「朝搴阰之木蘭兮，搴，取也。阰，山名。夕攬洲之宿莽。攬，采也。水中可居者曰洲。草冬生不死者，楚人名曰宿莽。言己旦起陞山采木蘭，上事太陽，承天度也；夕入洲澤采取宿莽，下奉太陰，順地數也。動以神祇自侮也。木蘭去皮不死，宿莽遇冬不枯，以喻讒人雖欲困己，己受天性，終不可變易也。」〔漢〕王逸著、〔宋〕洪興祖注：《楚辭補注》（臺北：漢京文化事業有限公司，1983 年），頁 6。

〔註48〕《易・文言》：「大哉乾乎！剛健中正，純粹精也。六爻發揮，旁通情也。『時乘六龍』以『御天』也，『雲行雨施』天下平也。君子以成德爲行，日可見之行也。」〔魏〕王弼、韓康伯注，〔唐〕孔穎達正義：《周易正義》（臺北：藝文印書館，十三經注疏，嘉慶二十年重刊本）。

的方式，使五經的文句與楚辭作品產生關係；由詩文之興象發而連類，與經文之意象互感互象的思維亦是並存的。只是總體看來，比的情況多於興，王逸的楚辭讀解容易給人牽強附會的印象。

最後一個問題是，「作者本意」如何影響詩文的比興的讀解？作者屈原是以一種歷史的、文化的存在，參與王逸的屈騷闡釋；就客觀層面來說，王逸不可能真的知道屈原本意是什麼——作家在寫作的過程中，有太多私密的心理活動曾參與構章造句；且讀者在閱讀作品時，也有大量的私我之心理活動參與讀解過程，這使得文學詮釋不可能（也不必要）成為完全客觀的活動。因此，所謂「作者本意」，若不僅止於作品語言的語義，那就是還包括讀者以其自身之存在感會體悟彼作者之存在，並得出語言「背後」的訊息；而語義為相對客觀之「言內意」，讀者的體會為相對主觀之「言外意」。《楚辭章句》在處理言內意之上沒有太大的問題，它為後人所詬病的是在言外意的闡發上。就「知人論世」的閱讀方法而言，王逸從屈原的生平、際遇，以及其生活的地理、風俗去裡解這位作者；他所考證、引用的外部背景資料（楚地神話、祭祀習俗、方言、物產等等），直至今日仍被承認為是極具價值的。然而，就「以意逆志」的閱讀方法而言，王逸「體」作者本意以「用」之於屈騷的讀解，則表現了奇特的「走調」。

以〈湘君〉為例，起句「君不行兮夷猶」至「吹參差兮誰思」，王逸的注解尚稱合理地解釋為（屈原）祭祀湘君的情景。但下句「駕飛龍兮北征，遭吾道兮洞庭」起，注解的基調發生了變化。「駕飛龍兮北征」一句，王逸注曰：「屈原思神略畢，意念楚國，願駕飛龍北行，亟還歸故居也。」「遭吾道兮洞庭」則注曰：「言己欲乘龍而歸，不敢隨從大道，願轉江湖之側，委曲之徑，欲急至也。」〔註 49〕他的解釋明顯地失當，但問題是，我們要依從什麼方法客觀地批判此種失當性？

檢視的方法還是要回到〈湘君〉原文與王逸章句，此二者之意象與意象結構的比對。首先注意到的是，王逸的章句之注解方式可能產生的盲點；他經常以一個句子，或二至三個句子為單位，闡釋個中的語義與言外意。這意味著他可能切割了某些具有組織性的情景——這些情景原本應是以大於其闡釋單位之句子群-意象群所組成——這使得王逸總是致力於讓每個句子看起來

〔註 49〕〔漢〕王逸著，〔宋〕洪興祖注：《楚辭補注》（臺北：漢京文化事業有限公司，1983 年），頁 59-61。

都有寄託、都有比興之意可解。在朱熹《楚辭集注》中，「駕飛龍兮北征，邅吾道兮洞庭」是放在一個段落中被理解的〔註50〕；所以他能將一整段的意象群構築成完整的情景，並以此情景作為興發聯想、解釋言外之意的基礎。相形之下，王逸用以闡釋言外意的情景是片段而較貧弱的，如果他非要使一字一句皆有寄託可解，那麼有很多地方就會出現強加個人想像之處。此中，個人想像又不全然是天馬行空的胡想，關於屈原的外部資料、王逸所認同的「屈原本意」，就是在這裡參與了意象的連類運作。故，「駕飛龍兮北征」與屈原之神思回到楚國之意象互連；「邅吾道兮洞庭」則以取徑迂迴之意象，與屈原歸國時「想當然爾」之 既急切又低調的情景互連。就詩文意象應保有多種連類之可能性而言，王逸的方法沒有錯誤；造成他的解釋如此牽強附會的主因，在於他用以興發連類的初級意象結構群是不完整的。

　　同樣的情況，不斷出現在〈湘君〉的注解中。例如：「橫大江兮揚靈」一句，王逸曰：「屈原思念楚國，願乘輕舟，上望江之遠浦，下附郢之碕，以渫憂患，橫度大江，揚己精誠，冀能感悟懷王使還己也。」又，「女嬋媛兮為余太息」，曰：「女謂女嬃，屈原姊也。……言己遠揚精誠，雖欲自竭盡，終無從達，故女嬃牽引而責數之，為己太息悲毒，欲使屈原改性易行，隨風俗也。」「隱思君兮陫側」，則注曰：「君，謂懷王也。陫，陋也。言己雖見放棄，隱伏山野，猶從側陋之中，思念君也。」凡此種種，皆可看作為王逸用以作出闡釋的初級意象群單位不夠完整所致。

　　在這些有疑義的解釋中，屈原符號如何為王逸所用，又表現出何種闡釋效果？我們不能質疑王逸不懂屈原的生命情調和存在價值，乃係屬於《楚辭章句》的「言外之意」；但是就《楚辭章句》的語言表達方式來看，屈原本意往往是以「屈原故事」的型態與詩文之意象「互比」。「橫大江兮揚靈」的揚其精誠之意象，往屈原故事的方向作連類想像時，就晉級成屈原遠揚精誠，以祇感悟楚王的意象。同樣的運作邏輯，「女嬋媛」就成了屈原的姊姊，「隱思君兮陫側」之君，就必然是楚王；這些都是直接取意象的形貌肖似性，且

〔註50〕朱熹在此表現的的注解單位是「章」：「駕飛龍兮北征，邅吾道兮洞庭。薛荔柏兮蕙綢，蓀橈兮蘭旌。望涔陽兮極浦，橫大江兮揚靈。」〔宋〕朱熹，《楚辭集註》（臺北：藝文印書館，1983年），頁65。另，王夫之的注解單位也是「章」，但句數不同，他以「駕飛龍兮北征……揚靈兮未極，女嬋媛兮為余太息。橫流涕兮潺湲，隱思君兮陫側。」等句為一個注解單位。見〔明〕王夫之：《楚辭通釋》，收於船山全書編輯委員會編校，《船山全書》（長沙市：嶽麓書社，1988年），第十四冊，頁249。

在屈原故事的範圍內作有限制性的意象連類。這是比的思維，以〈湘君〉之文比屈原故事，這是《楚辭章句》中「作者本意」的原貌；此中含有王逸對於屈原的生命情調和存在價值的體會，但是他的闡釋策略呈現出的屈原本意卻是屈原故事——某種含混了歷史、文化、社會、甚至是政治建構的敘事，使得這裡的屈原故事成分複雜，且傾向僵固的範型性。

正因為如此，《楚辭章句》的闡釋效果很容易就以其固定的範型義而與各種意識型態合流；以致於在今日看來，就像是附和主流論述產品。當然，《楚辭章句》預設的讀者是漢代統治階層和一部份的知識份子；這一群人所共同關注的政教問題（忠臣之節、諷諫），不曾遠離王逸的闡釋之外。事實上，他所認同的屈原本意正是與當代的政教議題存在有互為連類的關係；這層聯想關係是這樣的：漢代政教議題與屈原符號（具集合意義之總名）具有可互為連類想像的關係，而屈原符號與屈騷作品亦具有可互為連類想像的關係；故，漢代政教議題與屈騷作品可互為連類想像。這也是詩言志關乎政教的雙向性意義：不只是詩人創作時必懷抱政教之志，讀者在解釋時，也可能以其政教之志靈活運用詩文與他所面對的當代議題互為解釋。這時我們就不能拿「純文學」的眼光來檢視這些人的閱讀與批評，他們的文學批評乃屬於詩用的時代與世界。

第五章　漢代「擬騷」與「士不遇」書寫之於情志批評研究的意義

一、作品間的情志通感與互象關係

　　王逸於《楚辭章句・九辯章句》云：「至於漢興，劉向、王褒之徒，咸悲其文，依而作詞，故號爲楚詞。」〔註1〕故楚辭的體類意識，在王逸的觀念中是存在的。從《楚辭章句》收錄的篇章來看，就源流而言，楚辭體的發生時間始自屈原，而有宋玉以至王逸等人的仿傚；其一脈相承的中心意旨則爲悲憫國政與哀憐士不遇，由此衍生出相關的價值觀：積極的忠義不二、諷諫精神與消極的遣憂遁世；而王逸更進一步將楚辭體的價值根源歸於五經（特別是《詩經》）。就體製來說，楚辭體是辭賦的形式，它排比鋪陳，辭藻宏衍鉅麗；且都保留了古時南方文學慣用的「兮」字。在源流、文體之外，王逸選文的標準可能還包括了「擬則其儀表，祖式其模範」，即強調「擬」的意義。從他未收錄賈誼〈弔屈原文〉與揚雄〈反離騷〉來看，可以推測，王逸在書中提到的「楚辭」，必須在文體與題材兼具「擬」之肖似性的文章，才能納入。這些楚辭體的文章，被認定爲其寫作動機都與憫屈原之志相關〔註2〕；基於王逸的論點以及這些文章表面上的確都指向屈原主題的關懷，因此情志批評研究就能將《楚辭章句》作爲對象，分析這些模仿屈辭的作者，其情志與彼端之屈原情志的交流關係。

〔註1〕〔漢〕王逸著、〔宋〕洪興祖注：《楚辭補注》（臺北：漢京文化事業有限公司，1983年），頁182。

〔註2〕朱熹、王夫之皆認爲〈招隱士〉與憫屈原之志無關。

　　前述王逸編文可能注重於模仿者的文體與題材是否兼具「擬」的肖似性；在「擬」的寫作行爲中，被重現的不只是屈原之志與屈原故事，它還具有實際功效，即呼應附和漢代知識份子共同關注的諷諫議題。換言之，模仿者的「擬」既指向屈原情志，也指向現世之用；在王逸的觀念中，這些文章多少都帶有「策略性」，以書寫屈原達到現世之政教效用。這個可能的預設立場，使我們把《楚辭章句》當情志批評研究的對象時，就先遇到一個問題：在確定是與某一始源對象進行他我情志通感的行爲中，是否存在有現實策略性與非現實策略性的層次？這意思是，當一個模仿者存心從屈原主題（含文體）的擬寫中彰顯某一意義，與另一個純粹是對屈原情志有感發而寫下文句的模仿者；此二者的情志通感之樣態，是不是應有所區別？

　　這一點可從朱熹《楚辭集注》、《楚辭後語》〔註3〕和王夫之《楚辭通釋》的批判與體類意識去指證。此二人在編纂篇章時，都持有分明的源流次第之觀念，從楚辭之祖、承嗣者到楚辭體類的擴延，區分得很清楚。由此又表現出一種價值標準：所謂屈騷的後繼者，不只是依憑外在形式的類同而得到認可，除了主題相關之外，還必須表現出深體屈騷情志、或可與屈騷情志歸爲同類的情志樣態。文體的外在形式是客觀的；然而，判斷一篇作品是否有表現出深體屈騷情志或與之同類，這點是主觀的。王褒〈九懷〉的文體形式與屈騷相類，但朱熹和王夫之二人都拒絕將之收進其編纂的楚辭集；其中的理由便是它被質疑爲繁冗雜沓、徒勞學步，簡言之，讀不出深切之意旨而與屈原情志乖違。

　　若將〈九懷〉與宋玉〈九辯〉作一比較，它們的異同處似乎很明顯，但若眞要具體而精確地陳述時，又有其難處。這個困難不會是時代隔閡、文體差異、章旨不同的問題，而在修辭取材接受屈騷影響這點上，二者又有其同質性——那最顯眼卻又最難言說的差異點，王夫之的說法值得討論：

　　　玉雖俯仰昏廷，而深達其師之志，悲憫一於君國，非徒以阨窮爲怨
　　　尤。故嗣三閭之音者，爲玉一人而已。〔註4〕

這段話的關鍵在於「志」。宋玉能體會屈原之志，此「志」不只是臣子的政教理想與不遇之怨而已，它有「悲憫」國政與國君，「忍而不能捨也」的成分。

〔註3〕 朱熹《楚辭後語》乃根據晁文元的選本再編輯而成。
〔註4〕 〔明〕王夫之：《楚辭通釋》，收於船山全書編輯委員會校：《船山全書》（長沙市：嶽麓書社，1988年），第十四冊，頁374。

在「志」的前面，有「深達」二字；王夫之的用意在於令讀者瞭解，宋玉的體會乃深入屈原情志、自屈原的存在情境中得出還原的理解；從而知曉屈騷中那些怨憤不平、走極端的行徑，只是屈原之「志」的部分表象，其原始則可名之爲忠。〔註5〕這個忠必須去除過多的文化建構，使其回到人之內在所能湧發的專注之情感、眞誠之美德；在現實世界裡，屈原是以自身所有的生存條件（包括身份、天生材質與後天修爲），執行他的政治理念與忠的外現行爲。因此，宋玉「深達其師之志」，意即爲宋玉與屈原置身於同一情境脈絡（時代、國族、社會階層與感知皆然）中，他從生活、從存在表現深深體會屈原之志；故說能接嗣屈騷的人，只有宋玉而已。這是就屈、宋作品間的情志互爲通感而言，而比較不是文體或修辭問題。

　　然而，這樣的解釋——此爲古代文學批評常見的方式，即仰賴個人存在經驗與體悟的解釋——就論述策略來說不能算是周全的，在作者與批評者者之外的第三人，仍會存有未被引導的疑問：何以〈九辯〉就是與屈騷情志互通，而〈九懷〉僅只是管中窺象？

　　在重新進行這項比較工作時，我們先將關注點鎖定在作品的語言表現上。即使不引用海德格對於語言與存在之對話性聯繫的深刻觀點，從符號——意象的關係圖式，也能讀解出這層意思：寫作者面向他的世界，並以其個殊感知的情境條件，使世界與內部思維互相關連，由此而產生對語言符號的種種意指安排；因此，「存在」就是在主體感知世界所形成的情境與思維活動此不可獨立切分的二項上，參與了作品語符的組織過程。反過來說，人們從作品語符構織成的語境，理應能藉由其特殊的組織安排，逆推作者內部曾經湧發、營造的思維與情境，想像其處於生活中的生存狀態〔註6〕。在這逆推的過程中，依賴的是讀者自身存在經驗的深度參與，而不只是以隨著語境所萌生的意象、爲意象所引發的自然情感，構織那過度向感性層面傾斜的情境。作者依恃自身的存在而寫作〔註7〕，所以，讀者透過作品的語境能讀到的是某種存在的表現，而不是跳過這一層、直接與可考證的史實（或既存的社會神話）串連起來，再由這些歷史事件的性質去臆測作者主體可能有的種種心理活動；或者，把存在的表現預設爲作者主體對面面對特定事件時可能有的反應，

〔註5〕　王夫之《楚辭通釋·序例》：「蔽屈子以一言曰：『忠』。」出處同上注，頁208。
〔註6〕　生存狀態特指存在藉由存在者的生活所展現的種種樣態，而與一般的日常生活與行爲不同。
〔註7〕　此觀念來自海德格，其用意在於使詮釋活動回到語言現象、傾聽存在。

這些都是「以史證詩」的不當、僵固之連類比附。而這幾乎就是〈九辯〉與〈九懷〉最大也是最根本的差異：前者在屈原的存在情境中感知與構思，後者則在屈原史事與範型化概念所形成的外部情境中書寫懷抱。

詩人之志與自身存在密切相關。「志」作為某種與存在相繫的本體，以及能發散之意向，它可以有許多外在表現；偶爾，這些表現甚至是互相衝突的。但同一主體之志的表現衝突，其意義不在於表面上的錯亂或退怯，它的意義是深層的，同屬於存在主體面向世界所做出的片段式回應。面對一篇志意表現為複雜的作品如〈離騷〉，讀解者要如何才能迴避淺層的感性、意識型態、客觀資料形成的「遮蔽」，直觀作者的存在面向世界的運動軌跡，並就此軌跡為線索，以讀者自身的存在經驗印證於作者寫作時的生存狀態？朱熹與王夫之編纂楚辭注疏與選集的用意，某種程度可以視為即是欲克服這個問題。屈原的情志、與其情志相繫的存在，有訓詁與解釋所不能達者；因此就有必要「選文以定篇」，將某一類作品集合起來，透過此集合所反覆觸及的情志樣態，以互象於屈原情志，並使後者趨於明朗，從而彰顯這一類的存在價值。

因此，在朱、王二人的想法中，問題不會停留在如何更鉅細靡遺的解釋屈騷情志，當語言解釋有所不能時，批判前人作品與重新選文就成了從側面證成屈騷情志及其存在之價值表現的策略。朱熹在《楚辭後語》中收錄可稱為「楚辭續變」的詩文五十二篇，其中文章的體類從古詩、賦、樂府、散文到律詩無一不收，故體類之形式不是朱子選文的標準，他在乎的是選文的「辭」與「意」（即言外之意）是否夠資格成為屈騷的「餘韻」：

> 蓋屈子者，窮而呼天，疾痛而呼父母之詞也。故今所欲取而使繼之者，必其出於幽憂窮蹙怨慕悽涼之意，乃為得其餘韻；而宏衍鉅麗之觀，歡愉快適之語，宜不得而與焉。至論其等，則又必以無心而實會者為貴。〔註8〕

朱熹界定選文之辭的標準是：生產這些文章的語言的「意」，必須是「幽憂窮蹙怨慕悽涼」。這個條件是以屈騷表現的某種意象群之結構性特徵作為藍本而談的，用以強調作文者的情志與修辭需類似於「屈騷原型」。另外，此種類似性還有「迫真」與「冥會」的差別；後者為貴，前者則等而下之。

朱熹沒有更多的方法論了，一切「真章」都見於選文之中，謹以批評者

〔註8〕 朱熹：《楚辭後語‧目錄》，見於〔宋〕朱熹：《楚辭集註》（臺北：藝文印書館，1983年），頁413。

的主觀體悟作為保證。當朱熹貶抑「迫眞」而強調「冥會」的可貴時，此「冥會」並不只是就選文的作者而言，而更是從讀者的角度來說的。如果說朱熹在班健伃〈自悼賦〉或蔡琰〈胡笳〉中曾體察到某種與屈騷結構相彷的類似性，那麼這種類似性在文體形式與悲怨情境上有其「貌似」之外，它還具有「神似」的性質。試問，這種作品間的不具象相似性其藉由比較而被指認的可能性如何成立？它不是任何一種具體的相似性，而更像是存在主體面對現世困境所作出的答覆之姿態──能彰顯存在與生命價值的內在態度與外在行為──相類性。換言之，這些作品中為朱熹所認可的「公因數」在言外。朱熹解讀作品的言外意，從這些言外意中觀察到某種與存在相繫的類型，並藉由選文輯冊達成二種效用：一為彰顯他所觀察到的具正面價值性之存在表現的類型；二為使這些不連續地出現在文學史中的作品，產生了可互為說明的連結關係，而這層關係不只是透過貌似之具體條件而成立，更是透過某種只能藉由結構特徵所指向的不具象條件（通常是難以言喻的，比如：「忠」就是個難以直接描述的抽象對象）而成立。

這二種效用都是興的思維的應用：讀解者首先把握作品的總體意象結構、以及此結構所能招徠的情境、向外連類所得之複數意象；通過如此的運作，〈胡笳〉與屈騷就有了某種互象的關係。而這種關係的發現，倚重於「興的思維」，而較少是「比的思維」；它使得這一類型的作品所能代表 [註9] 的存在價值趨於明朗；於是，屈原、蔡琰的情志，在朱熹的理解中「會通」了：屈騷與〈胡笳〉以其互象關係共同指出具價值性的存在現象之類型。此一存在現象的類型可以有很多別名，諸如，忠、義、貞節、專一等等；就古人所習慣的傳播與教育之立場而言，直接描述、論辯這些德性並不是最好的方式。在躬親實踐之外，當語言解釋有所不能時，就必須仰仗興象連類的思維，從眾多作品的意象群拼組成的「外圍結構」，體悟此結構所指向的主體內在德性、並通向最終之存在。

王夫之在《楚辭通釋》裡也表達了類似的觀點。他刪去《楚辭章句》中〈七諫〉以下的文章，改錄江淹〈山中楚辭〉、〈愛遠山〉二篇，以及自作的〈九昭〉。對於為何收錄江淹的詩文，他作了解釋：

> 小山〈招隱〉而後，騷體中絕，有如〈七諫〉、〈哀時命〉、〈九嘆〉、〈九懷〉、〈九思〉諸篇，具不足附屈宋之清塵……夫辭以文言，言

〔註9〕　「Stand for」，符號與意象或對象物之間的關係為「代表」。

以舒意，意從象觸，象與心遷，出內槃括之中，含心千古，非研思
合度，末綵動人哀樂，固矣。此江氏所以軼漢人而直上也。〔註10〕

這裡提到「騷體」此一概念，並認爲東方朔等人的楚辭作品稱不上是騷體。
至於什麼是騷體？文中並未明說，我們只能合理的推測，這個概念也是就屈
騷的語言與意象之結構特徵作爲藍本，並聚集宋玉、景差、賈誼、嚴忌、江
淹的作品側面地證成「屈騷原型」，使「騷」成爲一特殊體類。相對之下，王
夫之對於江淹的作品能跨越時空而直接與屈騷產生密切關係，便解釋得很清
楚。他否定了二種擬騷的態度，而肯定了另一種。所謂「非研思合度，末綵
動人哀樂」，即是就屈騷顯見的文體與修辭方式、具感性層面之意義的情志作
仿傚，這種狀似追求相對的外部形式之肖似性的擬騷寫作，正是王夫之所批
判的。

另一種被肯定的擬騷寫作，王夫之用了心、象、意、言、辭等五個寫作
階段來描述。首先，「含心千古」有「千古一心」的意思，強調擬騷者需體同
屈騷情志的深層意涵，以己心印證屈原之心，求得彼此間的情志通感，這是
擬騷寫作必要的「前理解」；接下來才能在這種情志互通的基礎上，生發象與
意。「象與心遷」的「象」應作由情志通感引發的他我之情境會通、並由此特
殊情境生發具形與不具形之象來理解。從語境來看，象與意有先後次序，且
意需藉由象而生發；因此，可以這樣推測：這些心象匯聚到某種程度時，它
便能呈現自己的結構性特徵，從而觸發意。在這裡，言與意有何差別？從前
後文來判斷，意應是相對隱性與模糊的，它和象、心連結在一起，表現出非
語言成分多於語言成分的性質。而既說「言以舒意」，便是使言擔任「翻譯」
的功能，將意的可能內容舒展開來，形之於語言。最後是辭，它純粹是技術
層面的，作用在於對言進行佈局安排與辭藻修飾。〔註11〕

〔註10〕 〔明〕王夫之：《楚辭通釋》，收於船山全書編輯委員會編校：《船山全書》（長
　　　　沙市：嶽麓書社，1988年），第十四冊，頁442。
〔註11〕 從今日之文學理論意識來看，心、象、意、言、辭等五項，辭屬於文體和修
　　　　辭格的領域；而與普遍語言、文化、社會之結構有關係的是言與意。其中，
　　　　意帶有過渡的性質，它一方面與外部條件所形成的結構或限制相連，一方面
　　　　也與寫作主體自身的內部條件（屬於身體與心理的）所形成的象與心相繫。
　　　　而心，它幾近一種形而上的概念，藉由心的作用，主體接受外部條件與內部
　　　　條件所形成的種種情境與意象，便能以其結構性特徵會通於他者之主體。另
　　　　一方面，存在藉由存在者所彰顯之運動與價值，也是在這他我會通的網絡中
　　　　得以把握其「體」，而在形而下的層面（語言與社會），發見其實質的「用」
　　　　之價值。

在王夫之的否定與肯定之間，造成差異的分歧點在於心，或者說，在於擬騷者是否曾與屈騷情志互為通感；修辭、文體與離放情感的模擬都不是最重要的。回到我們先前提出的問題：當事過境遷、時空變異，面對屈原或擬騷者的寫作行為，後人所能掌握的僅止於文獻、語言層面的資料；那麼，宋玉能嗣音於三閭而江淹直繼屈騷，他們的「心」是如何被指認且與東方朔、王襃之「心」有所區別？

在「夫辭以文言，言以舒意，意從象觸，象與心遷」中隱含一個思維邏輯，就擬騷寫作的過程而言，末端的「辭」與始源的「心」具有某種關連。而從讀者的角度而言，這個關連性不能僅由語言去重建，而必須轉折地經由意象的感知去回溯；前者屬於語義的層面（或語境所能引發初級意象情境）的連類推演，後者則屬於加入了生存經驗的意象情境之連類推演。古典的閱讀向來注重於言外之意的會悟，而這言外之意必然與存在問題相關：某種生存樣態影響了存在者-作者的思維，而他使用語言的方式與其人之思維有某種關係性，故言語言「記錄」了作者的生存樣態。反過來說亦然，語言向讀者表明了超乎語義之上的意義，這個「意義的意義」就是作者的生存樣態與其所彰顯的存在價值；體悟了這一點，讀者情志就與作者情志發生交會、通感，而共同再次面向人的存在與存在問題。

二、二種擬騷

所以，擬騷作品的語言本身就含具有是否與屈原情志互通、與屈騷互象的線索。細讀〈九辯〉與〈九懷〉，讀者可以發現，它們之間最明顯的差別首先在於觀看屈原的方式與態度：前者是在「詮釋」屈原，後者則是在「描述」屈原。又由於宋玉是在詮釋屈原，故屈原在〈九辯〉中是作為通感人而存在；在〈九懷〉中，屈原則是作為範型人而存在。這是因為宋玉與王襃想像屈原的立場與方式不同，語言表達的方式也就有詮釋與描述的差異。而促使這個差異被放大的關鍵，在於〈九辯〉與〈九懷〉對時間感知的表述的不同。

〈離騷〉中，文字敘述於四類事題裡反覆周折：第一為屈原的世系與王族背景，由此衍生出作者的深情重義與戀棧不捨的執著；第二為屈原的理想與抱負，他以此開展對於王道的申論與政教願景；第三為屈原那不能妥協的公理與正義感，他為此而遭受孤立、讒言誹謗，並滋生忠怨與義怒；第四則為屈原的時間感。此中，時間感的展現可分為二類：一類是表現出對時間流

逝的不安與焦迫；另一類則是關於敘述時態的時間感。漢語不若西方的語言，文法與單詞都沒有變化時態的概念；但敘述時態不是指這類用以描述過去、現在、未來之事的時態，它強調的是正在寫作的作者所感知到的「面向存在的時間」〔註12〕。陸機〈文賦〉「佇中區以玄覽」一句，能很貼切地形容作者立於主體感知不已的覺性之上，真誠而靈動地表述他我的交互關係之狀態〔註13〕。置身於「中區」的作者，他的內在時間感不會隨著一般的時間線性流動、且不斷流逝。他依然可以「尊四時以嘆逝」，但那「嘆」的性質不是隨波逐流、與世浮沈的。作者依然立於「中區」，他依恃自己的存在向外觀物；之所以感嘆，是因為事物的變化總能引發審美感受、一些具創造性或與理想相關的思維。佇立於中區的作者，他的內在時間感，是由感知自己作為存在者而存在於世的時間而得。

倘若作者的書寫對象與他自身的存在問題緊密相繫，而他對存在問題的感知又不止停留於喜怒哀樂的感性層次；換言之，他的「情」帶有「志」的成分；那麼他的表述時態就是處於不斷感知存在問題的時態，而比較不會出現脫離存在感、進入相對封閉的主觀感性與意識主導語言的層次——我們會看到不斷深入核心、碰觸問題的文字，所有的情感與對一般時間流逝的恐懼都是圍繞著這個中心而生發的：寫作者正面向自己的生存狀態作出掙扎與反思。在〈離騷〉中，表現出對時間流逝之焦迫感的文句俯拾皆是：「汩余若將不及兮，恐年歲之不吾與」、「惟草木之零落兮，恐美人之遲暮」、「老冉冉其將至兮，恐脩名之不立」、「吾令羲和弭節兮，望崦嵫而勿迫」、「及年歲之未宴兮，時亦猶其未央」等等，這些不安的句子，若各個獨立來看，很容易會理解成作者正處在一般時間中，並對其線性前進的速度感到焦迫。〔註14〕然而，從〈離騷〉的整體意象情境來看，促使作者反覆陳述的癥結在於志，而不是外在吉凶無端、變化無常的事與物；對於時間流逝的不安，是以志為立場而發出。在文中，志意的堅定與時間的焦迫此二元素錯間地出現，而它不太像是某種書寫策略的刻意安排，卻像是作者將寫作情境——某種與其存在

〔註12〕此觀念見海德格《走向語言之途》、《時間概念史導論》。
〔註13〕陳世驤將「佇中區以玄覽」一句英譯為" Erect in the Central Realm the poet views the expanse of the whole universe." 見楊牧，《陸機文賦校釋》（臺北市：洪範，1985年），頁8。
〔註14〕對於屈原作品中的時間意識之研究，亦可參見許又方《時間的影跡——〈離騷〉晬論》（臺北市：秀威資訊科技股份有限公司，2003年）。

問題赤裸裸地面對面的時空，如實地以語言和文體形式表現。

在這個意義上，我們可以觀察到隱藏在作品的第二種時間：作者以志為立場，而與內在的時間感合流，使作品語境的可見結構反映出這種面向存在的時間。屈騷表述這類時間的結構特徵之一，是敘述者傾向於將過去、現在、未來重疊在一起進行綜觀；因而敘事往往表現為輾轉周折的秩序。作者不會像描述靜物一般，保持觀看距離且安排有序地敘述自己正要談論的那些遭遇、情感和反思；故可知其字字句句不曾遠離心中之志、以及現實衝突的癥結：修辭和佈局的安排秩序服膺於貼合著存在問題的表述秩序（而此秩序由作者的內在時間所開展）；這使得〈離騷〉在麗辭華藻之餘，亦能透顯作者悲憫祖國之情志。

以〈離騷〉中屈原關注於存在問題之情志與敘述時態為對照項，進一步比較〈九辯〉與〈九懷〉在此二項上的表現。這類現在被稱為擬騷的作品在寫作之初，並沒有明確的、王夫之所肯認的那種騷體意識。在《楚辭章句》裡，如果有所謂的「騷體」，它的形式義即為楚辭的體製以及屈原主題之相關。是以〈七諫〉、〈九懷〉這種文辭排比宏麗而抒洩憤懣、諷刺意圖大於摹寫屈原情志的作品能列位其中，而賈誼〈弔屈原〉、揚雄〈反離騷〉這些體類與內容之創造性大於模擬性的作品，就沒有一併收錄。這點就能解釋〈九懷〉文後何以會出現那段極度不合於屈原情志的文字：

> 亂曰：皇門開兮照下土，株穢除兮蘭芷睹。四佞放兮後得禹，聖舜
> 攝兮昭堯緒，孰能若兮願為輔。〔註15〕

問題不全然在於〈離騷〉的結語是「吾將從彭咸之所居」，而〈九懷〉的「亂曰」卻表現出另尋明主的意願——前者哀悽而後者表現出自我開解；而是當一個知識份子對祖國心懷悲憫與強烈眷戀，深深以國家興亡為己任時，他就不太可能表現出以理想選擇君主的自由態度。因此這段「亂曰」不是體同於屈原情志而發的，王襃是藉由對屈騷體製的模仿、借用屈原主題以抒懷、諷刺。相較之下，〈九辨〉的結語就不太相同：

> 亂曰：願賜不肖之軀而別離兮，放遊志乎雲中。裛精氣之摶摶兮，
> 鶩諸神之湛湛。……計專專之不可化兮，願遂推而為臧。賴皇天之
> 厚德兮，還及君之無恙。〔註16〕

〔註15〕〔漢〕王逸著、〔宋〕洪興祖注：《楚辭補注》（臺北：漢京文化事業有限公司，1983 年），頁 280。

〔註16〕同上註，頁 196。

這段文字雖是代屈原發言，但包含有宋玉對屈原的祝願〔註17〕：他比照〈離騷〉以升天遠遊喻遭流放的事實，將屈原遠行喻為雲遊訪神；又使被離放而四處周遊的詩人，重申專一之志，不忘國君。宋玉的表述符合於屈原情志的樣態，他掌握了屈原面對存在問題時的矛盾衝突，由此也掌握了屈騷的核心結構。因此，他的代言沒有超出屈原情志而顯露扞格。

　　既然〈九辯〉與〈九懷〉在立場與意圖上有此分野，前者深入屈原情志，後者是援用屈原主題以抒發一己之感嘆；不難想像，這兩篇文章所代表的內在時間感自然大相逕庭。前文已提及，〈九懷〉全篇沒有明顯的時間用詞，而〈九辯〉則一如〈離騷〉有許多表述時間焦迫感的文句，如「時亹亹而過中兮，蹇淹留而無成」、「惟其紛糅而將落兮，恨其失時而無當」、「歲忽忽而遒盡兮，恐余壽之弗將」、「歲忽忽而遒盡兮，老冉冉而愈弛」、「年洋洋以日往兮，老嵺廓而無處」等等。這些時間用語不是以其量而成為某種指標，思考方式必須倒轉過來：是由於宋玉交感於屈原情志，進而把握其存在問題——甚至是將後者的存在問題，當成自己的存在問題——因而與〈離騷〉相似的時間意識便出現在〈九辯〉的語言中。換個角度來說，時間是空間與事件得以開展的基本形式因，時間的類型會影響在此時間形式之下所開展的空間與事件。假使我們在文中觀察到與屈騷相似的時間意識，這也就意味著在這彼此相似的時間形式之下，〈九辯〉所開展的想像空間與虛實相參的事件，有可能最貼合於〈離騷〉，從而促使王夫之作出「嗣三閭之音者，為玉一人而已」的判斷。

　　因此，時間用語的大量出現，對於時間流逝的怖畏感，這些都是符號的跡象；從這些徵兆中，我們得以逆推〈九辯〉的敘述時態為一種「現在式」：作者正交感於屈原之情志並深入其存在問題，且以此交感內容重疊於自身的生存感知與存在問題之上；所以，宋玉的敘述時態為「回到現場」而與屈原同步，其時間感流動的方式、所呈顯的文字現象則與屈騷同類。反觀〈九懷〉，它沒有明顯的時間用語這件事，說明了由志意難伸引發的時間的焦迫感並未參與其寫作過程；客觀地說，此即〈九懷〉從一種「非屈騷時間」想像屈原情志並模擬其存在問題的證據。我們在此所援用的寫作時間之概念，特別是

〔註17〕游國恩認為「願賜不肖之軀而別離兮」是宋玉向國君請辭之語。本文依從王夫之的解釋，他認為此句以下為代屈原言。參見游國恩，《游國恩楚辭論著集》（北京市：中華書局，2008年）。〔明〕王夫之：《楚辭通釋》，船山全書編輯委員會編校：《船山全書》（長沙市：嶽麓書社，1988年），第十四冊，頁396。

指寫作主體在面向其表述之物與表述語言時，他所經歷的時間。倘若王褒不在「屈騷時間」裡，那麼他在哪一種時間裡？

不可能存在有一種寫作不涉及時間，如果沒有時間，感知、思維與書寫都無法開展。在語義之外，作品符號的結構依意象排列所營造出的空間（含事件）次序，展現出作爲其形式因的時間。這個時間的性質是作者所賦予的，例如劉向〈九嘆・遠逝〉：

> 指列宿以白情兮，訴五帝以置辭。北斗爲我折中兮，太一爲余聽之。云服陰陽之正道兮，御後土之中和。佩蒼龍之蚴虯兮，帶隱虹之逶蛇。曳彗星之皓旰兮，撫朱爵與駿鸞。遊清靈之颯戾兮，服雲衣之披披。杖玉華與朱旗兮，垂明月之玄珠。舉霓旌之墆翳兮，建黃繡之總旄。躬純粹而罔愆兮，承皇考之妙儀。〔註18〕

由於閱讀必須逐字逐行的前進，讀者經由符號刺激所萌生的意象與意象情境，受限於文字固定排列而有先後次序之別。然而，這一段文字除了固定的「先後時差」之外，它的意象結構顯露出某種線性前進的時間。「指列宿以白情兮」等四句，呈現出一個「公聽會」的情景；而「云服陰陽之正道兮……承皇考之妙儀。」等句，是眾神對於陳情者（屈原）的答覆。其答覆以大量的意象，象而比之於陳情者的德性美質。這些由多種意象所組成的意象群用以描述、再現陳情者的內在本質；它的時間即是那一類寫物景、寫人形貌的文字裡常見的體物時間。這種時間的特質不是開放性流動，也不是（今昔）重疊；觀看者的主體向外投射，它附著於對象物之上，而目光在其周圍上下流連反顧。此刻，主體的時間隨者觀物的內容流動，而意象就一件一件地堆疊起來，直到作者將所欲描寫之對象塑型完成。

這裡還需要注意到一點，在上引的段落中，所謂的對象物是擬騷者所想像的屈原；屈原在這裡表現爲一種範型的化身，而可以與蒼龍、隱虹、玉華、玄珠這一類意象互象。這與〈離騷〉「製芰荷以爲衣兮，集芙蓉以爲裳」、「佩繽紛其繁飾兮，芳菲菲其彌章」的意象情境稍有不同。不同在於〈九嘆〉這一段的寫物是直以屈原之美質與祥瑞稀有的神獸、天象、珍寶互象，這是以物比物之思維的運作。而〈離騷〉中敘述者自言配戴芳草玉飾的言語，是發於他對自我內在的觀照，由此內觀而得的心象爲基礎向外連類，而與好潔而

〔註18〕　〔漢〕王逸著、〔宋〕洪興祖注：《楚辭補注》（臺北：漢京文化事業有限公司，1983 年），頁 292-293。

善於修習的意象互為連結；它的時間不是隨外物流動的時間，而是由主體的
存在感所決定的時間。這是屬於興的思維，因為修辭者立於主體內在的活潑
覺性中，向外自由連類互為符應的具體意象。雖然興與比都屬於譬喻性思維
運作的範疇，但前者是創發性的造詞，後者則是比喻性的修辭。

〈九懷〉中也可見到屬於體物時間的時間類型：

> 極運兮不中，來將屈兮困窮。余深愍兮慘怛，願一列兮無從。乘日
> 月兮上征，顧遊心兮鄗酆。彌覽兮九隅，彷徨兮蘭宮。芷閭兮藥房，
> 奮搖兮眾芳。菌閣兮蕙樓，觀道兮從橫。寶金兮委積，美玉兮盈堂。
> 桂水兮潺湲，揚流兮洋洋。著蔡兮踴躍，孔鶴兮回翔。撫檻兮遠望，
> 念君兮不忘。怫鬱兮莫陳，永懷兮內傷。〔註19〕

首先要確認這段文裡的敘述者之性質。王逸言〈九懷〉是追憫屈原之作，此
與文中遊仙遁世之語義有不合之處。這裡可以有二種推測：作者若不是以一
種重編歷史情節以慰屈原之忠魂的虛構心態在寫作，那便是他借屈原主題迎
合了漢世流行的黃老神仙思維，藉以抒發懷抱，同時形成可歸為諷諫的意涵。
而從整體語境來判斷，後者的可能性較前者為大。雖說是自抒懷抱的性質，
文中的敘述者卻又呈現含混的形像。由於王褒裁剪轉用了大量的〈離騷〉文
句與意象，容易令後人讀來頗覺敘述者的形像正在與屈原重疊；但又由於〈九
懷〉的情志型態與屈辭的情志型態不同，這就使得此形像重疊的性質狀似於
「局部扮演」，而其模仿的方式是建基於可見的意象情境（景物、情節與情感）
之像似性。

此種意象情境的像似性就表現在〈九懷〉對於「遠遊」與惆悵鬱抑之情
的集中描寫。從〈匡機〉到〈株昭〉，每一小篇都包含一個敘述者遠行周遊的
訊息，佈局方式則與前引之文大同小異。〈匡機〉「極運兮不中」等四句，表
達志意遇困的憂煩前提，以此帶出下文的第一次「遠遊」〔註20〕。從「彌覽
兮九隅」到「孔鶴兮回翔」是一連串景物的描寫。依照漢人比興解詩的觀念，
諸如「蘭宮」、「菌閣」、「桂水」、「揚流」等等，都有比喻的意思；但先不論
其喻意為何，這些符號還是堆疊排比了起來，構成了某種體物敘述。它們堆

〔註19〕〈九懷·匡機〉，出處同上注，頁269。
〔註20〕「遠遊」在楚辭裡是一個意指複雜的符號，它既婉轉的指涉屈原遭讒被逐的
　　　　事實，也代表屈原幾番欲另尋明主卻又作罷的情景；在〈遠遊〉中，王逸還
　　　　曾將之解釋為「深為元一，修執恬漠」、「托配仙人，與俱遊戲」。王褒〈九懷〉
　　　　算是將遠遊的個個層面都作了應用。

疊的方式和〈九嘆〉一樣，敘述者正在觀看眼前之物，一件一件地描述。若使這些景物接喻指於文王德化，那麼被條列且精緻描述的對象，就是文王之化。在這一段體物的描寫之後，接有「撫檻兮遠望，念君兮不忘」等四句；於是，上文的景物就成了某種「觸媒」，它們被客觀化了，且與主體當下的心理活動沒有直接相關。

我們可以辨識出，在這客觀化的情景中哀傷不以的主體，它正處在將自身投射於外物的流動時間中，隨之上下浮沈，此主體沒有表現出深層的內在時間感。於是，不論是〈通路〉、〈危俊〉或其他章節中的升天邀遊，敘述者都是在物象時間中徘徊失意的模樣；這種感物而傷情的基調與〈九辯〉不同，也與〈離騷〉不同。〈九辯〉中不乏關於傷逝的敘述，如：

> 皇天平分四時兮，竊獨悲此廩秋。白露既下百草兮，奄離披此梧楸。
> 去白日之昭昭兮，襲長夜之悠悠。秋既先戒以白露兮，冬又申之以
> 嚴霜。收恢台之孟夏兮，然欲際而沈藏。葉萎邑而無色兮，枝煩挐
> 而交橫。顏淫溢而將罷兮，柯彷彿而萎黃。蒹櫹椮之可哀兮，形銷
> 鑠而瘀傷。惟其紛糅而將落兮，恨其失時而無當。攬騑轡而下節兮，
> 聊逍遙以相佯。〔註21〕

如果將那些由景物之消損蕭條而引發愁思的意象，視為一整組可名為傷逝的意象序列；而此序列中的各個意象，或連續、或不連續的分佈於文章中；那麼，傷逝意象序列就能從這段文字中突顯出來，並使我們看到與之交錯的另幾個意象序列的片段。比如「恨其失時而無當」屬於不遇的意象序列，「攬騑轡而下節兮，聊逍遙以相佯」則屬於遁世遠遊的意象序列。在引文中，這三組序列的關係是環環相扣且意象互涉的：傷逝序列的意象群與不遇序列的意象群互涉；在其他段落中，不遇序列又經常與遠遊序列互涉，而遠遊序列裡必然觸及的景物意象又能引發傷逝序列的聯想。這些存在於文章中的意象序列之間，保有靈活的互象關係。

問題不在於傷逝意象序列中的個個意象，是否都有特定的喻意（如：以「嚴霜」比流放的刑罰），而是作者所安排的意象幾乎都能與文章內之總體意象群產生單數或複數的互象關係。這就像文章內的意象能彼此互為興象（甚至跨越了作品而與屈原作品互象），卻不需假由作者對之施以刻意的意指一

〔註21〕　〔漢〕王逸著、〔宋〕洪興祖注：《楚辭補注》（臺北：漢京文化事業有限公司，1983 年），頁 185-187。

般。這其中的源由是，宋玉採取與屈原情志同步的觀看立場，他將後者的存在問題引以爲寫作〈九辯〉時的核心問題；於是他的佈景與佈局就依著他體物屈原情志的節奏、面向而鋪展。這讓讀者感受到傷逝序列中的外物時間並沒有完全困住敘述者，他從自己的內在時間出發覽觀外物。作者無須刻意施加喻指於各個意象，他的情志的深度與品質，就能使這些意象依照他的內在時間形式所能開展的空間與佈局，表現出靈活的互象關係，從而使文章的意義﹝註22﹞深刻而豐富。

　　藉由對〈九辯〉與〈九懷〉的比較結果，我們得以在王逸粗略界定的楚辭體之下，再區分出二種類型；而這兩種類型對於屈騷原型都有比擬模仿的意向，故可以名之爲「擬騷」﹝註23﹞。此二種擬騷的次類型，其一爲從屈騷情志與意象情境之形貌輪廓的把握，對之進行描述或模仿；從〈七諫〉的借擬騷以論諷諫與世態、〈九懷〉的借擬騷以別抒憂煩遁世之懷抱來看，這一類只從情志與意象情境之形貌輪廓掌握屈騷原型的作品，它的描述性是相對於寫作意圖而成立的：擬騷只是策略，實指則爲他事。其二爲另一類深入屈原情志所指向的存在問題，並以此體會所把握之物作爲核心意象，再對屈騷情志與意象情境進行模仿與重新表述。作者可以寫屈原，且將自己同質性的情志體悟、存在情境一併摻入；於是今昔就在作品的符號意象中重疊，表現出主體間的情志通感、作品間的互象關係。宋玉〈九懷〉、賈誼〈惜誓〉即是。

　　事實上，當朱熹在《楚辭集注》裡刪去〈七諫〉以下的篇章，並在《楚辭後語》收錄被認可爲承繼楚辭餘韻的文章時，他已經有明顯的情志批評意識。這種批評意識在王夫之的《楚辭通釋》中更形精確，因爲他以騷體指稱〈招隱士〉以上的作品，並特別將宋玉標舉爲嗣音於屈原的作者。朱、王二人的批評意識之於情志批評研究有特殊的意義。在《楚辭章句》的年代，王逸以多重意圖將這些模仿屈騷的作品編輯成書；或基於漢代對於諷諫議題的極度關注，或迎合了統治階層的喜好與忠貞觀念的標榜，或鑑於主流文學對屈騷的模仿風氣；這本編輯動機複雜的書還是透顯了古典情志批評史的發展之初的部分特徵。王逸絕對持有情志批評的意識，只是他的這種批評意識是寬泛而模糊的──他對楚辭體類的界定，偏向外在形式與意象情境的形貌肖

﹝註22﹞　「意義」由符號意象與讀者的意象情境知交互運作而產生。
﹝註23﹞　「擬騷」的界定參見顏崑陽，〈漢代「楚辭學」在中國文學批評史上的意義〉，
　　　　　收於《第二屆中國詩學會議論文集》（彰化縣：國立彰化師範大學國文系編印，
　　　　　1994 年），頁 181-251。

似性，對於屈騷的體貌和體式意義掌握（此為就章句表現來看）不足。又由於這個原因，使得他在作解釋時出現強施喻指、過度比附的現象。因此，朱、王的批評首先釐清了《楚辭章句》對於楚辭體的認知混淆，在王逸所說的「楚辭」之下，起碼可以再區分出騷體與非騷體。

　　所謂騷體與非騷體的分類標準，在於屈騷的情志——特別是指屈原的存在問題、情境，以及他對此作出的理性反思與感性反應——是否為擬騷者所深刻把握。我們注意到，這種「騷的模仿」不是藉由此符號意象與彼符號意象達成可連類之肖似性就算完成，只憑志意難伸的憂煩情緒之模仿也無法達到騷體的標準。王夫之提到的「心象」概念很值得關注，這表示擬騷者在閱讀屈原作品的階段，藉由情志通感形成了某些「前理解」；這個前理解再匯入擬騷者自身的存在情境與存在體悟，才能形成此種可稱為騷之類型的心象。故而可以推想，擬騷者的心象既與屈原主體保持情志通感的關係，也與屈原作品保持互象關係。這些關係都是不待強加喻指與說明，而下一個讀者只需憑相似的存在體悟與意象情境之連類讀解，便能再次感受到擬騷者曾經運作過的情志通感與作品間的微妙互象。

　　這裡有種「千古一心」的傳承正在發生，它仰賴的是讀者對於作品的言外之心象的把握，並以此心象興發連類更多的意象、喚出自身的生存經驗。就這個意義而言，朱熹與王夫之的批判，使得情志批評活動的本體中，特別需要「興的思維」（或言「興的邏輯」）運作的部分被突顯了出來。作者傳記與作品的外部背景資料之應用，或作品外部形式與修辭、感性層面之意象情境的模仿等等；依劉勰的觀點，這些都是在形貌肖似性下功夫。故而情志批評，就其對某一始源作者或作品之情志的探尋與詮釋活動，可得出表與裡二個層次；而這兩個層次，與比的思維和興的思維習習相關。

三、「士不遇」書寫內含的情志批評意識

　　徐復觀〈西漢文學略論〉將漢賦大致區分為體物之賦與抒情之賦。在一篇實際的賦裡，體物與抒情的元素不是截然劃分的；體物中有抒情，抒情又有借體物以展現的情況。因此這裡的分類標準之意義是寫作性質的辨認：以體物作為特徵，指認出那一類流連於或虛或實的物景並雕琢鋪陳之的作品；又以抒情作為特徵，區分出那一類以主體情志為主軸，進而感物造端、表述懷抱的作品。由此，徐復觀提出如下論點：

> ……抒情系列的作品，乃出於由生活環境之理想所要求的突破環境
> 的作品。或者不妨稱這一系列的文學是由批評精神所寫的批評性文
> 學。〔註24〕

並且：

> 欲由文學以把握西漢知識份子潛伏在裡層的心靈，欲由他們的心靈
> 以把握西漢歷史的真正動態及問題……只能從這一系列的文章著
> 眼。〔註25〕

徐復觀同無數的古代批評家一樣，以情志批評意識指認出那些特殊的情志批評的作品，並再次賦予它們存在意義上的價值與歷史價值。這種看起來像是同義反覆的思維（某人以價值意識 X 指認出價值意識 X），具有其值得注意的深層意涵：對於能以主體情志深刻地、批評地回應其存在情境的思維及寫作，批評家們經常會給予高度的評價〔註26〕。相反的，若作品的語言充斥著情感與景物的表象描述，寫作主體的情志未曾以任何思維進路深入內在的生存問題之核心，它的價值性就相對的降低。這是言外之意的批評傳統的特徵之一，批評者總是要向作品語言探詢作者的生存樣態與存在價值實踐之軌跡。

　　生存問題即是人作為存在者生活於世上所能遭遇的、不斷地向人們逼問其存在價值的問題。生存問題能涉及的層面很廣，它不必然表現為政教關懷、家國意識。而在同一個時代中，千萬人可以有千萬人各自要面對的生存問題；但在歷史的時間縱深中，不同時代、不同階層或集團所面臨的生存問題，就能以類化的型態像後人表現。在漢代，士人階層共同面對的生存問題即當代的政教問題；他們的生活、政治際遇、寫作都與此問題情境相連繫。除去經學與理論性的作品，這個朝代的文人留下大量的言志文章。徐復觀將這些言志抒情的作品視為「批評精神所寫的批評性文學」，這是很有理由的。這類作品都帶有批評性，作者面向他的時代、社會與存在情境，以理想、範型想像、甚至是實際的政治遭遇作為批評動力，寫下滔滔雄辯、慷慨激昂或悲憤勃鬱的文章。在漢代這類具有批評精神的文學中，我們要特別提到「士不遇」之主題的作品，並討論其之於情志批評研究的意義。〔註27〕

〔註24〕徐復觀：〈西漢文學略論〉，收於徐復觀：《中國藝術精神》，（臺北市：學生書局，1998 年），頁 369。
〔註25〕同上注，頁 370。
〔註26〕這裡存在有個人標準與立場造成的實際批評結果的落差。
〔註27〕漢代以士不遇為主題，或涉及士不遇之主題的文章，除了《楚辭章句》所收

　　司馬遷〈報任少卿書〉的一段文字，可以顯現出悲士不遇文常見的二種
模式：第一種模式涉及悲士不遇文的寫作行為，第二種模式則與悲士不遇文
所指向的情志類型相關。以標準的悲士不遇之主題所形成的文類來看，〈報任
少卿書〉遊走在合格的邊緣。然而這篇文章的內容與司馬遷不幸的政治遭遇
相關，他又對自己的際遇作了陳述與評斷；因此就這個部分而言，它亦可列
位在悲士不遇之類型的外延範圍內。

> 蓋文王拘而演《周易》，仲尼厄而作《春秋》；屈原放逐，乃賦〈離
> 騷〉；左丘失明，厥有《國語》；孫子臏腳，兵法脩列；不韋遷蜀，
> 世傳《呂覽》；韓非囚秦，說難孤憤。《詩》三百篇，大底聖賢發憤
> 之所為作也。此人皆意有鬱結，不得通其道，故述往事，思來者……
> 退而論書策，舒其憤思，垂空文以自見。〔註28〕

屈原曾作「惜誦以致愍兮，發憤以杼情」一語，司馬遷在此又再次回答這個
老問題：為什麼要寫？從司馬遷舉的那些例子裡，不遇之士在著書立說時，
都是在困苦孤絕的情境之中，除了少數可確知的讀者外（諸如：收信人、學
生、家族子弟等等），他們尚且不知道後世的讀者在哪裡。畢竟人們很難想像，
屈原在寫作〈離騷〉時已預料到它能流傳幾千年，而在撰寫時便懷有為萬世
豎典範的意圖——這意思是，「發憤以杼情」的意義首先是當下的、屬於作者
內在自我完成的一部份；而後才是合於某種計畫的（道統、理念、文學技巧
或其他功利性用途）、訴諸未來讀者的。

　　因此，〈報任少卿書〉這段文字正在以司馬遷個人的真實體驗印證往昔先
賢著書立說的情境。現世的紛總現象、不合理待遇，使人對道法常理、存在
價值產生疑惑；所以有必要「述往事，思來者」，藉由歷史的綜觀視野找到解

　　　　錄的悲憫屈原遭遇的楚辭外，另有（古詩樂府類暫不計入）：賈誼〈弔屈原賦〉、
　　　　〈鵩鳥賦〉，董仲舒〈士不遇賦〉，司馬相如〈美人賦〉、〈長門賦〉，鄒陽〈獄
　　　　中上書〉，東方朔〈非有先生論〉、〈答客難〉、〈嗟伯夷〉，司馬遷〈報任少卿
　　　　書〉、〈悲士不遇賦〉，揚雄〈太玄賦〉、〈逐貧賦〉、〈解嘲〉、〈反離騷〉，馮衍
　　　　〈自陳疏〉、〈自論〉、〈顯志賦〉，劉歆〈遂初賦〉，班倢伃〈自悼賦〉，劉楨〈遂
　　　　志賦〉，劉韻〈遂初賦〉，崔篆〈慰志賦〉，桓譚〈陳時政疏〉，梁竦〈悼離騷〉，
　　　　班彪〈悼離騷〉、〈北征賦〉，班固〈幽通賦〉、〈答賓戲〉，崔駰〈達旨〉，張衡
　　　　〈思玄賦〉、〈歸田賦〉、〈應閒〉、〈四愁詩〉，荀悅〈馮唐論〉、〈鄭崇論〉，蔡
　　　　邕〈弔屈原文〉、〈述行賦〉、〈傷胡栗賦〉、〈瞽師賦〉，禰衡〈鸚鵡賦〉，趙壹
　　　　〈刺世疾邪賦〉，丁儀〈厲志賦〉等等。
〔註28〕　〔漢〕司馬遷：〈報任少卿書〉，收於〔清〕嚴可均輯：《全上古三代秦漢六朝
　　　　文・全漢文》（北京市：中華書局，1958 年），頁 272。

釋的可能性。在令人釋懷的解釋產生之前，不遇之士所表現的行為便是不斷地回憶、與歷史對話，以及不斷地書寫、抒發自己的愁悶。「垂空文以自見」一句，「空」字取消了寫作行為的功利性質與圖謀性質。當然，每個寫作行為都有一定的意圖，但「空文」既自嘲其寫作不見用於當世，同時也因為此種否定性而迂迴地肯定了在不遇的時刻持續作文的必要性。於是，「自見」就是司馬遷對不遇之士的寫作行為的肯定：這類寫作活動帶有積極的意義，它能使寫作者「看見自己」。

若向這段文字追問：「自見」如何可能？它給出的回答就在「文王拘而演《周易》」等句之中。這種堆疊歷史事件的句子，在古代的文章中是常見的現象。作文者藉由史事的追述，便能類比地、更清晰而具說服力地說明他正要揭示的那件事。這是以類比的邏輯，藉由已知之事物推類而證其他未知之事物。在《荀子》和《呂氏春秋》中，已然經常可見這種推理思維與句法的運用。然而，在〈報任少卿書〉中出現的排比史事的句法，應該存在有比類比論證更多的意涵。由於司馬遷正在經驗不遇的情境，他在此情境中印證了曾經驗類似情境的前賢之遭遇與寫作行為；在這「古今一體」〔註29〕的通感狀態中，他既「見古」也是「自見」，而理解就在這以體驗與實踐為前提的歷史視域中形成。〔註30〕這說明了士不遇文中出現的這類排比史事的句法，它除了揭明所論之事、所陳之情以外，也透顯出這個事實：不遇之士未把自己的政治遭遇當成歷史上的孤立現象看待，他不是站在唯主觀且唯感性的位置上在表述自身的不幸際遇。這些文士以「歷史之眼」審觀自身的政治遭遇，當排比史事的句法出現時，情志批評意識也就在其中運作著。這種批評意識的運作訴諸生存經驗之情志通感的成分，遠大於對前賢之理念或者人格範型的認知性追溯：它是一種「辯證融合」〔註31〕的思維。

〔註29〕〈報任少卿書〉「古今一體，安在其不辱也。」出處同上注，頁272。

〔註30〕顏崑陽先生曾提出漢代士不遇之心靈模式是由個體之經驗與歷史之印證型塑而成的觀點：「……以「士不遇」為主題的文章中，幾乎都不只是在抒發個人的遭遇經驗，而是多借前代如比干、箕子、伯夷、叔齊、屈原等歷史經驗，以表顯「士不遇」之悲情與意義。換言之，漢代文人「悲士不遇」之心靈模式，除了當代個人經驗之外，更是受到前代歷史經驗所型塑而成。」參見顏崑陽：〈論漢代文人「悲士不遇」的心靈模式〉，收於《漢代文學與思想學術研討會論文集》（臺北市：文史哲出版社，1990年），頁209-253。

〔註31〕詮釋活動中的辯證融合思維，此觀念見顏崑陽：《李商隱詩箋釋方法論》（臺北市：里仁書局，2005年）。

　　士不遇文援用史事的構句方式，大致可分爲單件引用與排比引用二種；在語義的組織上，也可區分出重申公義事件之理據性、不公義事件之可非議性與名狀不遇之情境等三種。這些句法結構與語義結構都可以在〈離騷〉中找到先例：「昔三后之純粹兮」以下，對比地排列了堯舜與桀紂的施政態度；「濟沅湘以南征兮，就重華而陳詞」以下，則是排比了夏啓到后辛等人的亂政情狀，且與湯禹的賢明政績作對比陳述。而〈離騷〉、〈天問〉和〈惜誦〉都曾個別說明鯀的史事，可見屈原不時將自己耿直以遭禍的情境與鯀的相關事蹟作反思比較。在屈騷作品中這種用典或排比史事的構句意圖，可以看作是士不遇文中展現辯證思維的來源之一；此辯證思維是中國式的，還夾帶了文學語言的特徵。

　　這種辯證思維的結構是動態的，且必然經過一個歷程來完成其階段性結論。首先要由正項衍生出反項，由反項顯露正項本身的排拒性或矛盾性，由此產生正／反的二元對抗衝突；繼而從正反之外的第三項取得協調統一的可能，用以達成合的結論。正項與反項的生成都帶有歷史的性質，它們不是抽象的形式而是具體的、由時間積累所形成的事件與觀念之集合物。在正反之外的第三項，並非是與前二者完全無關係之物；它是主體透過對歷史的綜觀體悟之後，掌握了正項與反項的運動規則與矛盾癥結，從而得到相對新穎的第三項之統一結論。這是一個辯證的小循環，它不會就此終結，而是不斷地持續運動。前階段得出的統一結論，再次成爲下一個辯證循環的起因，如此不斷地線圈式演進。

　　這種思辯模式沒有保證合的結論必然是善的。這要分幾點來說明：第一，這裡的辯證思維之要務不在於釐清任何既定價值。既定的道德價值和倫理價值在這辯證歷程中，經常是被質疑、反思之對象。質疑不是質疑其根源性意義，而是普遍概念要下降到實存之現象界時，不可避免地會產生實行的問題。普遍概念與個殊實務之間，存在有需透過主體之實踐漸次取得體悟，才能無礙地施行應用之處。因此，第二，主體在辯證歷程中所獲得的綜合體悟，其意義遠大於（表面語義所呈現出來的）任何既定價值的再肯定。第三，士不遇文中出現的辯證語言，較少是哲學性而較多是屬於文學性的。古典的文學語言經常意不在於就義理層次徹底地探究某對象，而意在於展現寫作主體對於該對象物的各種感知方式與感知的歷程。在士不遇文的情況中，寫作主體在感知的歷程中所遭遇到困惑、矛盾、悲傷、逃避或勇於面對等等之心理活

動，即爲寫作的動機與寫作時所主要處理的對象。在這種情況下，可想而知，它的辯證語言一開始的目的就不在於導出任何肯定的結論。它所能接受的「結論」即辯證語言的運動過程，一個充滿辭藻、意象與心理活動的混雜地帶。

這是把過程當目的，把辯證歷程當成暫時性之「結論」（事實上，稱不上是任何嚴格意義下的結論）的文學式辯證思維。這就是爲什麼屈原在作品內不斷地營造對立意象，在看似即將得出結論之際，他卻總是代之以個人態度、心理活動的描寫——他鮮少要求自己轉入哲理的層次思考問題，在理念與現實的對立，在君子芬芳德行的自勉與「非君子」的量人而嫉妒之間，屈原的反思成果可歸爲三種態度（而不是三種結論）：不斷質疑、悲傷鬱抑、以遁世代替眞正的超越。

> 依前聖以節中兮，喟憑心而歷茲。濟沅湘以南征兮，就重華而敶詞：
> 啓九辯與九歌兮，夏康娛以自縱。……湯禹儼而祗敬兮，周論道而
> 莫差。……瞻前而顧後兮，相觀民之計極。夫孰非義而可用兮，孰
> 非善而可服？阽余身而危死兮，覽余初其猶未悔。不量鑿而正枘兮，
> 固前脩以菹醢。曾歔欷余鬱邑兮，哀朕時之不當。〔註32〕

在敘述者神思遊蕩，前向想像中的舜帝陳情之前，他記述了一段女嬃的「訓誨」。這位關懷敘述者之命運的女子，在急切之餘舉了鯀的例子，略微嚴厲地指責了他過於耿直的處政方式。〔註33〕因此，在「就重華而敶詞」前，作者已然經歷一段辯證的歷程。在敘述者（正方）／朝廷群小（反方）的二元對抗成立後，他看到自己最關切的君王站在反方，這是反方所包含的意象序列中最令他疑惑不已的因素。敘述者所位處的正方，被女嬃以鯀比擬之並責備後，正方所包含的意象序列也出現可質疑的因素。因此，就現實情勢而言，反方包含的不全都是反價值，正方所包含的不全都是正價值。由此，正反方因對抗而交涉的辯證歷程打開了，敘述者也就進入價值認知的模糊地帶，故而他有必要向舜帝陳訟。

「就重華而敶詞」是以寫虛構之事物而實指內在的思維運作。敘述者又

〔註32〕〔戰國〕屈原：〈離騷〉，〔漢〕王逸章句、〔宋〕洪興祖補注：《楚辭補注》
（臺北：漢京文化事業有限公司，1983年），頁20。
〔註33〕〈離騷〉：「女嬃之嬋媛兮，申申其詈予，曰：鯀婞直以亡身兮，終然殀乎羽
之野。汝何博謇而好脩兮，紛獨有此姱節？薋菉葹以盈室兮，判獨離而不服。
眾不可戶說兮，孰云察余之中情！世並舉而好朋兮，夫何煢獨而不予聽？」
出處同上注，頁18-20。

再次向歷史汲取正方的合理性，並否定反方的誤謬價值。從理的層次來看，這裡沒有任何妥協達成，對的還是對，錯的還是錯。但是從情志感通的層次來看，卻有種奇特的「否否定」形成了。原因是敘述者既然否定了朝廷群小的價值觀，但他也無法從自己的不幸際遇中產生對聖王之教的絕對肯定（因為理念施於現實產生了障礙）；換言之，他在理的層次得不到解脫，但反而因為生存情境類同的緣故，體會了「前脩以菹醢」或者「鮌婞直以亡身兮」的情狀。於是歷史視野從正反命題之外給了敘述者一種理解的力量，這力量是通過情志通感而得，敘述者在既非完全對其原初所認知的正面價值無惑的情形下，他採取認同往昔因剛直而招禍的賢人的方式，取得「合」的結論——以與士不遇之史事產生情志通感之連結的結論，再次否定了否定他所認知之正面價值的朝廷群小。

在這種類型的辯證結果中，思辯者於正命題與反命題之內所探尋的，不是善惡是非的澄清，卻是藉由歷史的綜觀再次反照自身生存困境的癥結。政教理想與政治現實的對立落差，自古以來便存在著；史事的引用及複數排比都不是為了鞏固思辯者所認知的既定價值，他是為了營造矛盾衝突，而他也正置身於這種矛盾衝突的情境中。這就是〈離騷〉或其他屈騷作品可以稱之為貼合生存情境之寫作的主因；作者沒有表現出過度「計畫性」的語言（直接由聖王之教剖析亂象，並得到不變的肯定結論），他展現矛盾、述說自己的辯證歷程，以及置身這歷程中的深深悲哀。

但有個問題是，屈騷的辯證語言雖然展現出對歷史的綜觀與實踐性的體悟，然而他的辯證結果卻是導向「哀朕時之不當」、「從彭咸之所居」、「將往觀乎四荒」，意即：抑鬱、殉身以及遁世遠遊。在作品語言的「正反→合」歷程中，屈騷示範了以生存體驗而非以理性思維從歷史的回溯與綜觀中作出情志批評；這批評的意義使得他體同前人的存在情境，進入古今融通的境域。然而，相對的，這種辯證思維的模式，不無有義理層面的匱乏之慮。存在主體未能超越現世的紛亂現象與不幸際遇，它實踐了古今通感的詮釋與批評，但它擇取的面向是有限的；由此而顯現了顏崑陽先生所論及的悲士不遇之心靈模式特別的「傾向於歷史經驗的感悟」以及注重時與命的問題。〔註34〕

〔註34〕「在『悲士不遇』這一心靈模式中，從屈原到漢代文人對於『命』的感受與思考一直是很顯著的特徵。但他們不同於哲學家，對於『命』並不太作理論上的思維，而是傾向於歷史經驗的感悟，故特別注重『時』而謂之時命。」

　　這種在義理層面有所不足的辯證模式，它是屬於文學的。我們強調它屬於文學，是因爲屈原畢竟運用了修辭技巧，他不是直陳其辯證過程。用典與史事排比以意象連類意象的方式，擴散其意義外延；這使得有限的語言，能概括最大可能的「言外之意」。屈騷之辯證思維的文學性特徵，正好也側面地說明這件事：它意不在於重申關於忠與諫的價值，而是展現作者在古今通感、今昔對比之餘，所產生的存在情境之詮釋以及無法超脫的生命姿態。

　　以上述屈騷語言對於時命與歷史的思辯方式，以及用典與排比史事的特徵爲前提，以下列舉三個漢代士不遇文的例子，以檢視其接受與反應此種「屈騷模型」的情況。第一個是排比史事的例子，如董仲舒〈士不遇賦〉：

> 觀上世之清暉兮，廉士亦榮榮而靡歸。殷湯有卞隨與務光兮，周武
> 有伯夷與叔齊；卞隨、務光遁于深淵兮，伯夷、叔齊登山而采薇。
> 使彼聖賢其縣周邈兮，矧舉世而同迷。若伍員與屈原兮，固亦無所
> 復顧；亦不能同彼數子兮，將遠游而終古。〔註35〕

第二個是自述好古而尊賢德之行誼，無奈此志不爲時人所接受的例子，如馮衍〈顯志賦〉：

> 獨耿介而慕古兮，豈時人之所憙。沮先聖之成論兮，邇名賢之高風。
> 忽道德之珍麗兮，務富貴之樂耽。遵大路而裒回兮，履孔德之窈冥。
> 固眾夫之所眩兮，孰能觀于無形。行勁直以離尤兮，羌前人之所有。
> 内自省而不愧兮，遂定志而弗改。欣吾黨之唐虞兮，愍吾生之愁勤。
> 聊發憤而揚情兮，將以蕩夫憂心。〔註36〕

第三個是借抒發感古之幽思而顯發己志的例子，其在文體與修辭上都見得到鎔鑄屈騷的痕跡，如蔡邕〈述行賦〉：

> 余有行于京洛兮，遘淫雨之經時。塗屯邅其蹇連兮，潦汙滯而爲災。
> 蔡馬躕而不進兮，心鬱悒而憤思。聊弘慮以存古兮，宣幽情而屬詞。

這三段引文的抒情言志風格不盡相同，它們援用歷史典故的構句構章方式也不相同；但是，他們有類似的士不遇之思辯邏輯。　通常在這種援用歷史典故的構句出現之前，會有一段前提的陳述；在悲士不遇文的類型中，這段前提

　　　　顏崑陽：〈論漢代文人「悲士不遇」的心靈模式〉，收於《漢代文學與思想學
　　　　術研討會論文集》（臺北市：文史哲出版社，1990 年），頁 243。
〔註35〕〔漢〕董仲舒：〈士不遇賦〉，收於〔清〕嚴可均輯：《全上古三代秦漢六朝文・
　　　　全漢文》（北京市：中華書局，1958 年），頁 250。
〔註36〕〔漢〕馮衍：〈顯志賦〉，出處同上註，頁 578。

的性質是表述當下的矛盾與衝突之情境：不遇的條件已經形成，敘述者在這困頓的情境中感到疑惑、痛苦或悲傷。這種矛盾衝突無法透過「講理」解決，於是敘述者的思維與想像就延伸進了歷史，從中找到與自己所面臨之情境相類的歷史事件。

所謂「觀上世之清暉兮，廉士亦嫈嫈而靡歸」，這句本身就包含了一個微形的辯證。「上世之清暉」是肯定的價值，「廉士亦嫈嫈而靡歸」是從中衍生出的否定項，合的觀點就表現爲「遁于深淵」、「登山而采薇」：廉士以遁世否定自己因局勢而形成的的否定性存在，藉以開脫看似不可解的矛盾衝突。這句話以及這句話以下所引出的卞隨與務光，伯夷與叔齊，伍員與屈原的史事等，不是純粹理據性的舉例。這些歷史形像、其形像的意義外延都與敘述者當下的生存情境有著互涉關係。事實上，正是敘述者的士不遇情境形成了某種混雜多義的意象，而他以此意象向歷史運作連類思維，從而發掘到能與自身生存情境產生互象、互爲解釋的意象群。

因此，在士不遇文中出現的援用典故、史事排比，假使它是依著前述的辯證模式而構句，那麼這些歷史事件就不能看作是單純的舉例。這裡存在有雙重的辯證思維：第一重是藉由歷史事件製造二元衝突的情境，並得出綜觀的結論；第二重是敘述者將自身面臨矛盾衝突的生存情境與史事疊合，並從這種古今形像（或意象情境）的類似性中，得到辯證融合的體悟。換言之，這種屢見不鮮的構句方式不是依理而是依生存經驗而運作。在漢代的士不遇文中，此生存經驗有限定且類型化之傾向，它們集體地表現出即悲不遇、悲時命之「心靈模式」；因此這些作品所呈現出的辯證融合之結論，亦不出屈騷的三種最終態度：困惑、鬱抑、遁世遠遊。

最後是關於套語與意象襲用的問題。這種現象不止出現在士不遇文中，古典文學一直有在同一比興系統內沿用固定符碼的傳統。但是，在士不遇文中的套語與意象襲用，特別地表現出這些文士的歷史意識。諸如：重申志意必上溯三后、堯舜禹湯文武周公，又每每從屈原、伍子胥等人的事跡中，重新挖掘不遇的同仇敵慨。當理念無法解釋、無法解決現實的不合理情狀時，附和於神仙想像的遠遊意象就油然而生。這些曾被前人質疑爲缺乏創意、拾前人牙慧的襲用現象，在我們細讀這些文章後，不得不捨去藝術創新性的標準，而以海德格強調過的詮釋態度——從「語言說」這個表象觀其存在義〔註37〕，重新玩味這

〔註37〕馬丁·海德格（Martin Heidegger）著，孫周興譯：《走向語言之途》（臺北市：

些襲舊的語言所隱藏的存在與寫作之關係的意涵。

　　還是要回到王逸那句話：「自終沒以來，名儒博達之士著造詞賦，莫不擬則其儀表，祖式其模範，取其要妙，竊其華藻。」「擬」、「祖」、「取」、「竊」都不是尋思創新的作文態度，漢代楚辭是如此，士不遇文亦然。在這類作品中，修辭與構句的變奇，不是寫作的要務；再一次地我們看到，寫作者意在「語言」外。當董仲舒在〈士不遇賦〉又談起伯夷和叔齊的遭遇，而人們在馮衍的文章裡讀到「心怫鬱而紆結兮，意沈抑而內悲」、「歲忽忽而日邁兮，壽冉冉其不與」〔註38〕這種顯然是「竊取」自〈離騷〉的句子時；這些段落的語義都不如其自身的意象來得重要。作者襲用的意象，對他而言，代表著某種夙昔的生存情境，而此生存情境正在對他所遭遇的生存情境發生指導或同懷的效用──古人的生存情境依恃意象的連類運作，對今人產生示範、鼓舞或慰藉。在這種寫作中，陳舊符號的使用就是被再次印證之生存經驗的具現化。

　　若說批評的要旨在於生產意義，那麼在情志批評活動中，此意義並非以創新出奇、形成理論系統為貴，而是以回歸、融通、再次印證前人的話語為宗。漢代楚辭體和士不遇文都隱含了這種情志批評意識；尤其是後者，作者在通過古與今、理念與現實的辯證融通後，以生存體驗再次肯定前人肯定過的事物：這些文士從返古之中，獲得對自身有重大意義的新穎。

　　　　桂冠出版，1993 年），頁 1-24。

〔註38〕〔漢〕馮衍：〈顯志賦〉，收於〔清〕嚴可均輯：《全上古三代秦漢六朝文・全漢文》（北京市：中華書局，1958 年），頁 578-579。

第六章　結　論

　　本文從顏崑陽先生構想的情志批評型態出發，並以漢代文學作爲主要研究對象與材料源。通過分析討論之後，我們在情志批評的次型態之下，又區分出幾種次次類型。總的來說，情志批評型態可以區分爲讀者情志取向的次類型與作者情志取向的次類型。此一層級的區分，是以批評者初始之時有無預設批評之目標對象（即「作者」）爲準。這種判分標準不是絕對的，只是傾向程度的多寡而已。即使是斷章取義的行爲，亦不可能完全與詩文之原生義與原生作者無關，在某些時候，前者的趣味與深意，正好就建立在與詩文之原生義和原生作者的對抗性、互補性或衍生性之上。而就作者情志取向的情志批評次型態而言，讀解者自身的情志因素也不可能摒除於批評活動之外。

　　就文學史中的現象來看，作者情志取向的情志批評次型態可以說是漢代的大宗，而又以東漢時期最爲發達。我們依批評者對作者想像方式的不同，於此次型態下再區分出三種類型：將作者想像爲理想人的類型、將作者想像爲範型人的類型，以及將作者想像爲交感人的類型。這些類型的能夠被如此區分，這也反映出漢代情志批評者遇到的難題。

　　在作者情志取向的情志批評次型態中，作者本意就是意義之源，作品語言則成爲代表此意義之源的符碼。當作者本意隨著時間漸趨模糊，而後人卻還要不斷追尋此流逝之物時，就必須憑藉某些幫助。在毛傳、鄭箋的情況中，他們將作者想像爲與儒學道統、政教主張之立場一致之人。這類型的批評者追溯作者本意時，就與儒學理念互爲參考、互爲說明；因此，他們所面對的作者是爲理想人。在以王逸《楚辭章句》爲代表的情況中，基於標舉某種模範、彰顯某種行爲模式的策略性考量，這類的批評者從某些「預設路線」想

像作者、追溯作者本意。因爲批評者從某種框架切入以解釋作品與作者，而此框架的思想深度，又往往不及理想人之作者情志取向的批評，所以不免出現以範型之稱名勉強籠罩作品與作者之詮釋的現象。這是範型人之作者情志取向的批評常有的問題。漢代擬騷與士不遇文所展現的，是交感人之作者情志取向的批評。這類型的文章不是一般文學批評的形式，而是賦體、散文體或古詩體的作品。但由於文人們是帶著情志批評的意識在寫作——他們使自己的生存情境或當下的感發，與往昔賢人的遭遇、事蹟互爲比擬；在這古今往來的辯證過程中，他我主體之情志臻至交融會通，從而取得解釋自身之困境的方法或目光。這就是交感人之作者情志取向的批評的基調，文人們既追思古人也返照自身，而不能與現實利害妥協的某類存在價值，就在這一來一往的情志活動中得到彰顯。

在情志批評活動中，作品語符之比興解碼的方式，也隨著其批評型態的不同而有些微的差異。在讀者情志取向的次類型中，批評者解讀作品符號的基本態度，是隨事觸發，在符號及其組織所限定的意義範圍內，自由興發連類。就這點而言，《韓詩外傳》與先秦時的賦詩言志活動，是比較相近的。在作者情志取向的次類型中，其所包含的三個次次類型，其解讀比興符碼的態度，亦可以作出區分。由於在本文的研究範圍內，交感人之作者情志取向的批評並不是一般意義上的作品解讀，它是以再次使用傳統比興符碼的方式，表現出主體對於該符碼的體會與認同。因此，這是以創作實踐、使自己也成爲使用這套修辭的人，從而展現其對於比興符碼的深度接受與貼合生存情境式的理解。

在理想人之作者情志取向的批評，與範型人之作者情志取向的批評中，我們就可以檢討這兩個類型的比興解碼方式。此二者都是把作者本意當作意義根源，從符碼及其組織逆推可能的意義；反過來說，這種解碼態度等於肯認了，作者是以某種具限定性的意圖進行編碼。這種限定意圖，即類型性之「詩言志」，此「志」與儒系詩學的中心觀點、士大夫的諷諫精神互相界定。這種解碼思維的問題，在於它無意中窄化了比興的意涵，使得《詩》的「詩人之義」成爲某種內容穩固的喻指作用。然而，在《論語》中，意義卻是以「詩可以興」的自由之審觀態度而生發。不難發現，之於後者，重要的不是固定意義之本身，而是能面對詩歌、自由興發此意義的主體內在仁覺；之於前者，意義的重心挪到意義本身，而成爲固定的施加喻指作用之物。影響所

及，興有「比化」的現象，而成為興喻。

在毛傳、鄭箋的情形是如此，在《楚辭章句》中，王逸解比興也是抱持類似的態度。與《詩》不同的是，屈騷從一開始就是作為創作而被閱讀，而不是可以索解出「聖人本意」的讀本。因此，王逸以解讀興喻的思維，解釋屈騷中的比興符碼時，他會先遇上屈原強烈的個殊情志，而不是帶有集體與理念特質的類型性情志。因此，若說毛、鄭與王逸都將興意作了興喻化，那麼毛、鄭之興喻的彼端意義，其性質是普遍性的、類型化的情志；而在王逸所表現的興喻之彼端意義，其性質則是個殊情志與類型化情志的混合物。某種程度來說，王逸使得比興解碼的思維更為「才性化」，解碼意識進入了對象作者的生平際遇、人格特質與情感的層面。「詩言志」因而與個殊生命之材質氣性、命遇窮通發生了聯繫。

通過各章節的討論之後，我們得以整理出情志批評活動的流程圖。

圖：情志批評活動流程圖

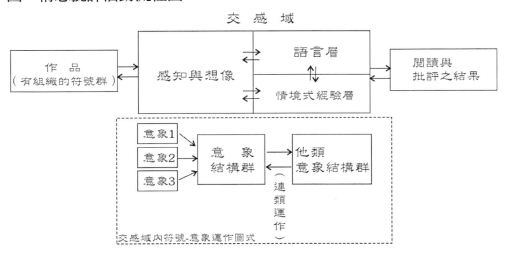

這個圖，它不是孤立的情志批評現象的圖解，它必須置放於批評者的生活世界之中。流程內所涉及的每一項，都與流程外的他物、他事有直接或間接的聯繫關係。圖中以箭頭代表的每種作用力，其運作方式都是雙向的。就視覺和想像力而言，作品的語言符號是一種刺激作用。而主體不會單向的接受刺激後，就拋開這種作用力繼續前進，直到得出批評結果。符號刺激與全部的理解是並存的，前者則隨時參與批評過程中的每個細節；且主體內部批評思維的運作，也不是單向直線前進的，此一想像或思維經常表現出循環理

解的特徵。讀解者對於語言符號的感知與想像，不會在相對理性的意識的運作過程（如，流派宗旨的依循、書寫策略的計劃）中消失；而其感知與想像又廣泛地與其自身的生活世界與生存經驗相聯繫。這是情志取向的閱讀與批評過程中，必要存在的「並時／歷時情境」與「前理解」。

　　于連（François Jullien, 1951-）在《迂迴與進入》中提出對中國思維的觀察，他認爲這是一種關係性的思維，而首先就能在古典漢語詞彙中得到印證：詞與詞之間可互以相組合、搭配，且「所有的詞都是從它們之間的依附關係中保持各自的穩定性」〔註1〕。這意思是，每個詞都不是孤立的存在。這種排斥孤立的特性，不只是從句法的角度來說，而更是表現在某種可以方便地稱爲詞的外延特質和互文特質上面。舉個簡單的例子。〈離騷〉：「朝飲木蘭之墜露兮，夕餐秋菊之落英。」詩人講述自己飲用著蘭葉上的露水，拿菊花的落瓣當作食物。這種詩意行爲的描述，不完全是爲了表達美而虛構美。舉凡朝與夕、木蘭與秋菊、墜露和落英，在屈騷之中都是有言外之意的符碼。涉及時間意象序列的符碼，就指向今非昔比、時光匆匆、年華流逝而功業未就的哀傷感；涉及香花草意象序列的符碼，就指向德性、君子、擁有正向理想的人格特質；而清潔芳美的飲食意象序列之符碼，就指向修身自好、嚴以律己的習性。這是就作品的語境而言。詩文中的詞彙不會是孤立的、只爲服膺於某種美感而存在；它必然與上下文形成互相牽動、互相說明的關係。

　　若將視角拉高拉廣，看見屈原所置身的生存情境、他所繼承的文化與語言傳統；那麼，「朝飲木蘭之墜露兮，夕餐秋菊之落英」的各個符碼，馬上就又匯入了更大的系統之中。這個系統，就是比興符碼系統。在古代，比興符碼系統是在知識份子的手裡建立起來的，它委婉且迂迴地表達這一階層的人，在各種特殊場景中、心中亟欲吐訴的種種觀點。通常這是關於生存疑惑與政教理想的觀點。那個時代的文學，就是爲了這種攸關利害存亡、存在價值與生命價值之彰顯的需求，而發展起來的。表情達意的修辭術，不是用來吟詠風花雪月，它多多少少都帶有嚴肅的任務。因而比興的譬喻手法，都含有大於其修辭美感的意義：比興修辭的內在意圖與存在問題必然互涉；又，它與知識份子的「情意我」無法切割，這是顯見的事實。

　　當我們讀到〈離騷〉這句詩文時，不能只滿足於修辭所挑動的直接感性

〔註 1〕于連（François Jullien），杜小貞譯，《迂迴與進入》（北京市：三聯書店，1998年），頁 384。

或純粹美感；另一方面，將蘭、菊比君子，飲墜露、餐落英比於勤奮修習，也不能算是食古不化的想法。句子的辭藻投影出一幅令人心神嚮往的場景，而這場景，正確來說是「情景」。它是不是真實的並不重要，要緊的是它的確形塑出一組有結構的意象群；而這個意象結構群自身所含具的意義，遠不如它所能開展出的情境、所能向外連類運作出的各種跨類之意義來得重要。因此，我們就看到于連所形容的，在中國古典文學中，詞與詞之間仰賴一種依附性獲得穩定；事實上，這就是仰賴語言內與語言外的關係網絡以獲得意義。

詩人用了「木蘭」、「秋菊」，這種修辭手法在文學史上不是創新——而在幾百年後，賈誼、嚴忌、馮衍、張衡還在用類似的意象表情達意——但是，詩人採用這些意象，意不在於創造新奇。他再次用了這些詞彙，引述了往昔的史事，這使得他能將自身所欲表達之情、事，匯入歷史與傳統的座標中。由此，他得到慰藉和解釋自身生存困境的力量：詩人以情志會通於歷史現象向之顯現的他者主體之情志，其得到的是關於存在價值的默會之知。當他以文筆表達此無言默會時，他的確正在抒情，但此中的抒情內容是以其歷史視域為前提的，並且不曾離開存在問題之關懷。這是修辭立其「情志」的寫作與閱讀型態，情志，它是一種能通感融會於往昔與現在之種種情境式事件的能力，簡單的說，情志是文人「回到現場」的自覺與能力。所以，他的修辭考量是在層層的關係網絡中來回進出的。當屈原用了「木蘭」、「秋菊」這類花草的詞彙，他顯然是同時在喻指好幾件事；而最該令讀者感到心折的，是詩人整合這些複雜喻指於單詞之上的魔法：他說一詞即是多義。因此，在朱熹、王汪之看來，王逸或許真的附會強解了屈原本意；但王逸從情志取向的立場去索解屈原本意，他的基本態度是合宜的。而逕直將〈離騷〉視為浪漫主義式的表達，或是把《詩》看作是俚巷歌謠來賞鑑，這種切斷歷史感與知識份子之存在感、使命感之臍帶的閱讀，是在二十世紀之後的文學情境中，才可能發生的讀解方式。

或許可以這樣說，因為有情志寫作，所以就有情志閱讀與批評；寫作和批評都是在同一個比興傳統之語境與情境內進行的。寫作者和批評者都同時看到了，他們的言語所「依附」的關係網，是具歷史性的比興符碼系統，是知識份子所面對的家國社會，是作為一個警醒的存在者所立身的生活世界。在這種情形下，語言是什麼呢？它就像是一幅「折射網」，能將任何投注於它的目光，都移轉到他處去。移轉是個比喻，指的是譬喻連類的作用；他處不

是別處，就是文人曾經藉以迂迴表達的情志之可能寓所。

　　情志，是綜合感知的稱名。一談情志，就會和主體之身體知覺與心理活動、能構成各種情境的外在世界同時關連。情志是一種處於複雜交際網絡裡的靈活運動之意向。所以，情志批評並不是情意批評，也不是言志批評，它是關乎存在者之存在表現的批評。批評的方式，不是透過在作品語言內部發掘批評者認同或不認同的元素來進行，而是從作品語言外部向作品語言內部提問，從作品語言外部的關係網落看到作品內部語言網絡的折射落點。同時，圍繞著寫作主體與閱讀主體所產生的種種問題，永遠是這類批評所關心的重點。這正是作為中國古典二大批評型態之一的情志批評，與西方文學批評迥然相異之處。

主要引用及參考資料

一、古代典籍

1. 〔戰國〕呂不韋編著，陳奇猷校釋：《呂氏春秋新校釋》（上海：上海古籍出版社，2002）。

2. 〔漢〕毛傳、鄭箋，〔唐〕孔穎達疏：《毛詩注疏》（臺北：藝文印書館，十三經注疏，嘉慶二十年重刊本）。

3. 〔漢〕王逸章句、〔宋〕洪興祖補注：《楚辭補注》（臺北：漢京文化事業有限公司，1983）。

4. 〔漢〕司馬遷著，瀧川龜太郎考證：《史記會注考證》（高雄：麗文文化公司，1997）。

5. 〔漢〕班固著，〔唐〕顏師古注：《漢書》（北京：中華書局：1962）。

6. 〔漢〕許慎著，〔清〕段玉裁注：《說文解字注》（臺北市：蘭臺書局，1977）。

7. 〔漢〕劉向：《說苑校證》（北京市：中華書局，1987）。

8. 〔漢〕劉熙著，〔清〕畢沅疏：《釋名疏證》，（臺北市：廣文書局）。

9. 〔漢〕鄭玄：《六藝論》，收於《百部叢書集成》（板橋市：藝文印書館，1968）。

10. 〔漢〕鄭玄：《詩譜》，見於〔唐〕孔穎達疏：《毛詩注疏》（臺北：藝文印書館，十三經注疏，嘉慶二十年重刊本）。

11. 〔漢〕韓嬰著，屈守元箋疏：《韓詩外傳箋疏》（四川省：巴蜀書社，1996）。

12. 〔魏〕列御寇著，楊伯峻：《列子集釋》（臺北：華正書局，1987）。

13. 〔魏〕王弼、韓康伯注，〔唐〕孔穎達正義：《周易正義》（臺北：藝文印書館，十三經注疏，嘉慶二十年重刊本）。

14. 〔梁〕劉勰著，周振甫譯注：《文心雕龍譯注》（臺北：五南圖書出版有限公司，1997）。

15. 〔宋〕王柏:《詩疑》:清康熙《通志堂經解》本。

16. 〔宋〕朱熹:《楚辭集注》(臺北市:藝文印書館,1983)。

17. 〔宋〕朱熹:《詩序辯說》,收於〔宋〕朱熹著,黃書元等編:《朱子全書‧壹》(上海市:上海古籍出版社,2002)。

18. 〔宋〕朱熹:《詩集傳》,收於〔宋〕朱熹著,黃書元等編:《朱子全書‧壹》(上海市:上海古籍出版社,2002)。

19. 〔宋〕朱熹,《論語集註》,收入朱熹,《四書章句集注》(北京:中華書局,1982)。

20. 〔宋〕朱熹:《朱子語類》(上海市:上海古籍出版社,2002)。

21. 〔宋〕朱熹:《楚辭辯證》,收於朱熹,《楚辭集注》(臺北市:藝文印書館,1983)。

22. 〔宋〕周孚:《非詩辨妄》(板橋市:藝文印書館,1966)。

23. 〔明〕王夫之,《楚辭通釋》,收於船山全書編輯委員會編校,《船山全書》(長沙市:嶽麓書社,1988),第十四冊。

24. 〔明〕林兆珂:《楚辭述注》,杜松柏主編:《楚辭彙編》(臺北:新文豐出版公司,1986年影印〔明〕萬曆三十九年〔1611〕刊本)。

25. 〔清〕陳立:《白虎通疏證》(北京市:中華書局,1994)。

26. 〔清〕勞孝輿:《春秋詩話》(臺北市:廣文書局,1971)。

27. 〔清〕蔣驥:《山帶閣注楚辭》(臺北:廣文書局,1971)。

28. 〔清〕嚴可均輯:《全上古三代秦漢六朝文‧全漢文》(北京市:中華書局,1958)。

二、現代中外文專書

1. 文幸福:《詩經毛傳鄭箋辯異》(臺北市:文史哲,1989)。

2. 朱自清:《詩言志辨》(上海市:華東師範大學出版,1996)。

3. 余英時:《中國知識階層史論‧古代篇》(臺北市:聯經出版事業公司,2001)。

4. 李春青:《詩與意識形態》(北京市:北京大學,2005)。

5. 車行健:《鄭玄經學思想及其解經方法》(臺北市:里仁書局,2002)。

6. 屈萬里:《詩經選注》(臺北市:正中樞局,1995年)。

7. 易重廉:《中國楚辭學史》(湖南:湖南出版社)。

8. 徐復觀:《中國藝術精神,(臺北市:學生書局,1998)。

9. 徐復觀:《兩漢思想史》,(臺北市:學生書局,1985)。

10. 許又方:《時間的影跡──〈離騷〉晬論》(臺北市:秀威資訊科技,2003)。

11. 裴普賢:《詩經研讀指導》(臺北市:東大圖書股份有限公司,1987)。

12. 游國恩：《游國恩楚辭論著集》（北京市：中華書局，2008），一至四冊。

13. 劉若愚：《中國文學理論》（臺北市：聯經出版事業公司，1991）。

14. 劉若愚：《中國詩學》（臺北市：幼獅出版，1985）。

15. 鄭毓瑜：《六朝情境美學》（臺北市：里仁書局，1997）。

16. 廖棟樑：《古代楚辭學的建構》（臺北市：里仁，2008）。

17. 蕭兵：《楚辭與美學》（臺北市：文津，2000）。

18. 顏崑陽：《李商隱詩箋釋方法論》（臺北市：里仁書局，2005）。

19. 顏崑陽：《六朝文學觀念論叢》（臺北市：正中書局，1993）。

20. 顧頡剛等編著：《古史辨》（臺北市：藍燈文化事業，1993）。

21. 亞里斯多德（Aristotle）著，顏一、崔延強譯：《修辭術・亞歷山大修辭學・論詩》（北京市：中國人民大學出版社，2003）。

22. Barthes,Roland. translated by Howard, Richard.（1987） *Michelet*. United Kingdom: Basil Blackwell press.

23. 羅蘭・巴特（Roland Barthes）著，李幼蒸譯：《符號學原理》（北京市：中國人

24. 馬丁・海德格（Martin Heidegger）：《存在與時間》（臺北市：唐山，1989）。

25. 馬丁・海德格（Martin Heidegger）著，孫周興譯：《走向語言之途》（臺北市：桂冠出版，1993）。

26. 于連（François Jullien），杜小貞譯：《迂迴與進入》（北京市：三聯書店，1998）。

27. 康德（Immanuel Kant）著，牟宗三譯：《純粹理性批判》（臺北市：學生書局）。

28. 梅洛龐帝（M・Merleau-ponty）著，張志輝譯：《知覺現象學》（北京市：商務印書館，2001）。

29. Ogden , C. K. & Richards, I. A. 〔1923〕. *The Meaning of Meaning*, London: Kegan Paul press.

三、單篇論文

1. 江乾益：〈鄭康成毛詩譜探析〉，收於林慶彰編，《詩經研究論集（二）》（臺北市：學生書局，1984），頁 483-549。

2. 施淑：〈漢代社會與漢代詩學〉，《中外文學》十 卷十期（1982 年 3 月），頁 77-78。

3. 徐復觀：〈西漢文學略論〉，收於徐復觀，《中國藝術精神》，（臺北市：學生書局，1998），頁 369。

4. 鄭毓瑜：〈先秦「禮（樂）文」之觀念與文學典雅風格的關係──中國文

學審美論探源之一〉，收於呂正惠、蔡英俊主編：《中國文學批評‧第一集》（臺北市：學生書局，1992 年），頁 145-182。

5. 鄭毓瑜：〈詩大序的詮釋界域〉，收於《文本風景：自我與空間的互相定義》（臺北市：麥田出版社，2005）。

6. 鄭毓瑜：《替代與類推——「感知模式」與上古文學傳統》，收於《漢學研究》第二十八卷第一期（2010 年 3 月），頁 35-65。

7. 蔡英俊：〈「「擬古」與「用事」：試論六朝文學現象中「經驗」的借代與解釋〉，收於李豐楙主編：《文學、文化與世變》（臺北市：中央研究院中國文哲研究所，2002），頁 67-96。

8. 楊明：〈言志與情辨〉，收於黃霖、鄔國平主編：《追求科學與創新——復旦大學第二屆中國文論國際學術會議論文集》（北京市：中國文聯，2006），頁 73-85。

9. 顏崑陽：〈從〈詩大序〉論儒系詩學的體用觀〉，收於《第四屆漢代文學與思想學術研討會論文集》（臺北市：新文豐出版股份有限公司，2003），頁 287-324。

10. 顏崑陽：〈從「言位意差」論先秦至六朝「興」義的演變〉，收於《清華學報》新二十八卷第二期（1998 年 6 月），頁 143-172。

11. 顏崑陽：〈漢代「楚辭學」在中國文學批評史上的意義〉，收於《第二屆中國詩學會議論文集》（彰化縣：國立彰化師範大學國文系編印，1994 年），頁 181-251。

12. 顏崑陽：〈漢代「賦學」在中國文學批評史上的意義〉，收於《第二屆國際辭賦學研討會》（臺北市：國立政治大學文學院編印，1996），107-135。

13. 顏崑陽：〈論先秦「詩社會文化行為」所展現的「詮釋範型」意義〉，《東華人文學報》，第八期，2006 年 1 月。

14. 顏崑陽：〈論「典範模習」在文學史建構上的「連游效用」與「鏈接效用」〉，收於《建構與反思》（臺北市：學生書局，2002）。

15. 顏崑陽：〈論詩歌文化中的「託喻」觀念〉，收於《第三屆魏晉南北朝文學與思想研討會》（臺北市：文津出版社，1996），頁 211-253。

16. 顏崑陽：〈論漢代文人「悲士不遇」的心靈模式〉，收於《漢代文學與思想學術研討會論文集》（臺北市：文史哲出版社，1990），頁 209-253。

17. 顏崑陽：〈從反思中國文學「抒情傳統」之建構以論「詩美典」的多面向變遷與叢聚狀結構〉，《東華漢學》第九期（2009 年 6 月）。

18. 龔鵬程：〈論作者〉，收於呂正惠、蔡英俊主編：《中國文學批評》（臺北：學生書局，1992），第一集。

四、學位論文

1. 吳旻旻：《香草美人傳統研究——從創作手法到閱讀模式的建立》，國立臺灣大學中國文學研究所博士論文（1993.06）。

2. 廖棟樑：《古代楚辭學史論》，輔仁大學中國文學系碩士論文（1999.06）。